LA LIBRAIRIE DES LIVRES INTERDITS

DU MÊME AUTEUR

Chez le même éditeur

Et si c'était vrai…, 2000
Où es-tu ?, 2001
Sept jours pour une éternité…, 2003
La Prochaine Fois, 2004
Vous revoir, 2005
Mes amis, mes amours, 2006
Les Enfants de la liberté, 2007
Toutes ces choses qu'on ne s'est pas dites, 2008
Le Premier Jour, 2009
La Première Nuit, 2009
Le Voleur d'ombres, 2010
L'Étrange Voyage de Monsieur Daldry, 2011
Si c'était à refaire, 2012
Un sentiment plus fort que la peur, 2013
Une autre idée du bonheur, 2014
Elle et lui, 2015
L'Horizon à l'envers, 2016
La Dernière des Stanfield, 2017
Une fille comme elle, 2018
Ghost in Love, 2019
C'est arrivé la nuit, 2020
Le Crépuscule des fauves, 2021
Noa, 2022
Éteignez tout et la vie s'allume, 2022
La Symphonie des monstres, 2023

Marc Levy

LA LIBRAIRIE DES LIVRES INTERDITS

roman

Robert Laffont | Versilio

ISBN : 978-2-221-28023-2
Dépôt légal : décembre 2024
Éditions Robert Laffont – 92, avenue de France, 75013 Paris
Éditions Versilio – 28, rue Bonaparte, 75006 Paris
serviceclients@lisez.com

À Sophie.

Pourvu que je ne parle ni de l'autorité,
ni de la politique, ni de la morale,
ni des gens en place, ni de l'opéra,
ni des autres spectacles, je puis tout
imprimer librement, sous la direction,
néanmoins, de deux ou trois censeurs.

BEAUMARCHAIS, *Le Mariage de Figaro*

1

Mitch

Il se tenait debout, devant la table en bois, le dos un peu voûté pour remplir son verre sans en verser à côté. La radio jouait un air venu de loin, un mariage de rap et de bossa-nova, aussi bâtard que le chat de gouttière qui avait élu domicile dans la courette derrière la librairie. Mitch l'avait découvert à sa sortie de prison, un mois plus tôt. L'animal avait dû s'y installer pendant qu'il purgeait sa peine. En cinq ans d'absence, une épaisse couche de poussière s'était invitée à l'intérieur, et un matou patibulaire à l'extérieur. Comme on ne lui avait rien volé, Mitch, dont l'esprit rêveur ne manquait pas d'imagination, en avait conclu que le félin avait veillé sur les lieux et dissuadé les rôdeurs. De quoi s'attacher à lui et le nourrir le soir avant de fermer boutique. Le chat, d'abord méfiant, avait fini par se laisser approcher, mais malgré tous les efforts du libraire il n'avait jamais voulu entrer dans la réserve, même les nuits où la pluie tombait dru.

Le vrai prénom de Mitch, choisi par ses parents bien avant sa naissance, était Michel, mais sa mère, une relieuse éprise de vieux films noirs, l'avait toujours appelé Mitch. Son père, ouvrier, érudit et travailleur, avait commencé à trimer dans une imprimerie dès ses quinze ans, et jusqu'à sa mort accidentelle à cinquante et un ans. Lors d'une opération de graissage, la butée de sécurité d'une rotatrice avait lâché et la machine avait happé le mécanicien, dans un craquement sinistre alors qu'il passait entre deux rouleaux. Une fin cruelle pour un homme qui n'avait eu pour seul luxe que les livres.

Père et fils s'étaient côtoyés, passant de longs moments à bricoler, jouer aux échecs les dimanches pluvieux et taper le ballon quand le temps le permettait, mais par pudeur ils avaient évité de se connaître. Leurs vies s'étaient cachées derrière des personnages de romans, et la transmission des valeurs puisée dans des conversations qui parlaient de passions, d'errances, d'espoirs, de solitudes et d'ivresses.

Ce ne fut qu'un an après sa mort que Mitch comprit la dimension de l'héritage que son père lui avait laissé, et ce chaque fois qu'il le retrouvait dans les pages d'un livre, le plus souvent dans des rôles secondaires. Mitch découvrait sous la plume d'Hemingway, de Yates, de Bowles et d'autres des phrases ou expressions que son paternel avait faites siennes. Des mots simples, comme il les aimait. Quand Mitch, adolescent, l'avait interrogé sur l'existence de Dieu, son père lui avait répondu : « Le scepticisme commence quand assis dans une église entre un flic et une bonne sœur tu constates que ton portefeuille a disparu » ; un soir où il se rebellait contre ses professeurs, il l'avait consolé en lui disant : « Regarde-moi, je survis, j'endure – il avait marqué une pause –, je garde le contrôle de la situation » et, tel un remède infaillible aux inquiétudes de sa femme quant aux fins de mois, il répétait : « Ne te fais pas de bile, veux-tu, tout se passera bien. »

À l'imprimerie comme dans leur quartier, les gens considéraient avec amusement, étonnement et parfois suspicion la façon de parler de son père. En fin de compte, Mitch était probablement celui qui le comprenait le mieux, même s'il n'avait jamais réussi à savoir si les humeurs de son vieux – car, le travail l'ayant usé plus vite que nature, il avait fini par le devenir – étaient ou non empruntées à une œuvre de fiction.

Trois semaines après l'accident fatal, sa mère avait revendu le pavillon familial et s'était installée au bord de la mer. Mitch s'était vu remettre par un notaire un tout autre héritage, plus modeste, sous la forme d'économies placées sur un compte d'épargne dont il était le légataire. Pas vraiment un pactole, mais une cagnotte suffisante pour qu'il s'offre un petit studio, et à son père une sépulture plus belle que le rectangle de pelouse sous lequel il reposait. Mitch avait dépensé jusqu'à son dernier sou pour lui construire un temple qui le rendrait éternel : une jolie librairie, située à deux pas de la gare. Ce n'était pas par hasard qu'il avait choisi ce local, les trains de banlieue ayant consumé une grande partie de l'existence de son père. Deux heures le matin, autant le soir, qu'il consacrait entièrement à la lecture, ratant même parfois son arrêt. Des milliers d'aubes et de crépuscules avalés à travers la vitre, assis sur une banquette, loin du confort d'un fauteuil de salon, mais, comme il se plaisait à le répéter : « Avec moi les livres voyagent. » Une citation dont Mitch n'avait pas encore identifié l'auteur.

*

En cette soirée de printemps où le ciel bleu avait grignoté les nuages, Mitch avala d'un trait le gin qu'il s'était servi, l'alcool le fit tousser. Il n'avait aucun penchant pour la boisson et ne buvait que pour nettoyer sa gorge des impuretés ingurgitées au cours d'un grand ménage. Depuis sa sortie de prison, il occupait son temps à récurer les tables, poncer et revernir le comptoir, frotter le parquet, dépoussiérer les bibliothèques, épousseter chaque livre avec un chiffon sec afin d'en raviver les tranches et les couvertures. Demain dimanche, il s'attaquerait à la dernière touche et, lorsque la vitrine aurait retrouvé sa transparence, il s'accorderait une après-midi de repos. Viendrait alors enfin le jour de la réouverture officielle.

Les murs de la librairie et du studio qu'il occupait en banlieue lui appartenant, Mitch avait de quoi maintenir son commerce à flot. À condition de faire attention, à condition aussi que la clientèle revienne. Heureusement, sa condamnation n'avait pas été assortie d'une amende ou d'une saisie de ses biens ; le juge avait dû estimer que lui confisquer cinq ans de vie était suffisant. Les éditeurs, qui pour une fois s'étaient mis d'accord, avaient renoncé à récupérer les livres en dépôt et soldé son compte. Le stock datait, mais les classiques demeuraient indémodables, le rayon pour enfants conservait sa jeunesse, la papeterie ne vieillissait pas.

Armé de patience et d'optimisme, Mitch était décidé à renouer avec sa vie d'avant.

Il versa une tasse de croquettes dans une assiette creuse qu'il emporta, éteignit la lumière, mit l'alarme et sortit dans la courette pour donner son repas au fidèle gardien de nuit qui se précipita vers lui en ronronnant. Comme chaque soir depuis qu'il était sorti de prison, il jeta un regard vers la trappe à charbon qui s'ouvrait sur la cave. Il n'avait pas encore eu le courage d'y redescendre. Lorsqu'il s'en était approché, les souvenirs avaient ressurgi. Il y arriverait peut-être un jour, mais pour l'instant c'était trop tôt, trop douloureux.

Il avait dix minutes pour grimper dans son train, le dernier à ne pas rater s'il voulait dormir dans son lit ce soir. La gare n'était pas loin ; même avec sa patte folle, il arriverait à temps.

Il salua le chat et remonta la ruelle.

2

HB 1467

Cinq ans et demi plus tôt

Quelqu'un s'était introduit dans la remise, il en était certain. Mais dans quel but ? Il n'y avait aucun objet de valeur, du moins pas du genre que la plupart des hommes convoitent, et rien ne semblait manquer. Mitch connaissait si bien son antre qu'il avait suffi d'une anomalie pour l'alerter. Un livre n'était pas correctement empilé sur les autres, comme si l'intrus avait pris l'ouvrage en main, puis l'avait reposé, mais pas exactement là où il l'avait trouvé. Un constat doublement étrange, car il était tout aussi certain d'avoir laissé sur le haut de la pile un exemplaire de *La Servante écarlate*, or c'était *Le Rouge et le Noir* qu'il observait. La serrure de la porte qui donnait sur la courette était intacte, le tapis qui recouvrait la trappe n'avait pas été déplacé. Il l'avait acheté dans une brocante par un mardi pluvieux, deux semaines après la promulgation de la loi HB 1467 qui avait changé sa vie. Mitch chassa ce souvenir et se concentra sur ce qui l'occupait. Impossible qu'on se soit aventuré dans la librairie durant les heures de fermeture, l'alarme se serait déclenchée. Par où l'intrus était-il passé et quel était l'objet de sa visite nocturne ?

Il scruta les lieux, songeur et inquiet. Si ce qu'il pressentait était avéré, il faudrait trouver au plus vite un endroit où mettre son trésor à l'abri. Transporter cent cinquante kilos de marchandise était inenvisageable et il ne pouvait compter sur une aide extérieure sans qu'on lui pose des questions.

Peut-être était-ce la complexité de la tâche qui lui fit entrevoir la possibilité qu'un rongeur soit le coupable. Un rat, dans son élan, aurait pu déplacer *Le Rouge et le Noir*. L'édition de poche ne devait guère peser plus de deux cents grammes.

Cette hypothèse le rassura. Il remit le livre en place, inspecta encore les lieux par acquit de conscience et retourna s'installer derrière le comptoir.

Mitch aurait dû écouter son instinct. Céder à la facilité allait faire de lui un jour un criminel.

*

Comme tous les matins, Mitch descendit de son train en gare du Centre à 7 h 45. Il portait une gabardine, un pantalon bleu marine, une chemise blanche et sa casquette de base-ball. Comme chaque matin, il s'arrêta en chemin pour s'offrir un café qu'il but au comptoir du café de la gare, posa les yeux sur les gros titres d'un quotidien abandonné par un client et soupira. Depuis les élections, les alliés du gouverneur avaient fait main basse sur la presse, et plus une seule rédaction ne se permettait de critiquer les décisions du pouvoir. Mitch laissa quelques pièces dans une coupelle, salua le patron et poursuivit son chemin.

Il entra dans la ruelle à 8 heures, il faisait beau, c'était le début d'une journée d'automne bien réglée, comme il les appréciait. Mitch aimait la routine, il en avait besoin. Tenir une librairie sans aucun employé demandait une discipline de fer, de la méthode. Il fallait ouvrir les colis, rédiger les fiches de lecture qui charmeraient ses clients, décider des emplacements sur les tables, tenir la comptabilité, ce qu'il accomplissait le lundi pendant les heures creuses ; épousseter les rayonnages, ce qu'il faisait les mardis et vendredis avant l'ouverture ; et bien sûr, accueillir les visiteurs avec le sourire. Il guettait les jeudis plus que tout autre jour, car il recevait ses commandes. Dans les cartons se trouvait peut-être un trésor à ajouter à sa collection.

Il occupait ses soirées à le chercher parmi les romans qu'il sondait avec l'âme d'un explorateur. La quête du Graal débutait dès qu'il s'asseyait dans le train. Aussitôt arrivé chez lui, il préparait son repas. Attablé dans sa cuisine, il reprenait sa lecture, qu'il poursuivait dans le salon et après sa toilette, jusque dans son lit. Même le samedi, au restaurant, il dînait en compagnie d'un livre. Mitch n'était pas un solitaire, il avait pour amis des personnages de fiction, et les aimait le plus sincèrement du monde.

Étrangement, la loi HB 1467 n'interdisait pas de publier les livres bannis, ni à proprement parler de les lire. Il était simplement défendu aux libraires de les vendre et aux bibliothécaires de les proposer. Le législateur avait trouvé le moyen de ne pas appeler « censure » ce qui en était pourtant une.

*

Quand Mitch avait entendu parler pour la première fois du projet de loi HB 1467, il avait d'abord cru à une farce, un artifice de campagne électorale. Impossible qu'un texte aussi abscons ait été pensé par un seul homme. Il avait fallu l'intervention de plusieurs cerveaux détraqués pour imaginer quelque chose d'aussi résolument machiavélique. Un paradoxe, alors que le gouverneur qui en revendiquait la paternité prétendait vouloir appliquer la volonté de Dieu et rendre à la morale tous ses droits. En apparence, cette loi avait pour seul objet de bannir des livres préjudiciables à la cohésion sociale, mais plus Mitch en étudiait les articles et plus il comprenait que ses auteurs mûrissaient d'en faire avec le temps la clé de voûte d'un changement profond et durable.

Quelques mois plus tôt, le gouverneur peinait dans les sondages. Son élection s'était construite sur une campagne qui avait ancré la peur dans les esprits ; une peur née d'une théorie pompeusement nommée la « grande substitution ». L'idée était relativement simple : des hordes d'étrangers envahissaient la nation, menant une guerre rampante et silencieuse. Pourtant, les statistiques étaient formelles, les étrangers ne représentaient que dix pour cent de la population et ce chiffre stagnait depuis vingt ans. Ceux qui occupaient des postes dans l'industrie, le commerce ou les services publics, hôpitaux, écoles, etc., vivaient dans différents quartiers de la capitale et de sa banlieue. Mitch habitait un immeuble modeste peuplé d'une autre catégorie, ceux qui arrivaient et repartaient avec les saisons, pour les semailles, la cueillette des fruits et des légumes ou encore les vendanges. Depuis que les agents de l'immigration faisaient preuve d'un zèle nouveau, appliquant la tolérance zéro, les appartements de son immeuble s'étaient vidés. Un vide qui se faisait sentir jusque dans les campagnes où les exploitants agricoles n'arrivaient plus à venir à bout des récoltes. Les fruits pourrissaient dans les vergers tandis que les étals des épiceries et grandes surfaces alimentaires avaient triste mine.

Alors que la fin de son premier mandat approchait, les étrangers ayant en grande partie décidé d'aller offrir leurs services sur des terres moins hostiles, le gouverneur, qui manquait cruellement de boucs émissaires, s'entêta et se mit à fustiger les étrangers de l'étranger. Là, les chiffres parlaient d'eux-mêmes, puisque tout s'emmêlait. On critiqua la concurrence déloyale pratiquée par les pays voisins et l'on coupa toutes les sources d'informations qui ne provenaient pas du gouvernement, à commencer par les réseaux sociaux. À un an des élections, il fallait de toute urgence trouver un nouvel ennemi contre lequel fédérer le peuple. Le porte-parole du gouverneur, un ancien chroniqueur dont le métier consistait à se rendre d'un plateau de télévision à un autre, postillonnait tout le mal qu'il pensait des dangers de la diversité et de la modernité. Selon lui, le seul avenir possible était dans le passé, un argument incontestable puisque tout le monde s'accordait à dire que « c'était mieux avant ». Le législateur ne tarda pas à identifier la source du problème : certains livres pervertissaient la jeunesse, lui donnant des pensées inconvenantes, des envies inappropriées et des états d'âme inutiles. Il fallait sans délai les protéger de ce poison qui les contaminait, et leurs parents avec eux.

Quelques semaines après la ratification de la loi par le gouverneur, une liste de mille quatre cents titres désormais interdits à la vente et à la consultation fut adressée à tous les libraires et bibliothécaires du pays. *L'Iliade* et *L'Odyssée* d'Homère, *Le Portrait de Dorian Gray* d'Oscar Wilde, *Le Père Goriot* d'Honoré de Balzac, *Sodome et Gomorrhe* de Marcel Proust, *La Chambre de Giovanni* de James Baldwin, *La Couleur pourpre* d'Alice Walker devaient être retirés des étagères. Et bientôt, une liste complémentaire leur parvint. Très vite fut ajoutée la littérature qui risquait de diviser la société, la rendant honteuse et coupable d'un passé qui n'était pas le sien. Les livres qui instruisaient sur l'esclavage, le racisme, la phallocratie, les abus de pouvoir, les dictatures et leurs crimes, toute l'œuvre de Toni Morrison, le *Journal* d'Anne Frank, comme beaucoup d'autres allaient à leur tour disparaître. Mitch perdit toute envie de sourire.

*

En cette journée d'automne qui avait pourtant bien commencé, un contrôleur de la sûreté publique se présenta dans la librairie, et tout se dérégla. Tandis qu'on entendait dehors le bourdonnement de la ville, le vacarme des klaxons, les cris des hommes sur le boulevard, le contrôleur, dans son costume anthracite, inspecta les tables et les bibliothèques, remontant ses grosses lunettes rondes qui dévalaient fâcheusement l'arête de son nez. Les épaules baissées, le visage grave, mais plein de satisfaction, il s'empara du *Journal* d'Anne Frank et remit à Mitch avec un air de mansuétude un premier avertissement. Il ajouta qu'il repasserait un jour, afin de vérifier qu'il n'y avait plus de livre interdit sur les rayonnages. Faute de quoi, il se verrait obligé d'ordonner une fermeture administrative ; huit jours, soit la peine encourue pour une deuxième infraction. Le libraire fut pris d'une colère terrible. Le contrôleur fila sans demander son reste et Mitch abaissa le rideau de fer. Un brouillard avait terni sa journée, qui n'était plus du tout réglée comme il l'aimait. Il avait besoin de temps pour retrouver ses esprits.

Il ne rouvrit pas le rideau et passa l'après-midi à contempler ses bibliothèques. Lorsque la nuit tomba, il ne monta pas dans le train qui d'ordinaire le ramenait chez lui.

Mitch avait pris une décision qui allait changer le cours de sa vie : résister à l'absurde. Armé d'une pioche, d'une pelle et d'un seau, il ouvrit la trappe à charbon et descendit à la cave.

L'antiquaire qui lui avait cédé sa boutique lui avait confié que le sous-sol renfermait peut-être une pièce secrète, dissimulée derrière un mur de briques. Selon la légende, au début du siècle précédent un marchand y cachait des bijoux et des œuvres d'art de provenances incertaines.

— Autrement dit, du recel, avait conclu Mitch.

— Autrement dit, avait répété l'antiquaire, mais ce n'est sûrement qu'une légende, et dans le cas contraire cela se serait passé au début du siècle dernier. Moi, je n'ai jamais mangé de ce pain-là, avait-il ajouté, la main sur la poitrine.

— Pourquoi le marchand avait-il muré cette pièce ? s'était étonné Mitch.

— Un indic l'aurait prévenu qu'un client mécontent avait vendu la mèche, et que la police se préparait à faire une descente. Après avoir mis ses biens les plus précieux à l'abri pendant la nuit, pour effacer toute trace de ses forfaits, il aurait construit le mur de ses propres mains.

— S'il avait vidé sa cachette, à quoi bon s'être donné tout ce mal ?

— Il n'avait pas le temps de faire disparaître les meubles où il entreposait sa marchandise. Des étagères, des malles et, à ce qu'on m'a dit, un coffre-fort intransportable sans attirer l'attention. Il était plus prudent que tout disparaisse, et son passé avec.

Mitch, dont l'imagination ne manquait jamais de ressources, avait envisagé que cette histoire ne soit pas aussi ancienne que le prétendait l'antiquaire.

— Et qui vous a raconté tout ça ? avait-il demandé d'un air amusé.

— L'homme à qui j'ai acheté ce local, il y a bien longtemps. Maintenant que vous êtes le nouveau propriétaire, il fallait bien que je vous le raconte à mon tour, avait-il répondu en signant l'acte de vente.

Ils en étaient restés là.

Lorsque les plombs sautaient et que Mitch descendait au sous-sol, il lui arrivait de fixer le mur en question, se demandant si cette pièce secrète existait vraiment derrière les briques.

Sa librairie lui avait donné trop d'heures de travail pour qu'il ait jamais eu le loisir de s'en assurer jusqu'à ce jour.

Si cette histoire n'était qu'une fable, le mur auquel il allait s'attaquer pouvait être porteur. Un risque que Mitch considéra au moment de soulever sa pioche. Il la reposa, remonta chercher la lampe de poche qu'il rangeait sous le comptoir de la librairie et redescendit aussitôt.

Les ampoules qui pendaient du plafond de la cave n'éclairaient pas grand-chose. Mitch pointa le faisceau de sa torche sur le mortier, qu'il examina avec la plus grande attention. Il ne fallait pas être expert en bâtiment pour voir que le travail avait été réalisé par quelqu'un qui connaissait son affaire, ou qui s'était donné beaucoup de mal pour que rien ne laisse supposer que les briques avaient été dressées à la va-vite. Les lignes de mortier apparaissaient régulières et bien lissées.

Il regarda autour de lui et estima que l'endroit où il était ne représentait qu'un tiers de la surface au sol de la librairie qui se trouvait au-dessus de lui. Selon ses calculs, la remise et la partie derrière le comptoir, ce qui était prometteur. Mitch prit une grande respiration et frappa. Au premier coup de pioche, une brique se fendit. Il frappa à nouveau, puis trois fois encore, sans obtenir de résultat. Même si c'était moins urgent pour lui que pour le receleur, il était néanmoins pressé par le temps et il redoubla d'efforts. La chaleur montait dans ses bras, ses épaules et son dos où la sueur ruisselait. Il ôta sa chemise, la lança sur l'escabeau qui grimpait à la trappe à charbon, et continua torse nu à cogner de toutes ses forces.

Un gros morceau de mortier céda enfin sous ses assauts, Mitch visa la fracture et poursuivit son œuvre de destruction. Trois briques chancelèrent, telles des dents de lait prêtes à tomber. Il abandonna la pioche, s'essuya le front, puis remonta vers la réserve chercher un marteau et un gros tournevis dans sa caisse à outils.

Quelques minutes plus tard, il réussit enfin à desceller plusieurs briques, ouvrant un espace assez large pour y glisser la lampe. Le visage collé sur l'anfractuosité, il lâcha un « Merde alors, qu'est-ce que c'est que ça ? ».

Le faisceau éclairait des rangées d'étagères courant sur deux longs murs qui s'étendaient probablement jusque sous la vitrine de la librairie. C'est du moins ce qu'il supposa, car la lampe n'était pas assez puissante pour révéler toute l'étendue de la pièce secrète. Les yeux plissés, il aperçut trois malles, alignées les unes à côté des autres, une table encore couverte de ce qui semblait être un vieux drap ou peut-être une nappe. Il vit aussi deux fauteuils, face à face, séparés par un guéridon et, non loin d'eux, le bout arrondi d'un comptoir et d'une rangée de tabourets. Devant cette découverte, il comprit mieux l'empressement du receleur à faire disparaître ce qui n'était pas seulement un lieu pour entreposer des marchandises volées, mais un espace de vie, une sorte de club privé où devaient se réunir des clients peu regardants sur l'origine des biens qu'ils achetaient et les voleurs qui les leur vendaient.

La question de l'existence de Dieu s'était posée à Mitch durant ses études, le décès prématuré de son père lui avait apporté la réponse. Le monde était trop bancal et trop bâclé pour qu'on accorde autant de crédit à qui l'avait créé. La veille ou peut-être l'avant-veille, difficile de s'en souvenir avec l'excitation qu'il ressentait, il avait appris que le grand patron d'un consortium aéronautique avait été renvoyé pour une simple affaire de boulons mal serrés mais siècle après siècle de guerres, de famines, de catastrophes et d'injustices, on continuait de vénérer le grand ordonnateur. Mitch n'était pas croyant, mais dans les circonstances qui l'occupaient, ce qu'il venait de découvrir sous sa libraire ressemblait, sinon à un miracle, du moins à la providence. Ragaillardi, il reprit la pioche et cogna jusqu'à ce que l'ouverture soit suffisante pour qu'il puisse s'enfoncer dans l'obscurité.

3

Anna

À la brasserie Aux Trois Cousins, les commandes se bousculaient en cuisine. Chacun répondait aux ordres de l'aboyeur qui les expédiait. Sur la ligne du garde-manger on préparait les entrées froides, au piano on travaillait les plats, et les sauciers attendaient qu'ils soient sortis pour les agrémenter. Anna se tenait prête à emporter les assiettes que le chef vérifiait avant de les envoyer.

Anna était une jeune femme pleine de vie, une bosseuse hors pair ; elle avait ses hauts et ses bas, mais hormis quelques matins maussades, elle rayonnait d'une nature joyeuse. Travailler dans cette grande brasserie était pour elle une aubaine et elle avait menti sur son passé afin de se faire embaucher. Troisième prix au concours de l'Institut culinaire, deux ans comme second dans le restaurant de Rodrigo Perez à Buenos Aires, trois de plus en qualité de sous-chef chez Pontillac à Washington, elle avait un CV qui lui aurait permis d'intégrer la brigade, mais qui aurait soulevé des questions pour quelqu'un visant un poste de serveuse. Elle avait fait ses classes dans des restaurants réputés mais de petite taille et elle voulait apprendre la mécanique huilée d'une grande salle.

Rien ne trahissait sa nervosité quand le tintement de la clochette donna le signal du départ. Elle s'empara de deux soles meunières et de deux tournedos Rossini avant de filer vers le sas. Gagner la salle, servir les plats avant qu'ils refroidissent, repartir en cuisine et enchaîner ainsi tout au long de la soirée demandait une forme athlétique, un sens de l'équilibre et de l'anticipation. Un écart trop brusque pour éviter un commis maladroit et le fracas de la vaisselle signerait l'échec de son plan.

Cachée dans le creux de sa main gauche, une pipette en plastique allait lui permettre d'exécuter sa mission. Une légère pression et quelques gouttes d'un concentré inodore et sans saveur se déposeraient sur l'une des deux soles. Elle s'était exercée chez elle, allant de la cuisine au salon, les bras lestés comme ce soir. Elle avait appris à onduler des hanches pour naviguer entre les obstacles, faire glisser la pipette, la presser entre le petit doigt et l'annulaire avant de la dissimuler dans sa manche. Elle avait répété des matinées entières, jusqu'à maîtriser parfaitement ce tour de prestidigitation. Aux alentours de minuit, environ trois heures après avoir terminé son repas, le commissaire principal Jabert serait pris de spasmes, puis de nausées, un peu plus tard de vomissements violents et au petit matin, à bout de forces, il pisserait du feu.

Il accuserait le restaurant de l'avoir intoxiqué avec un poisson avarié. Une conclusion hâtive, une erreur supplémentaire à son compte, pensa Anna, et sûrement pas sa dernière. La dose n'était pas létale, mais suffisante pour le rendre malade comme un chien.

Le commissaire principal Jabert ne ressemblait pas à l'idée que l'on se fait d'un chef de la police. Le corps sec, le visage légèrement prognathe, le nez droit et fin et des yeux enfoncés dans les cavités orbitaires, il n'avait aucun travers déraisonnable pour la boisson, ne fumait pas et n'était pas plus corrompu qu'un autre. Ses deux vices étaient la bonne chère et la vulgarité ; dans ce dernier domaine, peu d'hommes l'égalaient. Aux Trois Cousins était une étape incontournable pour les touristes que le maître d'hôtel installait toujours à l'étage. Walter reconnaissait sa clientèle avec l'aptitude d'un physionomiste. Sur un ton obséquieux, il servait du nom de famille aux habitués comme d'autres servent du mousseux, généreusement et de bon cœur, puisque ça ne coûte rien ou pas grand-chose.

Le commissaire Jabert était ici chez lui, comme à peu près partout dans la ville, il avait même sa table attitrée. Coutumier des gestes déplacés, il prenait un malin plaisir à commettre ces petites violences dont se délectent ceux qui, protégés par leur autorité, se croient tout permis. Chaque fois que le commissaire Jabert venait dîner, sans jamais régler l'addition, il se plaisait à caresser les fesses des serveuses, et à leur susurrer des mots grossiers quand elles se penchaient pour poser son assiette.

Dès ses premiers soirs en salle, parce qu'elle était la nouvelle, Anna dut se charger de sa table. Les autres serveuses lui avaient donné des consignes : ne jamais croiser son regard, ne pas s'attarder, ne répondre qu'aux questions portant sur la carte, s'en aller aussitôt les plats servis. Jabert était intouchable et s'autorisait à toucher ce qui lui plaisait quand ça lui plaisait. Elle devrait en prendre son parti, lui avait-on fait comprendre, ravaler son amour-propre et un peu de dignité à chaque humiliation. Mais personne ne lui avait dit que le commissaire principal Jabert, qui avait rapidement jeté son dévolu sur elle, l'attendrait à la fin de son service, en planque dans sa voiture garée dans la ruelle.

*

Cela s'était passé un mois plus tôt, aux alentours de minuit. Alors qu'elle sortait les poubelles, Jabert lui avait sauté dessus. Il l'avait plaquée contre un container, avait posé ses lèvres sur ses seins et l'avait giflée après qu'elle l'eut griffé aux joues en se débattant. Si le sous-chef n'était pas sorti en entendant des cris, alors que Jabert avait glissé une main sous la jupe d'Anna et dégrafé son pantalon de l'autre avant de la pénétrer en l'étranglant, il aurait poursuivi son horrible besogne. Mais José, le sous-chef, agitait un couteau de boucher, et son regard avait été assez expressif pour que Jabert, même du haut de son pouvoir, y réfléchisse à deux fois. Il avait arboré un large sourire, et quand le sous-chef s'était avancé vers lui, les yeux injectés de sang, il avait marmonné : « C'est bon, j'ai un peu trop bu, rien de méchant, on rigolait. Ne fais pas le con, tu le regretterais. On va dire qu'il ne s'est rien passé, rien du tout même, juste un petit jeu sans conséquence. Personne ne veut d'ennuis, ni toi ni la demoiselle. »

Jabert avait resserré le col de son manteau sur sa nuque, mimant d'une façon assez pathétique les flics de cinéma qu'il admirait et à la cheville desquels il n'arriverait jamais. Jabert était né mauvais, il était devenu un mauvais flic et il serait toute sa vie un mauvais homme.

José avait conduit Anna à l'office en piteux état, les bretelles de son tablier arrachées ; sa joue droite portait la trace écarlate de la gifle qu'elle avait reçue, son épaule l'élançait, sa nuque était raide et son ventre la faisait souffrir. Ils partagèrent en silence ce que tous deux comprenaient déjà. La parole de la victime ne pèserait pas face à celle du bourreau. Porter plainte contre un commissaire de police ajouterait de l'humiliation à l'humiliation, de la brutalité à la violence, de la terreur à la sauvagerie. Et ce constat d'impuissance aggravait encore la douleur. José avait servi un grand verre de liqueur et lui avait ordonné de le boire cul sec. Il avait ensuite appelé un taxi pour qu'elle rentre chez elle et réglé la course. Il lui avait aussi offert de prendre quelques jours de repos. Mais le lendemain, Anna s'était présentée à son poste, comme si rien ne s'était passé. Son regard avait croisé celui du sous-chef et ils s'étaient compris : rien ne s'était passé. Sauf pour Anna qui en dépit de nombreuses qualités était particulièrement rancunière et douée, elle aussi, d'une imagination dont elle avait appris à faire bon usage.

*

Un mois après ce viol, Jabert, de retour à son domicile, se tordit de spasmes et passa la nuit à vomir ses entrailles. Le plan d'Anna avait fonctionné comme prévu, à un détail près. Le lendemain, vers midi, le commissaire principal qui allait de plus en plus mal se traîna jusqu'à son téléphone et appela les secours. On le transporta à l'hôpital où les analyses ne furent pas concluantes. Douze heures s'étaient écoulées depuis les premiers symptômes, la nature du poison n'était plus détectable. L'interne diagnostiqua néanmoins une sérieuse intoxication alimentaire et, contrairement à ce qu'avait supposé Anna, Jabert, cette fois, fut incapable de tirer des conclusions hâtives.

Dès sa sortie de l'hôpital, il se rendit au commissariat central et ordonna à deux policiers en civil d'aller chercher le sous-chef des Trois Cousins sans délai. Quand José entra dans son bureau, Jabert, bien que toujours mal en point, afficha un sourire carnassier – il tenait sa revanche. Un contrôle sanitaire serait diligenté par ses soins et il se faisait fort d'obtenir des sanctions exemplaires, peut-être même une fermeture, à moins que le sous-chef reconnaisse sa négligence et démissionne sur-le-champ. José resta impassible, tous les poissons servis dans son restaurant provenaient d'un arrivage du matin. Il demanda au commissaire s'il avait des preuves de ce qu'il avançait et, sans attendre de réponse, quitta son bureau.

Heureusement pour la brasserie Aux Trois Cousins, l'enquête s'arrêta là, et ce grâce à un enchaînement d'erreurs. À commencer par celle de l'interne en médecine qui s'était occupé de Jabert : s'il avait établi le bon diagnostic et administré le traitement adéquat dans les délais requis, son patient aurait eu de grandes chances de s'en sortir. Ce ne fut pas le cas et, la nuit suivante, Jabert ressentit une terrible migraine ; blotti dans son lit, il fut gagné par une hypothermie et se mit à grelotter violemment, avant de convulser.

La deuxième erreur, qui cette fois n'était pas un détail, bien qu'involontaire, incombait à Anna, ou plutôt à son appréciation relative de la chimie des champignons. Si la dose létale d'une amanite phalloïde est en moyenne de trente grammes, celle de la *Galerina marginata*, à la toxicité six fois supérieure et que l'on confond souvent avec sa cousine la pholiote changeante, correspondait pile aux trois gouttes de la décoction qu'elle avait préparée.

Heureusement pour Anna, Jabert avait bien trop d'ennemis pour qu'on suspecte une sole meunière de meurtre.

Le surlendemain, alors que le décès du commissaire principal était annoncé par la presse, José attendit Anna à l'entrée des vestiaires. Leurs regards se croisèrent et, à nouveau, ils se comprirent en silence : rien ne s'était passé. Néanmoins, Anna rendit son tablier et s'en alla.

Elle n'avait eu d'autre intention que d'obtenir justice, faire vivre à Jabert un moment qui, quoique douloureux, ne serait jamais aussi violent et traumatisant que ce qu'il lui avait fait subir.

*

En cette journée d'automne, Anna rangea ses vêtements dans une grande valise. Elle dîna dans sa cuisine avec un livre pour toute compagnie et consacra le reste de la soirée à préparer sa maison pour un long sommeil. Elle recouvrit les meubles de draps, coupa l'eau, le gaz, et ferma les volets. Avec sa façade en pierre meulière, le petit pavillon qui surplombait la voie de chemin de fer ne payait pas de mine, mais elle l'aimait et devrait continuer à payer longtemps le crédit qui lui avait permis de l'acheter. Partir sans savoir quand elle reviendrait lui pinçait le cœur.

Le lendemain matin, elle s'envolerait pour le Canada où elle avait trouvé une place de sous-chef dans un établissement réputé au Québec. Un emploi qu'elle était décidée à occuper le temps de mettre assez d'argent de côté pour accomplir son rêve. Et si, alors, les choses s'étaient apaisées, autrement dit si l'enquête sur la mort de Jabert n'avait pas abouti, elle reviendrait et ouvrirait son propre restaurant.

En attendant, elle se jura de ne plus jamais cuisiner de champignons.

4

La pièce secrète

Mitch était habile de ses mains. Curieux par nature, il avait appris dès l'enfance à s'en servir en observant ses parents. Son père qui les week-ends, dans son atelier installé au grenier, retapait les rebuts dont les gens se débarrassaient. Des lampes, de vieilles bibliothèques, des tables et des chaises bancales. Sa mère qui s'acharnait à réparer tout ce qui se détraquait dans leur vieille maison.

Bricoler, cuisiner, jardiner et même coudre, tout ça était dans ses cordes.

Le réseau électrique de la pièce secrète avec ses fils gainés de papier et ses interrupteurs chancelants était trop vétuste pour qu'on y fasse passer du courant, au risque d'un départ de feu. Il commença par tirer une nouvelle ligne et accrocha suffisamment d'ampoules au plafond pour y voir clair. Dès qu'il l'eut raccordée au compteur, il enclencha le fusible.

Dans la lumière, tout paraissait encore plus vaste. Mitch découvrit, sous un voile de poussière, un plancher en châtaignier de bonne qualité, une quantité de meubles tout aussi poussiéreux. Six tabourets devant le comptoir en zinc, deux canapés, des fauteuils club, trois tables pourvues de six chaises chacune, un vieux coffre ouvert, et, ce qui l'intéressait le plus pour le projet qu'il mûrissait, des rangées d'étagères qui couraient le long du mur du fond. Pendant qu'il inspectait les lieux, deux choses s'imposèrent. Ici, le temps s'était arrêté brusquement. En témoignaient les verres abandonnés sur le bar, les jeux de cartes sur les tables basses, un tapis de dés sur une autre, des blocs-notes où étaient inscrits des scores et l'odeur d'un passé où se mêlaient encore des senteurs de vieux bois, de cuir et de malt. La pièce secrète n'avait pas été qu'un lieu de recel, elle avait servi de tripot.

L'ampleur des efforts à fournir pour la remettre en état n'inquiétait pas Mitch. Le résultat escompté lui ouvrait de nouvelles perspectives.

*

Au cours des deux mois qui suivirent sa découverte, il arriva chaque jour en ville par le premier train pour profiter du temps avant l'ouverture. Il baissait le rideau de la librairie entre midi et 14 h 30, poursuivait son travail dans la pièce secrète dès la fermeture du soir, et passa quelques nuits sur l'un des canapés en cuir qu'il avait soigneusement nettoyés. Il consacra tous ses moments libres à réaménager les lieux, déplaçant les meubles, briquant le parquet, aspirant, peignant, astiquant le zinc du comptoir, installant des appliques, frottant les tapis.

Huit semaines qui le laissèrent fourbu et écrasé de fatigue. Quand tout fut à son goût, il transporta depuis sa remise les quatre cent trente-sept exemplaires des livres interdits qu'il possédait, dont seul un manquait à l'inventaire.

Un dimanche, il était presque minuit, après les avoir tous classés par auteurs en ordre alphabétique, il se laissa tomber dans un fauteuil, avec en main un verre de whisky de l'une des bouteilles de contrebande trouvées sous le bar, pour fêter son œuvre.

Tout était prêt, Mitch ouvrirait bientôt sa librairie clandestine, qu'il réserverait à une clientèle digne de confiance.

Le lendemain matin, Mitch rentra chez lui avec une sérieuse gueule de bois. Une question l'avait empêché de trouver le sommeil : comment savoir à qui il pouvait faire confiance, comment s'assurer qu'aucun client de la librairie clandestine ne le trahirait ? Il prépara un café qu'il oublia sur la table du salon avant d'entrer dans sa chambre et de s'écrouler sur son lit.

Il se réveilla à la tombée de la nuit dans un épais brouillard et ressentit le besoin de prendre l'air. Il emporta un sac à provisions pour garnir son réfrigérateur dans lequel il n'y avait plus rien de comestible et quitta son appartement.

On ne comptait plus beaucoup de voisins dans l'immeuble, mais ceux qui y vivaient encore rentraient du travail. L'ascenseur ne fonctionnant plus depuis longtemps, des bruits de pas mêlés au son des voix s'élevaient dans la cage d'escalier. Sur le palier du deuxième étage, Mitch croisa M. Horstein. Il avait toujours supposé qu'il pût être hongrois, polonais ou roumain, sans jamais réussir à savoir ce qu'il en était. M. Horstein devait être assez mal dans sa peau, ou alors il ne comprenait pas un mot de ce qu'on lui disait, car il avait la manie d'éclater de rire chaque fois que Mitch lui disait « Bonjour », « Au revoir » ou « Comment allez-vous ? » – ce qui était un frein à toute tentative de conversation. Pour une fois, Horstein ne rit pas, il tira même une mine épouvantable, comme si une catastrophe venait de se produire. Dans un effort apparemment surhumain, il leva l'avant-bras pour exhiber sa montre et tapota le cadran de l'index, puis il effectua ce mouvement de tête de gauche à droite et de droite à gauche qui, en langage universel, signifie que c'est foutu, ou trop tard. Mitch avait appris cela du chef de service de son père, un jour où il avait sonné à la porte. Juste après avoir annoncé qu'un terrible accident était survenu, il avait fait cette même mimique, la tête allant de gauche à droite et de droite à gauche.

Dans le cas de M. Horstein, la raison était moins grave : après avoir repéré le sac à provisions de Mitch, il tentait de lui expliquer qu'à cette heure, l'épicerie était fermée. Pour une fois Mitch le comprit, car son voisin plongea la main dans son cabas, en retira le pain qu'il avait acheté, et le coupa énergiquement avant de lui en tendre une moitié ; puis il replongea la main pour offrir à Mitch un morceau de gruyère et une pomme. Il lui tapota amicalement l'épaule, avec l'air tranquille d'un sauveur, et rentra chez lui sans même attendre un merci.

Mitch alla se promener avec un morceau de pain dans une main, du gruyère dans l'autre et une pomme dans sa poche.

Bien plus tard, assis dans sa kitchenette, il se prépara un sandwich, avec la certitude que les barrières du langage n'empêchaient en rien de se faire des amis. Cette rencontre inopinée fut également la source d'une trouvaille magnifique.

Mitch réfléchissait aux mots qu'il aimait particulièrement dans ses lectures, à l'émotion qu'il éprouvait devant leur clarté et surtout à la façon dont on pouvait grâce à eux faire usage de nuances. Par exemple, si la loi HB 1467 interdisait aux libraires la vente des livres bannis, aux bibliothécaires de les prêter, et il relut le texte de loi ligne par ligne pour s'en assurer, elle ne faisait aucune mention de la possibilité de les louer.

Ce soir-là, Mitch s'endormit du sommeil du juste, heureux comme il ne l'avait pas été depuis longtemps.

*

Le lendemain matin, il était à peine 8 heures, le rideau de fer remonta, laissant entrer la lumière du jour dans la librairie. La clientèle se présentait rarement avant 10 heures, à l'exception de quelques écoliers et étudiants venus acheter des fournitures, et de ceux, plus rares, qui lisaient encore des revues. Depuis la première élection du gouverneur, les journaux d'opposition avaient fermé, il ne restait qu'un seul journal qui appartenait à un homme d'affaires richissime et proche du pouvoir. Les articles qui paraissaient dans *Le Phare* se bornaient à encenser l'action du gouvernement et critiquer les pays éloignés ; s'y s'ajoutaient quelques billets d'opinion, beaucoup de faits divers, et, le dimanche, les nouvelles du clergé, une page culturelle et les prévisions météorologiques de la semaine.

Mitch vaquait à ses occupations habituelles ; il ouvrit des cartons, arrangea les tables, retourna derrière son comptoir pour consulter le carnet de commandes et, bien qu'il fît tout son possible pour ne pas se l'avouer, il ne pensait qu'à une chose : comment partager les livres interdits au nez et à la barbe des autorités, et à qui les rendre accessibles. Il finit par conclure que le mieux était de s'en remettre à son flair. Il faisait ce métier depuis suffisamment longtemps pour avoir appris à reconnaître le genre de lecteur auquel il avait affaire ; mais est-on ce qu'on lit ? Le cœur à gauche parce qu'on vénère Albert Camus, révolutionnaire parce qu'on lit Karl Marx ou humaniste parce qu'on aime Romain Gary ?

Une femme poussa la porte. Elle avait noué ses cheveux sur la nuque, portait un imperméable noir élégant serré à la taille, qui laissait voir ses jambes à partir des genoux, et dont les manches retroussées dévoilaient ses poignets et des mains fines, abîmées par le travail. Elle posa sa valise et se promena de table en table, prit un livre qu'elle remit en place, puis un autre et un troisième.

Alors qu'elle ne l'avait pas remarqué, à moins qu'elle l'ignorât volontairement, Mitch la suivait du regard. Il était certain qu'elle n'était encore jamais venue, et se trouvait incapable de deviner si elle était ou non digne de confiance.

Une inconnue s'attardant de bon matin dans sa librairie pouvait être missionnée par la sûreté publique afin de lui tendre un piège. Mitch supposait que tous ceux qui faisaient appliquer les lois iniques avaient l'âme corrompue, mais il se refusa de céder à la paranoïa ; il était plus probable que cette femme soit entrée pour se protéger de la pluie et il conclut que le moment était venu de mettre son flair à l'épreuve.

Elle feuilletait un recueil de poésies et sursauta quand il s'adressa à elle.

— J'avais la tête ailleurs, je ne vous avais pas vu, dit-elle pour s'excuser de ne pas l'avoir salué en entrant.

— Il est passé à travers les mailles du filet, dit-il en posant les yeux sur le recueil. Vous devriez le prendre, il ne m'en reste qu'un exemplaire et je ne suis pas certain de pouvoir le garder longtemps.

Comme sa cliente ne semblait pas comprendre, le libraire expliqua que Russell Banks, l'auteur dont elle tenait l'ouvrage en main, était un contestataire, un visionnaire qui dénonçait les fractures de la société et la mainmise des ploutocraties sur l'ordre démocratique.

— Ce n'est peut-être pas exactement ce que je recherche, répondit-elle.

— Quel genre de livre cherchez-vous ?

— Je n'en ai pas la moindre idée. C'est pour une longue absence.

— Un guide touristique alors, où allez-vous ?

— Pas de guide, répondit-elle, plutôt un compagnon de voyage bienveillant.

Mitch avait aimé ses mots ; il se déplaça vers une autre table et revint avec un roman d'Haruki Murakami, *1Q84*.

— Voilà, dit-il. Et si je peux me permettre un conseil *bienveillant* : lisez-le avec lenteur pour l'apprécier pleinement.

— Je ne lis pas vite, et surtout plus assez, confia-t-elle, je n'ai jamais le temps. Je suis entrée ici presque par hasard. En arrivant à la gare, j'ai appris que mon avion était retardé, alors j'ai préféré traîner un peu en ville, je n'aime pas beaucoup les aéroports.

Elle ouvrit son sac avec une fragilité soudaine, paya le livre, remercia Mitch, attrapa sa valise et s'en alla sans se retourner.

Mitch la regarda s'éloigner dans la rue sous une pluie fine dont elle paraissait se moquer éperdument et il se demanda vers quels rivages elle emmenait Aomamé et Tengo.

*

Le dimanche qui suivit, Mitch décida d'aller voir sa mère. L'installation de la librairie clandestine l'avait tant occupé qu'il se sentait coupable d'avoir manqué à ses devoirs de fils. Il la délaissait depuis trop longtemps, mais il devait prendre deux trains et marcher trente minutes depuis la petite gare du village jusqu'à la Résidence des Églantines où elle vivait depuis déjà quatre ans. Un nom bien fleuri pour des pensionnaires qui ne savaient plus qui ils étaient ni où ils se trouvaient. Pour lui aménager l'existence la plus confortable possible dans cette demeure du désespoir, Mitch dépensait une grande partie de ses économies. Durant toute son enfance et son adolescence, ils avaient entretenu des rapports tendres et complices. À la mort de son père, les choses changèrent, comme si une part d'elle-même lui avait été arrachée. Son emménagement dans le sud du pays les avait éloignés, jusqu'à ce que le mal de l'oubli soit déclaré.

Lorsqu'il lui rendait visite, il apportait toujours une part de ce gâteau qu'elle préparait les dimanches matin de son enfance. Elle le mangeait avec plaisir, souriant à chaque bouchée, comme pour dire à son fils qu'elle savait encore certaines choses. De mois en mois, son sourire n'eut plus d'autre raison que de remercier l'inconnu qui lui offrait un peu de douceur.

Les médecins avaient évoqué les « paliers » que les malades franchissaient. Au début de l'année, ce fut un saut dans l'abîme. La mère de Mitch se reclut dans le silence, les yeux perdus dans les brumes de l'absence. Si Mitch repartait de la Résidence des Églantines le cœur troué, l'âme en lambeaux, résolu à ne plus revenir puisque cela ne servait à rien, il y retournait tout de même pour embrasser sa mère, humer au creux de sa nuque le parfum d'une époque où il était insouciant et le monde plus libre.

Il profita de cette visite pour lui raconter ses exploits. À elle au moins, il pouvait tout dire sans crainte. Il fit des gestes pour mimer la détermination avec laquelle il avait percé le mur de briques, expliqua l'ingéniosité du mécanisme qu'il avait conçu en masquant l'ouverture avec une vieille bibliothèque. Personne ne pouvait deviner ce qui se trouvait derrière, mais une pression sur la paroi du fond faisait pivoter un pan vers l'intérieur de la pièce secrète. Et, regardant les mains de sa mère, parcourues de veines bleues, maculées de taches brunes, il se rappela les soirs quand elle lui faisait réviser ses cours sur la table de la cuisine. Les heures qu'elle passait à ses côtés. Pourquoi ce souvenir avait-il rejailli ? Mitch l'ignorait. Les pensées de sa mère et son intelligence si vive n'avaient peut-être pas été entièrement effacées.

Peut-être la maladie laissait-elle aussi l'âme s'enfuir, comme on le supposait de la mort, mais par fragments au lieu que ce fût tout en entier. Peut-être enfin qu'un amour maternel rôdait, prisonnier des murs de sa chambre.

Mitch envisageait ces « peut-être » parce que sa mère, qui durant ses études l'obligeait à reporter ce qu'il avait retenu sur des fiches, lui avait montré la voie pour résoudre son problème. Il allait en établir une pour chacun de ses clients réguliers et découvrir ainsi ceux que la loi HB 1467 avait le plus affectés. Ceux qui aimaient qu'une lecture les bouscule, leur donne l'envie de s'ouvrir au monde ou de le considérer autrement. Mitch était certes un rêveur, mais il croyait dur comme fer qu'on était inspiré par ce qu'on lisait.

Dès le lundi suivant, il s'attela à la tâche. En étudiant minutieusement ses registres de vente, il réussit à sélectionner quelques profils qu'il estimait dignes de confiance. Mitch réfléchit à la manière de leur présenter les choses. Il avait l'impression d'agir comme un dealer, ce qui était un peu le cas, car la lecture pouvait très vite devenir une addiction. Matin et soir, il épiait dans les trains ces isolés du monde que plus rien ne dérange, ceux qui marmonnent, rient ou pleurent assis sur une banquette, font parfois des mimiques qui les feraient passer pour fous s'ils ne tenaient un livre en main, ceux qui, comme son père, rataient parfois leur station.

5

Mathilde

Elle avait vingt-cinq ans. Étudiante en pharmacologie, elle se plaignait que ses études ne lui laissaient pas assez de temps libre, et qu'elle ne pourrait pas survivre sans en trouver pour la lecture. Mitch n'avait jamais réussi à savoir si elle était sincère ou jouait un numéro. Elle avait des allures de diva, un corps élancé, une petite poitrine, des épaules carrées, une taille fine, des cheveux courts et une frange qui s'arrêtait à la limite de ses yeux noirs étonnamment éclatants. Mathilde soupirait beaucoup. Elle râlait aussi contre le coût de la vie et le manque de moyens des étudiants pour s'offrir des livres. Quand elle en rapportait un qu'elle avait lu sans abîmer le dos, Mitch le lui reprenait de bonne grâce et lui en donnait un autre. Elle aimait les romans noirs, la littérature féministe, et raffolait d'Anaïs Nin, dont elle avait acquis le *Journal* en sept tomes, sans en retourner aucun. Nin l'avait mise sur le chemin de Miller. *Vénus Erotica* figurait sur la première liste des ouvrages interdits et Mitch pensa qu'elle serait enthousiasmée d'en posséder un exemplaire. Irait-elle ou non s'en vanter ? Ce serait un bon moyen de tester sa discrétion avant de lui ouvrir les portes de la librairie secrète.

Elle venait toujours les mercredis, à la sortie de ses cours, juste avant la fermeture de la librairie, s'attardant pour partager ses impressions de lecture. Plus volubile sur ce qu'elle avait détesté que sur ce qu'elle avait aimé, elle parlait avec le contentement de ceux qui se délectent d'entendre leur propre voix. Mitch ne voyait pas d'inconvénient à avoir un peu de compagnie, il en profitait pour mettre de l'ordre sur ses tables, ou vérifier ses comptes, pendant que Mathilde se faisait la conversation. De temps à autre, il hochait la tête ou marmonnait quelques mots pour lui donner à penser qu'il était d'accord avec elle.

Ce soir, elle l'interrogeait, ou s'interrogeait elle-même, sur le couple d'Arthur Miller et Marilyn Monroe. Pouvait-on vraiment épouser une femme que l'on connaissait à peine ? Comment un homme si érudit avait-il pu tenir des propos à ce point dégradants en écrivant que son mariage était une erreur de débutant et son épouse un vase cassé ? Mitch, qui n'avait jamais été très sûr de lui en société, était convaincu d'être ce genre d'homme qui n'inspire rien d'intelligent à dire. Pouvait-on aimer Miller et ignorer ses failles ? L'ennui avait sur lui un effet immédiat, ses pensées se déconnectaient et le ramenaient aux tâches qu'il avait oublié d'accomplir, ou à une idée qui lui trottait dans la tête. Par exemple, pendant que Mathilde continuait ses bavardages, il se souvint d'une facture d'électricité en souffrance. Une pensée en amenant une autre, il songea à consolider l'escalier qu'il avait installé sous la trappe de la remise. Il avait acheté des planches de récupération auprès du menuisier de la rue des Moines, et murmura que c'était une bonne affaire.

— Qui est une bonne affaire ? demanda Mathilde.

Mitch releva les yeux, décontenancé.

— Les planches, répondit-il en faisant tourner son crayon entre ses doigts.

Elle le dévisagea, dubitative.

— J'ai quelque chose pour vous, reprit-il, imperturbable. Mais à condition que vous sachiez tenir votre langue. Si vous n'en êtes pas capable, je ne vous jugerai pas pour autant. Des tas de gens n'y arrivent pas, c'est plus fort qu'eux.

Il n'en fallait pas plus pour exciter la curiosité de Mathilde. Elle se pencha sur le comptoir, si près de Mitch qu'il se demanda si elle ne s'était pas méprise sur l'expression « savoir tenir sa langue ».

— De quoi s'agit-il exactement ? susurra-t-elle.

— D'un livre, répondit Mitch, le plus calmement possible.

Elle s'approcha encore ; si elle avait voulu l'embrasser, elle ne s'y serait pas prise autrement et Mitch s'inquiéta que le livre qu'il s'apprêtait à lui remettre accentue le quiproquo.

— Qu'est-ce qu'il a de si énigmatique, ce bouquin ? questionna-t-elle.

— Rien, sinon qu'il a été écrit par quelqu'un que vous appréciez beaucoup, lâcha-t-il pour remettre les choses au bon endroit.

— Tant mieux. Alors pourquoi est-ce un secret ?

— Parce que je n'ai absolument pas le droit de vous le vendre.

Touchée au cœur par la confiance qui lui était accordée, le statut privilégié dont elle jouissait, Mathilde accrocha ses deux mains au cou de Mitch et l'embrassa magnifiquement.

— Je ne sais pas ce qui m'a pris, dit-elle en détachant ses lèvres.

En gentleman, mais aussi en homme pour qui une femme était une énigme indéchiffrable, Mitch se garda de tout commentaire. Il la pria d'attendre quelques instants et se retira dans sa réserve. Il ouvrit la trappe, descendit au sous-sol et remonta le cœur battant avec en main *Vénus Erotica*, qu'il posa sur le comptoir.

— Ah oui, quand même, siffla Mathilde en voyant la couverture.

— Je n'ai pas choisi le titre, répondit Mitch, les joues cramoisies.

— Mais vous avez choisi de me le vendre.

— Seulement de vous le louer.

— Détendez-vous, c'était juste un baiser, pas une demande en mariage.

— Bon, écoutez, Mathilde…

— J'aime que vous preniez la liberté de m'appeler par mon prénom.

— Mademoiselle, se reprit-il aussitôt.

— C'est un peu tard, nous avons dépassé ce stade, et puis c'est d'accord.

— Pour le livre ?

— Pour prendre un verre. Vous me devez des explications.

— Mais je n'ai rien fait, c'est vous qui…

— Et vos grands airs mystérieux, rétorqua-t-elle avec une mauvaise foi évidente, ce n'était pas juste pour me donner un bouquin.

— Mais si, enfin non, je voulais vous parler de…

Plus il bafouillait, plus elle le regardait, fascinée et réjouie par sa maladresse.

— Très bien, vous avez des secrets à me confier, mais j'ai faim, alors allons dîner, et comme je suis votre cliente, c'est vous qui m'inviterez, bien sûr.

— Bien sûr, répondit Mitch en prenant ses clés sous le comptoir.

Il attrapa sa gabardine au portemanteau et se dirigea vers le bouton qui commandait le rideau de fer.

Tout ce qui sortait de l'ordinaire enthousiasmait Mathilde, comme de quitter la librairie par la remise, ce qui revenait pour elle à emprunter la sortie des artistes. Mitch tapa le code de l'alarme et la fit passer la première.

La pénombre qui enveloppait la courette rendait l'atmosphère lugubre, ce qui pouvait expliquer que Mathilde prenne Mitch par le bras, bien qu'elle s'y accrochât encore en remontant la grande avenue très éclairée où les passants étaient nombreux. Elle l'entraîna vers une rue, puis vers une autre, ils contournèrent la gare et s'arrêtèrent devant une gargote où Mitch n'aurait jamais songé à entrer.

La salle était aussi éclectique que la pop orientale crachée par une vieille enceinte suspendue au plafond. Des tables hautes en formica orange étaient rivées aux murs. Derrière un plan de travail à l'hygiène déroutante, deux femmes s'affairaient ; l'une, armée d'un grand couteau, découpait un kebab dégoulinant de graisse sur sa rôtissoire, tandis que l'autre garnissait des pitas. Mathilde devait être une cliente régulière, la femme au couteau la salua, sa voisine lui lança un clin d'œil après avoir scruté Mitch, puis les deux cuisinières reprirent leur travail.

— Ici, ce sera parfait, dit Mathilde en se juchant sur un tabouret vert pomme devant une table.

Mitch s'installa sur celui d'en face, un modèle couleur jaune canari.

— Soyez tranquille, ici, personne ne nous écoutera.

— Je n'en doutais pas, dit-il les yeux levés vers l'enceinte.

Elle l'abandonna un instant, se dirigea vers le comptoir et revint avec deux verres remplis d'un breuvage opaque et fumant.

— Assam et cardamome, cent pour cent bio, affirma-t-elle en admirant son verre.

Mitch fut pris d'un sérieux doute, mais Mathilde porta le verre à ses lèvres et lui fit signe de boire en même temps qu'elle. Il n'y avait pas que du thé et, bien que fortement alcoolisée, la mixture passa toute seule.

Mathilde expliqua que les deux propriétaires étaient en couple. Elles avaient fui l'Iran où les gens de même sexe qui s'aiment risquent la pendaison. Elles avaient fait un long voyage pour gagner la liberté. Depuis, elles accueillaient d'autres égarés et nourrissaient les sans-abri du quartier.

— Elles ont la poisse, soupira Mathilde.

— Pourquoi ? s'inquiéta Mitch qui envisageait déjà un nombre anormal d'intoxications alimentaires.

— Pourquoi ? Ça me semble assez clair, le pays était différent quand elles sont arrivées. Nous n'avons pas encore de police des mœurs, mais au train où vont les choses… Les homosexuels font l'objet d'un harcèlement permanent, même à la fac. Qu'est-ce qui ne tourne pas rond pour que les gens soient devenus aussi intolérants et vindicatifs ?

— Les médias sont tombés dans les mains de l'entourage du pouvoir : les chaînes de télé, les radios, le quotidien *Le Phare*… La propagande a fini par déteindre sur les esprits.

— Alors ce n'étaient pas des esprits, mais des buvards.

— Ce qui nous amène précisément à ce dont je voulais vous parler, reprit Mitch.

— Qui niait tout à l'heure avoir des confidences à me faire ?

Mathilde se lécha les doigts et contempla Mitch, transférant visiblement sur sa personne son appétit de kebab. D'un hochement de tête, Mitch remit le kebab à sa juste place.

— C'est rare, élégant, c'est presque beau, dit-elle d'un ton détaché.

Mitch se retourna pour observer la salle.

— Qu'est-ce qui est beau ? demanda-t-il.

— De ne pas chercher à coucher avec moi dès le premier soir.

— Mathilde, je n'ai aucune intention de coucher avec vous.

— Ma grand-mère disait : « Ne crache pas dans le vase, tu boiras peut-être un jour de son eau. »

— Je peux savoir dans quelles circonstances votre grand-mère vous a dit une chose pareille ?

— Probablement un jour où j'ai craché dans un vase. Vous avez quelqu'un ?

— Est-ce que je peux oui ou non vous parler de ce bouquin ?

— Oui ou non était aussi la réponse qui convenait à ma question.

— Non !

— Dans ce cas, dites-moi quel est le mystère qui entoure ce livre, c'est sûrement passionnant.

Elle avait dit cela en se mordant la lèvre, et Mitch n'arrivait pas à savoir si c'était ironique.

— Au début, reprit-il, je croyais dur comme fer que ce ne serait qu'un mauvais moment à passer, que la raison reviendrait.

— C'est une phrase tirée du bouquin ?

— Voyez-vous, enchaîna-t-il, impassible, quand le gouvernement a voté l'interdiction de l'avortement, je pensais que les femmes allaient descendre dans la rue.

— C'est ce que nous avons fait.

— Pas en nombre suffisant.

— Vous étiez où quand la police nous a chargées ?

— Chez moi, lâcha Mitch.

— Ça me rassure, j'ai eu peur que vous me fassiez la morale.

— Au contraire. Et c'est ce qui nous réunit ce soir.

— Pour l'instant, je ne vois que ce délicieux repas qui nous réunisse, et pas du tout où vous voulez en venir.

— Quand ils ont modifié les programmes d'enseignement pour coller à la rhétorique du pouvoir, les étudiants ont occupé les lycées et les facs, là encore la police a chargé pour les déloger, et je suis resté chez moi. Puis ils ont arrêté les opposants, les journalistes qui refusaient de leur servir la soupe, les juristes qui protestaient contre les nominations à des postes clés de personnes…

— Des collabos asservis, au cas où vous cherchiez le mot. Laissez-moi deviner, là non plus vous n'avez rien fait ?

— Si, j'ai signé des pétitions.

— Très bon pour la conscience, mais ça ne sert strictement à rien.

— Exact, approuva Mitch.

— Et vous avez vu en moi la bonne pomme sur laquelle épancher vos sentiments coupables ?

— Vous n'avez pas du tout une tête de bonne pomme, Mathilde.

— Je vais prendre ça pour un compliment.

— Vous avez peut-être entendu parler de la loi HB 1467 ?

— Non, mais quelque chose me dit que ça ne va pas tarder.

— Cette fois, c'est moi qui me retrouve dans le bain de la répression, ils ont interdit plus de mille livres, la liste s'allonge de jour en jour.

— Je sens qu'on touche au but. Vous avez décidé de faire acte de résistance et vous n'avez rien trouvé de mieux que de me refiler un exemplaire de *Vénus Erotica.* Bon, je ne pense pas qu'on vous remette la médaille du courage, mais comme je rêvais de le lire, c'est déjà ça.

Mitch ne répondit rien, mais l'espièglerie de Mathilde avait fini par produire son effet, laissant apparaître chez elle un charme insoupçonné. Puisqu'elle voyait les choses comme lui et partageait son aversion pour le pouvoir en place, il allait pouvoir se confier.

— C'est un peu plus ambitieux, dit-il. Je compte ouvrir une librairie clandestine.

Mathilde l'observa avec une admiration grandissante. Sa pomme d'Adam faisait des mouvements de yoyo et sa poitrine se soulevait alors qu'elle respirait de plus en plus fort. Elle se méfiait de ses excès de sentiments, mais quand Mitch lui parla de la pièce secrète qu'il avait découverte, du travail accompli pour la remettre en état et qu'il mentionna, parmi d'autres meubles, le canapé qu'il avait retapé, elle n'eut plus qu'une envie : s'y rendre sur-le-champ. Parce que pour elle, la réponse à la raison d'être de la littérature était au commencement une simple question d'amour.

Mitch avait souvent la paresse de supposer que les choses, quelles qu'elles soient, ne pourraient aller plus loin. Une fois encore, il se trompait.

6

La leçon de musique

Verner était professeur de violon au conservatoire. Pour arrondir les fins de mois, il enseignait la musique deux fois par semaine à des classes de primaire. C'était un homme courtois, gourmand, qui aimait dîner seul au restaurant. Marié trop jeune, il était divorcé de longue date et sans regrets. Le sexe n'avait jamais été qu'une anecdote dans sa vie et Verner n'avait aucune envie de rencontrer une autre femme ; séduire était à ses yeux une perte de temps phénoménale. Sous cette écorce se cachait un homme plus complexe qu'il n'y paraissait. Brahms lui mettait les larmes aux yeux, raison pour laquelle il avait renoncé à le faire jouer à ses élèves dont aucun n'aurait imaginé que chaque samedi après-midi leur professeur quittait son domicile et prenait un train pour se rendre à une heure de chez lui dans la grande salle d'une école de danse où se réunissaient des amoureux du tango. Verner nourrissait déjà cette passion secrète du temps de son mariage. Il n'avait jamais osé en parler à son épouse qui avait fini par suspecter que la raison de ses déplacements était de rejoindre une maîtresse.

Un jour, elle l'avait suivi jusqu'à la gare. Elle était montée dans son train et s'était installée derrière lui afin de ne pas le perdre du regard à travers la vitre qui séparait leurs deux voitures. Lorsqu'il était descendu, elle avait repris sa filature. Verner l'avait repérée depuis belle lurette, mais il trouvait dans son comportement matière à lui faire un reproche plus grand que ceux qu'elle lui adresserait. Il n'y eut jamais de règlement de comptes. Mme Verner, en voyant son mari danser le tango, renverser un homme qui faisait deux fois sa taille et le retenir au creux de son bras, fut prise d'une jalousie terrible, d'autant plus inexplicable qu'elle ne supportait plus son époux. Comme l'avait écrit Romain Gary, c'est fou le nombre de gouttes d'eau qui ne font pas déborder le vase. Dépitée, elle avait tourné les talons. En rentrant chez lui, Verner avait trouvé ses affaires parfaitement rangées dans une valise qui l'attendait dans l'entrée.

Durant les deux heures de trajet qu'il effectuait chaque samedi, Verner aimait lire, et ses lectures étaient aussi complexes que lui. Curieux de tout, il avait fini par nouer, sinon une amitié, du moins une relation d'estime et de sympathie avec celui qui tenait la librairie près de la gare.

Mitch n'avait pas oublié la déception du professeur de musique, quand il lui avait annoncé qu'il ne pouvait plus honorer sa commande. *Des souris et des hommes*, pour des dialogues jugés salaces et vulgaires, apparaissait depuis peu sur la liste des livres interdits à la vente. Plus que déçu, M. Verner avait manifesté sa colère, traitant les censeurs d'ignorants imbéciles, de bigots, et de mangeurs de merde, avait-il ajouté. Aussi, quand Verner se présenta à la libraire un samedi, peu avant d'aller prendre son train, Mitch considéra sa « candidature ». En tant qu'enseignant, Verner était payé par le gouvernement, ce qui rendait l'affaire délicate, mais Mitch n'allait pas s'arrêter à de tels préjugés. D'ailleurs, après que la loi interdisant la scolarisation d'enfants issus de familles sans papiers eut été promulguée, un certain nombre d'enseignants avaient falsifié les registres pour que ces derniers poursuivent leurs études, d'autres les avaient cachés lors des descentes des brigades de l'immigration. Verner avait tout l'air d'être de cette trempe.

Pendant qu'il examinait les ouvrages disposés sur une table, Mitch toussota suffisamment fort pour que Verner s'en inquiète ; une nouvelle quinte, et le professeur s'approcha.

— Un chat dans la gorge ? J'ai des cachous si vous voulez, proposa-t-il.

— Une souris sous le comptoir, répondit Mitch comme s'il était devenu agent du contre-espionnage pendant la guerre froide.

— Il y en a de plus en plus, s'indigna le professeur. Que voulez-vous, le ramassage des ordures n'a plus lieu que trois fois par semaine. On ne cesse de nous dire que l'économie du pays est florissante, alors que chez nos voisins ce serait la bérézina, mais en attendant, j'ai l'impression que le mot économie est devenu synonyme de « se serrer la ceinture », enfin surtout la nôtre.

— Je ne parlais pas de ce genre de souris, marmonna Mitch.

— Vous êtes un peu bizarre ce matin. Quel genre de souris avez-vous sous le comptoir, si tant est que cette phrase veuille dire quelque chose ?

Mitch abaissa son regard et Verner crut un instant qu'il voulait lui montrer sa braguette, option qu'il écarta rapidement, car son libraire lui avait toujours paru sain d'esprit. Afin d'y voir plus clair, il se pencha par-dessus le comptoir, aperçut la couverture du Steinbeck et lança un regard sombre à Mitch.

— Ne me dites pas que vous faites du marché noir, je serais terriblement déçu.

— Non, monsieur Verner, et je ne compte pas vous le céder.

— Je vois, on joue au difficile pour faire grimper les prix.

— Il ne s'agit pas d'argent, je suis sous la menace d'une fermeture administrative.

— Alors pourquoi cette hypocrisie si vous ne pouvez pas me le vendre ?

Au même instant, une cliente poussa la porte de la librairie ; Mitch se pencha rapidement vers Verner.

— La loi ne dit rien sur la possibilité d'une location, vous saisissez la nuance ?

Le professeur analysa cette nuance avec la plus grande circonspection, sentant que toute son intelligence était mise à l'épreuve. Il était plus âgé que son libraire, moins en réalité qu'il ne le supposait, mais Verner s'était senti vieux dès l'adolescence, et il pensait que c'était pour cela que Mitch s'était tourné vers lui, certain d'avoir perçu dans sa voix une demande d'approbation. Investi de cette autorité soudaine, il agita la main pour ordonner à Mitch de les débarrasser de cette intruse au plus vite. Ce qui les occupait était autrement plus important qu'une cliente.

Mme Bergol était une habituée qui avait la particularité de vouer une passion féroce aux romances sensuelles, mais d'être radine au point de venir chaque jour lire un chapitre avant de repartir les mains vides, et d'être singulièrement dure de la feuille. Mitch ne s'inquiéta pas de sa présence et, pour rassurer Verner, il attendit qu'elle ait atteint la table où se trouvait l'objet de sa concupiscence, qu'elle ait repris sa lecture où elle en était restée la veille, et cria :

— Madame Bergol, vous ne voulez pas nous lire une scène torride ?

Elle ne releva même pas la tête.

— Bon, puisque vous me demandez mon avis, chuchota Verner, je crois que vous jouez dangereusement avec les mots, mon ami.

— Déformation professionnelle, répondit Mitch.

Verner allongea le bras, s'empara du Steinbeck et le fourra aussitôt dans sa sacoche.

— Il serait plus prudent que vous me le prêtiez, je vous le rendrai samedi prochain, ce qui me laissera la semaine pour réfléchir à votre idée. Je ne dis pas qu'elle est mauvaise, mais elle demande à être étudiée, surtout si une fermeture administrative vous pend au nez.

Il salua Mitch, passa dans le dos de Mme Bergol et quitta la librairie pour se rendre à son cours de tango.

*

L'après-midi connut une joyeuse affluence qui contrastait avec le calme de la semaine. Un couple de gens aisés, tout juste arrivé de province, avait empli un sac entier de livres pour enfants, la table des polars avait été dévalisée et celle de la littérature générale n'était pas en reste. Mitch avait passé son temps à courir pour renseigner et servir tout le monde. En début de soirée, épuisé, il fit ses comptes, prépara les commandes de la semaine, rangea les tables et ferma la librairie à 18 h 30, juste après l'arrivée de Mathilde.

— C'est assez mystérieux quand il n'y a personne, dit-elle.

— J'ai trop de journées mystérieuses, répondit-il en la faisant sortir par la porte de derrière.

La courette sombre produisit son effet. Mathilde s'accrocha à son bras, mais au lieu d'avancer vers la rue, elle fixa toute son attention sur la trappe à charbon, lançant à Mitch un regard qui en disait long sur l'intérêt qu'elle portait au canapé auquel elle avait pensé maintes fois depuis leur première nuit.

— C'est l'entrée de la caverne secrète ?

— Pas exactement, répondit Mitch. En bas de l'escabeau, il n'y a qu'une cave.

— Dis-moi la vérité, insista Mathilde.

— Viens, allons dîner où tu voudras, j'ai besoin de changer d'air.

Mathilde le regarda d'un air sérieux, les mains sur les hanches.

— Si tu ne me fais pas confiance, ce n'est pas grave, mais alors je préfère rentrer chez moi et ne plus te voir.

Même si le ton sonnait faux, Mitch supposait qu'elle mettrait sa menace à exécution. Il était trop tard désormais pour sauter dans le dernier train et il n'avait aucune envie de passer la nuit dans sa librairie. La silhouette de Mathilde penchée sur la trappe à charbon annonçait une défaite imminente. Il sortit les clés de sa poche et ouvrit le cadenas.

— Passe devant, dit-il en soulevant un pan, et fais attention à ne pas tomber, les marches sont instables.

Mathilde descendit au sous-sol, Mitch la suivit, la main accrochée au volet qu'il referma derrière lui.

Le vieil antiquaire qui avait vendu son local à Mitch les observait depuis sa fenêtre, au troisième étage de l'immeuble dont le mur arrière donnait sur la courette.

*

Mitch éclaira la cave, alla jusqu'à la bibliothèque et exerça une pression sur le panneau du fond. Un déclic se fit entendre, puis le panneau pivota sur son axe. Mathilde écarquilla les yeux comme si elle venait d'assister à un miracle. Elle avança à pas lents, l'air recueilli, on aurait cru qu'elle pénétrait dans une crypte. Elle arpenta la pièce, effleura avec une certaine nonchalance les dos des livres sur les étagères, alluma une lampe posée sur un guéridon et se dirigea vers le bar. D'un bond, elle s'assit sur le comptoir, les jambes croisées et les mains en appui sur le zinc.

— C'est tout simplement magique, souffla-t-elle.

— J'ai pas mal bossé, reconnut Mitch.

— Cet endroit mérite bien mieux, lâcha-t-elle.

Mitch soupira, elle l'avait à peine félicité qu'elle lui faisait déjà un reproche.

— Tu ne peux pas te contenter de faire des allers-retours entre les deux étages pour partager un pareil trésor, au compte-gouttes, comme un vieil avare.

— Tu voudrais que je placarde une affiche dans la vitrine pour clamer que tous les livres interdits sont disponibles dans mon sous-sol et que j'emmerde ouvertement le gouvernement ?

— Quelque chose comme ça, en plus subtil, évidemment.

Mitch était trop fatigué pour répondre à ses moqueries et entrer dans son jeu. Il tourna la tête vers l'escabeau, signalant qu'il était temps de s'en aller. Mathilde ôta son pull et son tee-shirt, découvrant ses seins et sa peau pâle qui sentait la fraîcheur du soir. Elle lui fit signe de s'approcher, et l'entoura de ses jambes.

— Je n'ai aucune envie de me disputer, dit-elle en l'embrassant.

*

Après qu'ils eurent fait l'amour, elle l'emmena dans l'un de ces endroits dont elle avait le secret. Un club de jazz enfumé où les effluves de tabac et de marijuana qui flottaient au-dessus des tables suffirent à l'enivrer. La soirée s'acheva dans la chambre d'étudiante qu'elle louait en ville. Le mobilier se résumait à un petit bureau, une chaise et une grosse couette fripée posée sur un matelas à même le sol. La salle de bains était minuscule, mais elle avait entraîné Mitch sous la douche. À bout de forces, il rendit les armes et alla s'allonger. Mathilde, encore pleine de vigueur, vint se blottir contre lui.

— Tu crois que certains lieux sont prédestinés ?

— À quoi ? demanda Mitch en bâillant.

— Au bien, au mal, à l'amour, à la haine, à la damnation ou au salut.

Mitch leva les yeux au ciel. Il était résolument athée, même si faire l'amour avec Mathilde avait un avant-goût de paradis.

— Ça ne t'est jamais arrivé en entrant quelque part de t'y sentir divinement bien et de ne plus vouloir en partir, ou au contraire d'étouffer et d'avoir envie de ficher le camp au plus vite ? reprit-elle.

— Probablement, répondit-il, les paupières lourdes.

— J'ai mon explication là-dessus.

Elle se tourna vers lui, en appui sur un coude, la tête posée dans le creux de sa main.

— Les murs se chargent d'énergies, positives ou négatives. Certains lieux par exemple sont de vrais nids d'amour et d'autres les antichambres de la séparation. On sent bien quand des choses terribles se sont produites quelque part, enfin moi je le sens, pas toi ? Mitch, si tu t'endors je te mets dehors !

Il rouvrit les yeux et constata que ceux de Mathilde pétillaient d'impatience. Elle tenait à partager quelque chose d'important pour elle, si important que rien ne pourrait l'en empêcher. Mathilde faisait ce qu'elle voulait quand elle le voulait et n'acceptait pas qu'on lui dise non.

— Au XVIe siècle, un charpentier construit sa maison en lisière d'une forêt. À cette époque, les charpentiers ont la charge d'amputer les grands blessés et, comme les accidents sont nombreux, il a aménagé un coin de son atelier à cet effet. À sa mort, son fils lui succède, jusqu'au jour où la maison et l'atelier sont détruits par un incendie. Quelques décennies plus tard, la forêt est rasée pour faire place à un village. Alors qu'une guerre vient d'éclater, on aménage une grange en dispensaire, à l'endroit même où avait vécu le charpentier. Quand le village se transforme en petite bourgade, le dispensaire devient une clinique de campagne. Un siècle plus tard, la bourgade est une grande ville et le dispensaire un hôpital.

— Quel hôpital ? demanda Mitch.

— Le CHU de notre ville, figure-toi.

— Et où as-tu appris tout ça ?

— Au centre hospitalier universitaire... Tu crois que j'étudie où ? Ce lieu était destiné depuis toujours à ce qu'on y prodigue des soins. Maintenant, réfléchis bien à ce que tu as découvert sous ta librairie, ça n'est pas le fruit d'un simple hasard.

— Mon sous-sol était prédestiné à devenir une librairie clandestine ? demanda Mitch avec une petite pointe d'ironie dans la voix.

— Qu'est-ce qui s'y passait avant que tu le tires de son sommeil ?

— D'après l'ancien proprio, du recel. À mon avis, on s'y réunissait pour boire, danser et jouer à des jeux d'argent à l'époque où se dévergonder était interdit.

— Qu'est-ce ce que je disais ! Ta pièce secrète est faite pour que l'on y mène les combats de la liberté.

Et aussitôt, Mathilde expliqua à Mitch tout ce qu'il devait faire s'il ne voulait pas se contenter d'être un simple rêveur mais contribuer à ce qu'elle qualifiait déjà de lutte majeure pour la justice.

Mathilde avait ce pouvoir d'effacer les paresses, de faire naître chez les hommes des ambitions qu'ils ignoraient avant de coucher avec elle.

7

La professeure de lettres

Verner jugeait sa carrière médiocre. Il était aussi dur avec lui-même qu'avec ses élèves, parmi lesquels il n'avait jamais trouvé de prodige. Un seul lui aurait suffi pour justifier toute une existence dédiée à l'enseignement. À dix ans de la retraite, s'il ne désespérait pas, Verner n'avait plus grand-chose à découvrir sur lui-même, il était donc logique qu'il accorde beaucoup d'importance au concours de l'école de tango dont les épreuves éliminatoires se déroulaient les jeudis soir depuis plusieurs semaines. Après le dîner, il alluma sa chaîne stéréo, posa un disque vinyle sur la platine et répéta ses pas dans son salon, sur l'air de *La Cumparsita.* Il dansait seul, maintenant sa posture droite, les jambes légèrement fléchies ; tout se jouerait dans la maîtrise des mouvements, leur sensualité et les émotions qui s'en dégageraient. Avec des années d'exercice au compteur, Verner entrevoyait enfin la possibilité d'une victoire. Mais depuis le week-end précédent, la conversation qu'il avait eue avec Mitch occupait presque autant ses pensées.

*

Le jeudi suivant, Verner se présenta en fin d'après-midi à la librairie, tenant dans la main droite une valise si lourde qu'elle lui donnait l'air d'une tour de Pise empaquetée dans un vieil imperméable et fichée sur une paire de mocassins usés.

— Vous partez en voyage ? s'inquiéta Mitch.

— Ne dites pas de bêtises et laissez-moi reprendre mon souffle, répondit le professeur en s'approchant.

Au prix d'un grand effort, il souleva la valise et la reposa lourdement devant Mitch, à côté de la caisse enregistreuse. Sa main tremblait quand il l'ouvrit, ses yeux s'embuèrent brièvement, puis il s'accrocha au comptoir comme s'il allait tomber.

— Voilà qui mériterait que l'on boive un verre, dit-il en montrant au libraire la cinquantaine de livres qui se trouvaient à l'intérieur. De quoi enrichir votre collection, j'ai fait le tri dans ma bibliothèque, ils sont tous sur la liste.

Mitch alla verrouiller la porte, enfermant avec eux Mme Bergol, plongée dans une romance érotique et qui sembla ne s'être rendu compte de rien. Par politesse, Mitch lui demanda, en criant, de bien vouloir veiller sur la librairie. Il avait une affaire à traiter avec son client et promit qu'il n'en aurait pas pour longtemps. Mme Bergol humecta son index d'un coup de langue, tourna une page et poursuivit impassiblement sa lecture. Verner, qui n'avait rien perdu de la scène, haussa les épaules pendant que Mitch repassait derrière le comptoir. Il s'empara de la valise et invita le professeur à le suivre.

Dès qu'ils se trouvèrent dans la remise, Mitch déplaça le tapis et souleva la dalle de plancher, découpée entre deux lambourdes. Verner n'eut pas l'air plus surpris que cela et descendit l'escalier ainsi révélé, se retenant à la corde de chanvre qui longeait le mur.

Si l'escabeau de la trappe à charbon atterrissait dans la cave, l'escalier que Mitch avait construit aboutissait derrière le mur de briques, soit directement dans la librairie secrète.

En bas des marches, Mitch alluma les plafonniers et Verner observa les lieux en poussant un sifflement admiratif. Mitch posa la valise sur une table basse et rangea les livres sur les étagères pendant que Verner le regardait faire.

— J'ai beaucoup réfléchi à la question que vous m'avez posée, dit le professeur.

— Quelle question ?

— Je crains que votre projet ne manque d'une certaine ambition.

— Vous aussi ?

— Puis-je savoir qui d'autre ?

— Une amie, répondit Mitch en se tournant vers lui.

— Quel genre d'amie ? Enfin, après tout, ça ne me regarde pas, mais puisque nous sommes du même avis, je suis d'accord avec elle. Vous prenez trop de risques pour pas grand-chose. Au train où vous allez, vous réserverez ces précieuses lectures à un tout petit nombre de personnes, des privilégiés, ce qui est contraire au sens que j'accorde à la littérature. Il faut voir grand, beaucoup plus grand, faire de la résistance en quelque sorte.

Mitch demeura silencieux un moment, plongé dans une réflexion intense.

— Je pourrais créer un club de lecture, dit-il enfin. Les gens se réuniraient dans cette pièce qui pourrait facilement en accueillir une cinquantaine, une à deux fois par semaine. On y tiendrait des débats, nous réfléchirions ensemble aux actions à mener pour contourner la loi, faire en sorte que les livres interdits puissent toujours être lus. Nous pourrions même songer à un système d'expéditions.

— Vous êtes un très mauvais acteur. C'est votre amie qui vous a suggéré cette idée, n'est-ce pas ?

Mitch hocha la tête, puis il prit deux verres qu'il remplit de whisky. Verner leva le sien pour trinquer et l'avala d'un trait.

Ils en burent chacun un deuxième, puis un troisième et rien ne fut ajouté puisque tout avait été dit. Le professeur regarda sa montre et soupira.

— J'ai une heure pour me remettre d'aplomb. En attendant, je ne serais pas contre une petite aide pour remonter ces marches, la pente me semble plus raide que tout à l'heure.

Mitch l'aida à regagner la surface et le raccompagna jusqu'à la porte.

— Gardez la valise, je vous l'offre. Je ne voyage plus, sinon pour me rendre à une heure d'ici.

Mme Bergol profita du départ du professeur pour sortir derrière lui, non sans avoir lancé à Mitch un regard noir.

*

Verner se trompait en supposant que Mathilde avait suggéré à Mitch de créer le club de lecture. L'idée lui revenait entièrement, ou presque. Mathilde avait des certitudes, des indignations sélectives, des idéaux, mais aucun plan pour les concrétiser. Néanmoins, elle avait eu raison sur un point : inciter chacun à se méfier de tout le monde était précisément ce que le gouvernement recherchait.

Au matin, Mitch s'était glissé hors du lit, avait ramassé ses affaires et avait quitté le studio de Mathilde sans faire de bruit. Préoccupé, il était allé se promener le long du fleuve où il avait été accosté par une enseignante en lettres qu'il avait eue au collège. Mme Ateltow avait reconnu son élève, assis sur un banc dans une posture songeuse.

— Tu n'as pas tant changé, déclara-t-elle en s'asseyant près de lui. Et ne dis pas que moi non plus ; vingt années ont passé.

Elle était curieuse d'apprendre ce qu'il avait fait de sa vie. Mitch la renseigna. Elle ne fut pas surprise et décida que le métier de libraire lui allait parfaitement. Elle se souvenait d'un garçon assidu à son travail et remarquablement rêveur, une combinaison rare, car d'ordinaire c'était l'un ou l'autre. Mitch ne se rappelait rien de tout cela, pas plus que des anecdotes à son sujet que Mme Ateltow se fit une joie de lui raconter. Elle était trop bavarde face à quelqu'un qui avait peu dormi, mais sa compagnie était agréable, ses yeux plus vifs que dans le souvenir de Mitch et sa voix apaisante. Elle confia qu'elle vivait à l'autre bout de la ville, se déplaçait rarement et vouait une fidélité sans faille à la libraire de son quartier. Et, bien que Mitch lui eût fait remarquer qu'il se faisait tard et qu'il devait rentrer, Mme Ateltow n'en avait pas fini.

— C'est une femme ou tes affaires qui te rendent maussade ?

— Ni l'une ni les autres, répondit Mitch.

— Tu es joli garçon, tu sembles être en pleine forme, tu exerces un beau métier, et l'on croirait que tous les malheurs du monde pèsent sur tes épaules.

— Disons que les temps sont compliqués pour un libraire.

— Les gens lisent moins, je te l'accorde. Ma libraire est la première à s'en plaindre, mais son commerce se porte plutôt bien, peut-être que tu ne t'y prends pas comme il faut.

— Ma librairie se porte aussi bien que les autres, sinon que désormais des fonctionnaires décident de ce que j'ai le droit d'y vendre. Non, c'est pire : de ce que je n'ai plus le droit de vendre.

Mme Ateltow lui tapota la main pour le réconforter. Son regard se perdit quelque part entre la berge et le fleuve qui s'écoulait devant eux.

— J'ai entendu parler de cette loi. Elle est absurde, et plus absurde encore est le nombre de gens qui l'ont trouvée justifiée. Mais, il y a tant de livres publiés chaque année, j'imagine que ce ne doit pas être si grave que tu le laisses entendre.

— Vous vous trompez. Un contenu à caractère sexuel, un personnage explicitement LGBT, un langage jugé offensant, une allusion au suicide, ajoutez les livres qui traitent du racisme ou de la xénophobie, ceux qui remettent en cause les religions, tout ce qui dérange, choque ou déroge à la morale qu'ils prônent a été banni. Madame Ateltow, la moitié des auteurs que vous nous avez fait découvrir sont désormais supprimés des programmes. Vous n'auriez plus le droit aujourd'hui de parler d'eux, ni d'évoquer leur travail ou de nous lire un passage en cours.

C'est ainsi qu'un matin où l'air était particulièrement doux, alors que soufflait une brise agréable, tandis qu'une belle lumière se reflétait sur les ondulations du fleuve, une enseignante à la retraite, assise sur un banc en compagnie d'un de ses anciens élèves, prit conscience de ce qu'elle avait ignoré jusque-là. La révélation fut si forte qu'elle sentit un poids lui écraser la poitrine. Mme Ateltow avait pesté quand la loi HB 1467 avait été votée par le Parlement ; elle avait aussi pesté en faisant ses courses parce que le prix du bacon avait augmenté ; elle avait également pesté le jour où, après s'être démis l'épaule à cause d'une mauvaise chute, elle avait dû patienter cinq heures aux urgences, souffrant le martyre avant que quelqu'un vienne s'occuper d'elle. Mme Ateltow reconnaissait avoir beaucoup pesté ces dernières années, et sa passivité l'épouvantait.

Elle se tourna vers Mitch et le fixa de l'air désolé qu'elle affichait quand elle entrait en classe et collait à ses élèves une interrogation surprise.

— Et toi, mon petit Mitch, tu en fais quelque chose, de ton indignation ?

Il n'y avait plus aucune autorité dans sa voix, Mitch y avait même perçu de la compassion, de celle qui vous met en confiance, faisant de l'autre un allié. Il lui révéla avec une certaine excitation avoir conservé plusieurs centaines de livres interdits, expliquant qu'il songeait sérieusement à enfreindre la loi et réfléchissait au meilleur moyen de procéder pour ne pas se faire prendre. Il ajouta que toute suggestion de sa part serait la bienvenue.

Mme Ateltow pointa le doigt en l'air, non pour exiger le silence cette fois, mais pour s'accorder le temps de réfléchir. Elle se leva, se promena le long de la berge, passa et repassa plusieurs fois devant Mitch en marmonnant et s'arrêta soudain pour observer un couple de colverts qui se disputaient un morceau de pain.

— Combattre le feu par le feu ! s'exclama Mme Ateltow, avec la vigueur retrouvée de l'enseignante résolue à mater une classe d'élèves turbulents. Si le gouverneur s'en est pris aux livres, c'est parce qu'il en a peur ; il redoute leurs pouvoirs. C'est ce que je me suis efforcée de vous transmettre au travers des lectures que je vous imposais. Vous me détestiez souvent, mais je vous apprenais l'art de comprendre plutôt que de juger hâtivement, je bousculais vos certitudes et vos préjugés. Pendant mes cours, nous faisions connaissance avec des étrangers, nous partions à la rencontre d'autres civilisations, nous nous interrogions sur des idées nouvelles, nous nous confrontions à des mentalités différentes. Le gouverneur tient à préserver tel quel le monde étroit sur lequel il règne. Mon petit Mitch, ce qui nous attend est plus important que tu ne l'envisages, à condition de faire preuve de courage et d'un peu de folie. Puisque tu détiens ces livres, nous allons les faire circuler dix fois plus qu'avant. Il est possible que les autorités nous tombent dessus et nous en fassent payer le prix, mais si l'on ne fait rien, tout est foutu.

— Vous suggérez que je les mette en vitrine ? Ça ne marchera pas, j'ai déjà eu la visite d'un contrôleur, ils m'obligeront à fermer boutique.

— J'ai une bien meilleure idée. Les jeunes ont un appétit féroce pour ce qui est interdit, ils vont s'arracher ces lectures, aduler leurs auteurs, ils ne parleront plus que de cela entre eux. Nous allons faire naître une contagion contre laquelle les censeurs ne pourront rien. J'en discuterai avec quelques anciens collègues qui sont encore en poste, des gens de confiance évidemment.

Touché par sa ferveur, Mitch réfléchissait à son tour. Faire circuler les bouquins dans les lycées et universités lui semblait beaucoup trop risqué. Tôt ou tard, un professeur ou un surveillant en confisquerait un ; tôt ou tard, ils seraient plusieurs dans ce cas et tous ne seraient pas nécessairement des sympathisants à la cause ; tôt ou tard, un élève menacé de sanction vendrait la mèche et les autorités remonteraient à la source. Créer un engouement pour les livres interdits chez les jeunes était en soi une idée formidable, à condition de trouver le bon moyen de leur inoculer le virus de la lecture.

Mitch remercia Mme Ateltow, puis ils échangèrent leurs coordonnées avant de se séparer, se promettant de se revoir sous peu.

La solution du problème lui apparut sur le chemin qui le ramenait à la librairie.

*

Il téléphona à Mathilde pour l'inviter à dîner, ce qui la ravit et la toucha, car c'était la première fois qu'il en prenait l'initiative. Elle voulut savoir où il l'emmènerait, mais puisque c'était une surprise, elle n'en sut rien, sinon qu'ils avaient rendez-vous le lendemain à la librairie, juste après la fermeture.

Dès qu'il eut raccroché, Mitch appela M. Verner, qui commença par décliner l'invitation, poliment mais fermement. Mitch lui promit un bon repas accompagné d'un vin exceptionnel. Verner détestait dîner en compagnie, mais si c'était pour une bonne cause…

Mme Ateltow accepta l'invitation avant même qu'il eût le temps de finir sa phrase, ne voyant plus d'inconvénient à traverser la ville. Dès qu'elle raccrocha, elle repensa son programme du lendemain afin d'avoir le temps de se préparer comme il se devait pour cette soirée. Ensuite elle appela son fils qui avait la fâcheuse manie de passer la voir sans prévenir et lui raconta qu'elle avait rendez-vous avec des amies pour une partie de cartes.

Mitch ferma la librairie un peu plus tôt, obligeant Mme Bergol à interrompre prématurément sa lecture. Il alla faire quelques courses, acquit deux bouteilles d'un bon cru et se mit en cuisine dès qu'il fut rentré chez lui. Réunir ses convives dans un restaurant lui aurait demandé moins d'efforts, mais il ne voulait pas que des oreilles indiscrètes puissent entendre ce qu'il avait à leur dire.

*

Le lendemain matin, il arriva en ville par le premier train, chargé d'un cabas plein à ras bord. Il traversa la courette, entra dans la remise et descendit aussitôt dans la pièce secrète où il dressa une nappe et quatre couverts sur une ancienne table de bridge. À l'heure du déjeuner, il se rendit dans une quincaillerie, acheta un réchaud électrique et un frigo de bar qu'on lui livra une heure plus tard.

Le reste de l'après-midi lui parut durer une éternité.

*

Mme Ateltow se présenta trente minutes en avance. Son coiffeur n'avait pas lésiné sur la mise en plis. Elle s'efforçait d'aplatir ses boucles qui n'en faisaient qu'à leur tête.

Verner arriva pile à l'heure, faisant d'abord mauvaise figure, avant de changer radicalement d'humeur, frappé de plein fouet par le sourire de Mme Ateltow. Mitch les présenta l'un à l'autre, et le fait d'avoir été tous deux enseignants leur donna immédiatement matière à conversation. Dès lors, ils ignorèrent royalement Mitch.

Mathilde fit son entrée un peu plus tard. Elle fronça les sourcils en découvrant le comité d'accueil, et ne dissimula pas son impatience à voir ces gens s'en aller ; le sourire froid de Mitch lui donna la ferme impression de s'être fait avoir.

— Pour une soirée en tête à tête, c'est une surprise… Cinq, ce n'est pas ce que j'appellerais un grand succès pour un club de lecture, à moins que tu attendes encore du monde, lança-t-elle à la cantonade.

Mitch chercha qui était le cinquième invité auquel Mathilde faisait allusion. Il fit un tour d'horizon et aperçut, derrière une colonne, Mme Bergol qui tournait fébrilement les pages de *Nos corps enlacés dans la moiteur de l'été*. Il alla à sa rencontre, lui ôta délicatement le livre des mains, y inséra un marque-page avant de le refermer, le lui offrit et la raccompagna à la porte qu'il referma d'un tour de clé. Mathilde en conclut qu'il n'attendait plus personne. Mitch entraîna ses invités vers la remise. Ils empruntèrent l'escalier menant à la pièce qui n'avait plus de secret que pour Mme Bergol.

Le repas dépassa toutes les espérances de Verner, même s'il n'attendait pas grand-chose de cette soirée, sinon de devoir dîner et bavarder en même temps, deux choses résolument incompatibles pour lui. Jusqu'à ce soir en tout cas, car la cuisine était succulente et sa voisine truculente. Cela faisait longtemps que Verner n'avait plus apprécié la compagnie d'une femme et, alors qu'il reprenait une généreuse portion de bœuf-carottes, il s'interrogea sur les raisons qui avaient fait de son mariage un naufrage. Quel crime avait-il pu commettre pour que son épouse le méprise à ce point ? Cette plongée en eau profonde l'amena, après un instant de silence, à demander à sa voisine ce qu'elle pensait de la guitare espagnole, lui l'appréciait beaucoup et en jouait tous les soirs avant de se coucher. Mme Ateltow répondit n'en avoir jamais écouté et ajouta qu'elle comblerait cette lacune dès le lendemain.

Mathilde restait bizarrement silencieuse, elle observait la tablée, intriguée par le comportement de Mitch dans son rôle de parfait maître d'hôtel, resservant ses invités chaque fois que leur verre de vin était vide, débarrassant les assiettes pour en disposer d'autres alors que la soirée avançait. Il avait l'air serein, occupé, mais très peu par sa présence, au point qu'elle se sentit d'abord mal à l'aise, puis étrangère. Ce n'était pas la première fois que l'alcool l'enivrait, les cuites mémorables qu'elle avait connues l'avaient toujours rendue légère, prête à rire d'un rien ; ce soir c'était tout le contraire. Elle se trouva plus gauche encore que Verner, dont le flirt maladroit l'aurait d'ordinaire amusée. Elle avait l'habitude d'être entourée d'inconnus, dans des soirées où par inertie et paresse elle était habitée par le sentiment d'être ailleurs. Elle avait le don d'écouter les autres avec détachement, sans jamais être affectée par ce qu'on lui disait. Pas ce soir. Mathilde n'avait plus qu'une envie : passer une dernière nuit avec Mitch, loin de chez elle et loin de la vie à laquelle elle retournerait après l'avoir quitté.

Mitch abandonna la table pour aller chercher une bouteille derrière le bar. Verner s'excusa auprès de sa voisine et le rejoignit.

— Donc, ce petit dîner entre inconnus était un traquenard, dit-il en lançant un regard pourtant concupiscent vers Mme Ateltow qui engageait la conversation avec Mathilde.

— Non, mais si c'en avait été un, vous vous y seriez jeté tout seul, répondit Mitch en essuyant des verres. J'ai l'impression que vous ne lui déplaisez pas.

— Puisque nous sommes à l'heure des confidences, permettez-moi de vous dire que vous avez négligé votre amie qui est pourtant charmante.

Mitch regarda Mathilde.

— Ce n'était pas mon intention.

— C'est à elle qu'il faudra le dire, enchaîna Verner. Bon, votre bœuf mijoté était excellent, mais il serait peut-être temps de passer au plat de résistance : pourquoi exactement nous avez-vous réunis ?

Mitch toussota assez fort pour que Mme Ateltow se taise. Tous les regards convergèrent vers lui.

— M. Verner a raison, il est temps que je vous révèle la raison de cette soirée. Je vous suis reconnaissant de m'avoir forcé à réfléchir. Louer mes livres au compte-gouttes manquait en effet d'ambition. Si vous êtes là, c'est parce que chacun de vous a contribué à un projet que j'aimerais partager ; et aussi parce que je voulais vous demander de m'aider à le mettre en œuvre. Si l'on déplace un peu les meubles, cette pièce peut accueillir une centaine de personnes. Un ou deux soirs par semaine, nous pourrions y réunir des étudiants. Madame Ateltow, si vous acceptiez de reprendre du service, vous leur parleriez des lectures qui changeront leur monde pour le rendre meilleur, des livres qui leur donneront de l'espoir ; vous le faisiez remarquablement bien, je sais de quoi je parle. Monsieur Verner, vous pourriez convier vos élèves, et pourquoi pas jouer pour eux, cela mettrait une ambiance joyeuse. Il faut que ces réunions soient des moments de fête et de partage, où chacun se sentira attendu, libre et enthousiaste à l'idée d'être entré, d'une certaine façon, en résistance. Si la sauce prend, nous augmenterons la fréquence des soirées, et peut-être convaincrons-nous d'autres librairies de faire de même. Je sais, dit ainsi cela paraît très ambitieux, mais je crois que nous pouvons être à la source d'un mouvement qu'aucune censure, aucune autorité ne pourront arrêter.

— Et moi ? demanda Mathilde, quel est mon rôle dans ce beau projet ?

— Cent personnes à la fois, c'est une très grande classe, intervint Mme Ateltow en coupant l'herbe sous les pieds de Mitch. Je suis un peu rouillée, une aide serait précieuse. Que diriez-vous d'accueillir cette jeunesse avec moi ? Ainsi, la différence de générations ne serait plus un obstacle.

— Je vous remercie, mais c'est à Mitch que je m'adressais.

— Aide-moi à tout organiser, je n'y arriverai pas seul. Et si tu parlais de notre projet à des étudiants d'autres facultés, tu rallierais des troupes. Je sais que c'est te demander de prendre des risques et rien ne t'y oblige si tu ne le veux pas.

— Évidemment qu'elle le souhaite, s'exclama Mme Ateltow, n'est-ce pas ?

— Quand se tiendrait la première rencontre ? s'enquit Mathilde.

— Le temps de mettre la machine en route, disons dans une semaine.

— Je ne suis pas libre les jeudis et samedis, annonça Verner.

— Mercredi, proposa Mme Ateltow.

La date fut entérinée et le pacte scellé. Verner jeta un coup d'œil à sa montre et proposa à Mme Ateltow de lui tenir compagnie sur le chemin du retour, expliquant que passé 21 heures, les rues n'étaient pas si sûres qu'elles le paraissaient. Mitch remonta pour leur ouvrir la porte, il voulut les saluer, mais les deux enseignants s'éloignaient déjà sur le trottoir. Mathilde, qui était sortie derrière eux, resta campée devant la vitrine.

Mitch remarqua enfin qu'elle avait détaché ses cheveux, troqué son jean contre une robe légère et ses baskets contre une paire de ballerines. Il ne se faisait aucune illusion sur l'issue de la soirée et lui demanda néanmoins la permission de la raccompagner.

— Ton ami est un beau menteur, dit-elle. Il n'est pas encore 21 heures et les rues sont parfaitement sûres.

Elle avait parlé d'une voix plus lente et d'un ton qui sonnait un peu faux.

— Qu'est-ce qui ne va pas ?

— Tu as vraiment le don de poser des questions idiotes, Mitch. Qu'aurais-tu répondu si ta vieille prof de lettres n'était pas venue à la rescousse ?

— Ce que je t'ai proposé, je ne l'ai pas attendue pour y penser.

— Il faut que je te demande quelque chose de très important, Mitch : qu'est-ce qui te motive le plus dans cette aventure, réveiller des étudiants ou te glisser dans la peau d'un héros ?

— Tu m'as regardé, tu me trouves vraiment l'allure d'un héros, moi qui ai peur de me couper en me rasant le matin ?

— Tous les héros ne portent pas de cape, il faut croire que certains ont des livres, répondit-elle dans un pâle sourire.

— Je ne sais pas ce qui m'anime, tu m'as peut-être donné envie de faire quelque chose d'important, rappelé que si je pliais, ou démissionnais, je me supporterais encore moins.

— Je me trouve parfois un peu théâtrale, mais là, tu viens de me donner une leçon ! Je te laisse, puisque je dois aller rallier les troupes.

Mitch la suivit du regard, Mathilde s'éloignait et lui avait perdu l'envie de redescendre dans son antre secret. La nuit le ramenait vers sa solitude et sa banlieue.

Il rentra dans la librairie, tourna le loquet et passa derrière le comptoir pour couper l'éclairage. Il entendit un cliquetis bizarre et arrêta le rideau de fer qui descendait lentement.

Mme Bergol, le visage collé à la vitrine, en martelait la surface du doigt avec la régularité d'un pivert.

— Mais qu'est-ce que vous faites là ? dit-il en lui ouvrant la porte. La librairie est fermée.

— Je sais bien qu'elle est fermée, je ne suis pas sotte.

— Revenez demain, vous pourrez lire autant que vous le voudrez, il est vraiment tard.

Elle saisit son poignet et le serra de toutes ses forces.

— Il faut que je vous parle, c'est important.

— Quelque chose ne va pas ? s'inquiéta Mitch.

— Si je ne vous achète aucun livre, c'est parce que je n'y vois plus rien. Je distingue encore le jour de la nuit, j'entrevois les objets sur mon passage, les silhouettes des gens que je croise, mais les lettres ne sont plus que des formes dansantes, les lignes, des vagues qui ondulent sur les pages. C'est regrettable, parce que avant je lisais énormément, j'adorais ça. Je me suis habituée à mon sort, il faut bien se résoudre à vieillir, seulement depuis que mon mari est mort, mes journées sont devenues beaucoup trop longues. C'est pour ça que je viens chez vous. Pendant deux heures, je fais semblant de bouquiner, c'est parfois ennuyeux, surtout quand il n'y a pas de clients, mais quand bien même, je suis moins seule puisque vous êtes là. Je fais la sourde oreille par discrétion, pour ne pas déranger, mais j'entends parfaitement. À ce sujet justement, tout à l'heure, avant que vous ne me chassiez, j'ai entendu votre amie parler d'un club de lecture que vous organisiez. J'y ai pensé toute la soirée, ce serait pour moi l'occasion de renouer avec les livres. Voilà, je vais aller droit au but : je voudrais faire partie de votre club, s'il vous plaît.

Mitch était stupéfait. Il n'avait jamais vraiment considéré Mme Bergol. Habitué à son manège, il se contentait de la saluer de loin quand elle entrait dans la librairie, puisqu'il ne voyait aucune raison de la renseigner ou de lui offrir un conseil. S'il l'avait fait, il aurait découvert le voile opaque qui masquait la couleur de ses yeux. Une cataracte, qui aurait dû être opérée avant qu'elle n'en arrive à ce stade avancé. Mais il ne savait rien de sa santé ni de ses moyens, et n'osa pas en parler. Sous son manteau ouvert, elle portait une robe noire en coton impeccable qui épousait les formes de sa frêle silhouette. Ses joues ridées n'avaient rien ôté à la beauté de son visage. Mitch ne voyait aucune raison de lui refuser ce qu'elle demandait, même s'il devrait l'aider à descendre et remonter les marches. Sa présence ne dérangerait personne.

— Eh bien c'est d'accord, dit-il, et pour que vous ne vous ennuyiez plus quand la librairie est vide, lorsque je n'aurai pas trop de travail, je pourrai vous lire un ou deux chapitres d'un livre que nous aurons choisi ensemble.

— Ceux que je feuillette ne sont pas bien ?

— Si, si, répondit Mitch, d'un ton laconique. Attendez-moi là, le temps que je ferme. Je vous raccompagne chez vous.

— Vous êtes gentil, mais j'arrive encore très bien à me débrouiller seule ! répondit-elle avant de tourner les talons.

Mme Bergol salua son libraire et remonta l'avenue.

*

Ce soir-là, assis sur un banc de la gare, Mitch piqua du nez en attendant son train. Puis il dormit durant tout le trajet, la tête appuyée contre la vitre poussiéreuse de la voiture. Il se traîna jusque chez lui, gravit l'escalier en se demandant s'il arriverait à atteindre son étage et poursuivit sa nuit tout habillé sur son lit.

8

La réunion clandestine

Mitch occupa son temps libre à la préparation du local. Il travaillait encore plus que d'ordinaire, dormait assez peu et ne ressentait pourtant aucune fatigue, c'était même le contraire : chaque jour il se réveillait plus en forme que la veille, le moral au beau fixe. Aux heures de fermeture, il descendait au sous-sol, déplaçait les tables basses, disposait les canapés, chaises et fauteuils devant une scène imaginaire qu'occuperaient Mathilde et Mme Ateltow ; puis, quand il n'y avait plus rien à faire, il classait les livres sur les étagères ou rédigeait des fiches de lecture. Mathilde vint lui prêter main-forte le troisième soir, et tous ceux qui suivirent. Elle apparut sans s'annoncer, n'écouta aucune consigne – Mitch renonça vite à lui en donner – et s'occupa de la décoration. Elle avait déniché dans une brocante un lot de vieilles affichettes publicitaires annonçant des concerts de groupes dont elle n'avait jamais écouté la musique. Pink Floyd, les Rolling Stones, Supertramp, ABBA, Guns N' Roses, Nirvana, REM, Weezer, le clou de la collection étant un portrait géant de Freddie Mercury, vêtu de blanc, un micro si près de sa bouche qu'on aurait cru qu'il allait l'avaler. Celui-ci, elle le punaisa derrière le bar. Mitch ne chercha pas à savoir pourquoi, ni de quelle façon ces posters enrichiraient des soirées dédiées à la lecture. Elle semblait le savoir pour deux et son entrain, sa bonne humeur, le rassuraient. Pendant qu'ils travaillaient, elle lui racontait ses journées à la fac, parlait des cours qui l'avaient intéressée, de ceux qui l'avaient barbée, lui expliquait par quelle chimie les anti-inflammatoires agissaient, dissertait sur les effets secondaires de l'aspirine ou s'émerveillait de la découverte d'une molécule prometteuse dans le traitement de certains cancers.

Lorsqu'elle n'avait plus rien à raconter, elle s'installait dans un fauteuil et bouquinait en sifflotant. Il arrivait qu'elle disparaisse pendant deux heures et revienne aussi naturellement que si quelques minutes s'étaient écoulées. Mitch avait fini par apprendre deux choses sur elle. Mathilde avait besoin d'employer le moindre instant, et elle redoutait les silences. Par rébellion, ou juste pour l'emmerder, il scotcha à côté de Freddie Mercury une affiche représentant la couverture originale de *1984*.

*

Le dimanche suivant, ils dormirent tard dans la matinée. Mitch emmena Mathilde se promener sur les berges du fleuve. En traversant un pont, il s'arrêta. Mathilde s'en rendit compte et se retourna aussitôt, si bien qu'il n'y eut entre eux que quelques centimètres. Elle fronça les sourcils, se demandant quelle excuse il avait pu trouver pour lui annoncer qu'il allait devoir lui fausser compagnie. Elle ne lui en laisserait pas le loisir et répondrait que ça lui était bien égal, qu'elle aussi devait le laisser, qu'elle avait des tas de choses à faire, et pour commencer réviser ses cours qu'elle avait délaissés en lui consacrant ses soirées. Tout cela lui vint à l'esprit en moins d'une minute, pendant que Mitch continuait de la dévisager. Il n'avait aucune intention de lui fausser compagnie et se contenta de dire qu'il la trouvait encore plus jolie que d'habitude. Les joues rouges, Mathilde s'accrocha à son bras et oublia ses révisions.

— Tu dis n'importe quoi. Tu as le trac, c'est ça ? Tout se passera bien, promit-elle. Ton don juan sur le retour comblera les temps morts avec sa guitare, et je connais bien les copains que j'ai conviés, ils ne manquent pas de répartie.

— Combien viendront selon toi ? s'inquiéta Mitch.

— J'en ai invité une bonne vingtaine – elle leva les yeux vers le ciel et fit mine de compter –, vingt-cinq je crois, et je leur ai demandé de passer le mot. J'en ai fait des caisses pour les motiver, ils ne résisteront pas à l'envie de participer à une soirée réservée à un petit nombre d'initiés triés sur le volet. Tu sais, tu n'es pas le seul à subir la censure, il est désormais interdit de parler politique dans les facs, mais je t'assure que ceux qui vont venir ne s'en priveront pas.

— En imaginant que chacune de tes recrues en rallie une autre, on devrait pouvoir miser sur cinquante personnes, et si Verner en fédère autant, on fera salle comble.

— Nous le saurons très bientôt, répondit Mathilde.

*

Ils ne furent que soixante. Trente-deux dans l'équipe de Mathilde, vingt-six dans celle de Verner, une seule personne dans celle de Mme Ateltow qui avait convaincu sa libraire de participer à une réunion dont elle pourrait peut-être tirer des enseignements, et enfin Mme Bergol, qui n'aurait raté cette occasion pour rien au monde. Un nombre inférieur à ce que Mitch avait espéré, mais pour une première le résultat était honorable.

Mme Ateltow n'avait pas perdu la main. Magistrale, elle décrivit les conséquences de la loi HB 1467, et en particulier pourquoi elle finirait par affecter la pensée collective, expliqua les raisons – politiques et non morales – qui l'avaient motivée. Elle opposa à ces motivations sournoises celles des auteurs des livres interdits, qui, bien que de cultures et de pays, d'époques, de styles ou de genres différents, avaient cherché à partager dans leurs écrits une réflexion sur l'humain, un rejet de la loi du plus fort, de la barbarie, des inégalités, et à faire naître une envie de tolérance, de justice et de liberté. Elle était intarissable. Mitch chercha à se souvenir s'il l'avait connue aussi enflammée quand elle dispensait ses cours. Mme Ateltow cita des auteurs et des textes qui redonnaient ses droits à la nuance. Puis, d'une façon un peu théâtrale, elle marqua une pause et se tourna vers la bibliothèque, entraînant dans son regard ceux des étudiants qui admiraient les centaines de titres interdits. La libraire de Mme Ateltow resta béate, affichant une drôle de tête et se demandant comment son confrère avait pu accumuler et surtout dissimuler autant d'ouvrages bannis. Elle n'eut pas le temps d'y réfléchir longtemps. Mathilde fit son entrée en scène dans un silence proche du recueillement.

Mitch échangea un sourire avec Verner, cherchant dans ses yeux espiègles la confirmation de ce qu'il pensait. Les deux femmes avaient dû répéter leur numéro pour arriver à une synchronicité aussi parfaite.

Elles n'avaient en effet rien laissé au hasard. Mathilde passa dans les rangs, distribuant avec nonchalance et dans un déhanchement étudié une liste des titres qu'elle et sa complice avaient choisis pour la prochaine réunion du club.

L'exercice consisterait à réfléchir d'ici-là aux questionnements soulevés par ces textes pour qu'ils aient été interdits. Y figuraient *La Confusion des sentiments* de Stefan Zweig, *L'Étranger* d'Albert Camus, *L'Amant* de Marguerite Duras, *Le Crépuscule* de Michael Cunningham, *La Chute de la maison Usher* d'Edgar Allan Poe et *La Servante écarlate* de Margaret Atwood. Quand Mathilde eut achevé la distribution des feuillets, elle s'installa sur le dossier d'un fauteuil tourné face à l'assemblée qu'elle dominait depuis son perchoir. Puis elle croisa les jambes, offrant une perspective avantageuse de sa personne, et fit taire le murmure. Elle attendit quelques instants, puis captiva l'audience en parlant des vertus libératrices d'une littérature proscrite par les autorités.

Verner, conquis, admirait ce numéro qu'il trouvait magistralement réglé. Il appréciait la musicalité de sa voix et de sa rythmique qu'elle maîtrisait aussi bien qu'une musicienne accomplie.

Un peu plus tard, Mathilde ouvrit les débats au public. Une dizaine d'étudiants prirent la parole à tour de rôle, aucun ne réussit à égaler les deux oratrices qui les avaient précédés.

Vers 22 heures, ce fut le tour de Verner, qui attrapa sa guitare et surprit Mitch dès les premiers accords.

— Et attendez qu'il se soit échauffé..., lui souffla Mme Ateltow.

La soirée s'acheva peu avant 23 heures. Les étudiants repartirent enthousiasmés ; Mitch confia à tous un livre qu'ils avaient pu choisir. Verner fit quelques pas sur le trottoir de l'avenue avec Mme Bergol, Mme Ateltow étant montée à bord de la voiture de sa libraire.

Cette première fut un succès : les universitaires avaient signé pour la prochaine session fixée au lundi suivant, promettant de rallier d'autres recrues. Pourtant, sur le chemin du retour, Mitch et Mathilde n'échangèrent que peu de mots.

*

Quelques jours plus tard, Mitch reçut la visite de l'antiquaire qui lui avait vendu son local. Il portait un manteau avec un col en fausse fourrure qui le faisait ressembler à un mafieux désargenté déguisé en poule de luxe ; ses cheveux huilés, peignés sur le côté pour masquer sa calvitie, n'arrangeaient rien au tableau. Le visage de l'homme, jusque-là dénué de toute expression, se tordit dans une grimace étrange quand il le salua. Puis il se promena en sifflotant, haussant à tour de rôle les épaules et les sourcils. Mitch se demanda si c'était un tic.

— Vous cherchez un ouvrage en particulier ?, demanda-t-il.

— Non, répondit l'antiquaire, je me promène. C'est bien ici, propre, très propre, dirais-je. Ça me paraissait plus petit quand c'était chez moi. Vous avez fait une bonne affaire.

— Les livres prennent moins de place que les antiquités, répondit Mitch, inquiet du but de cette visite.

L'antiquaire se pencha sur une table, prit un livre et le reposa presque aussitôt.

— Alors, dit-il, avez-vous regardé de plus près de quoi il en retournait ?

— Regardé quoi ? questionna Mitch.

— La pièce, derrière le mur de briques.

— Ah, une histoire qui remontait, si je m'en souviens bien, à l'occupant qui vous avait précédé ?

— Cette histoire-là, précisément.

— Non, répondit Mitch, pas eu le temps de m'intéresser à ce que vous avez vous-même qualifié de légende.

— Ça, c'est étrange, rétorqua l'antiquaire.

Le tic avait maintenant gagné sa bouche, sa lèvre supérieure remontait sporadiquement vers le bout de son nez.

— J'ai cru vous voir passer pas mal de temps sous la trappe à charbon et entendre ce qui ressemblait fort à des coups de pioche.

— Vous m'épiez ?

— Non, je passais par là.

— Dans la courette ?

— J'y vide encore mes poubelles, expliqua l'antiquaire, j'habite l'immeuble qui se trouve juste derrière.

— Je l'ignorais.

— Et donc, pas de coups de pioche dans la brique ?

— Il me semble vous avoir déjà répondu.

— C'est encore plus étrange et bien dommage, soupira l'antiquaire.

Il reprit sa promenade à travers les tables, sifflotant plus fort chaque fois qu'il s'arrêtait en faisant mine de s'intéresser à une couverture. S'il avait passé des essais pour incarner un petit truand dans une série B, il aurait eu le rôle.

— Qu'est-ce que vous voulez ? demanda Mitch qui n'avait encore jamais connu quelqu'un d'aussi irritant.

— Faire à mon tour une bonne affaire, vous me devez bien ça. Voyez-vous, j'ai besoin d'espace pour entreposer des choses auxquelles je suis très attaché, ce serait pratique en bas de chez moi. Je pourrais vous louer cette pièce pour une somme convenable.

— Me louer une pièce qui n'existe pas, voilà qui est vraiment étrange.

— Arrêtons de jouer au plus fin, qui étaient tous ces gens qui sont entrés l'autre soir, et où sont-ils allés après la fermeture ?

— Donc, vous m'espionnez. Ces gens, comme vous dites, étaient des étudiants venus assister à une lecture qui s'est tenue ici même ; j'avais poussé les tables pour l'occasion.

— Ils ont dû être sacrément serrés les uns contre les autres. Ce doit être passionnant, une séance de lecture. Je pourrai m'inviter, la prochaine fois, en voisin ? reprit l'antiquaire, avec une arrogance qui commençait à taper sérieusement sur les nerfs de Mitch.

— Si vous êtes étudiant, pourquoi pas.

— Ne me parlez pas sur ce ton, je finirais par penser que vous n'avez pas envie de me rendre service.

— Qu'avez-vous besoin de stocker, exactement ?

— Des vieilleries. À mon âge on devient sentimental et j'en ai accumulé beaucoup dont je n'arrive pas à me défaire.

— D'accord, arrêtons de jouer au plus fin. Vous savez pertinemment que cette pièce existe puisque vous l'exploitiez. J'imagine que l'endroit où votre marchandise se trouve aujourd'hui ne vous convient plus, et ce pour des raisons que je n'ai pas envie de connaître. Alors vous vous êtes dit que le sous-sol de ma librairie serait une planque idéale. Désolé, mais c'est non.

— Vous le regretterez sûrement. Si vous changez d'avis, comme je vous le disais, mes fenêtres donnent sur la courette, vous n'aurez qu'à me siffler.

L'antiquaire fit un clin d'œil, un autre tic peut-être, et s'en alla.

Mitch éprouva un sentiment étrange après son départ, une sensation désagréable qui perdura toute l'après-midi. Il songea à se confier à Mathilde et finit par considérer que Verner serait un meilleur conseil en la matière.

*

Le professeur de musique s'étonna de le voir à la sortie de ses cours. Il l'entraîna vers la terrasse d'un café, où ils s'installèrent. Mitch se tenait face à lui et il lui raconta devant une bière la visite qu'il avait reçue plus tôt dans la journée.

— Et il a dit que vous le regretteriez ?

— Mot pour mot, répondit Mitch en inspectant ses paumes comme s'il allait trouver, entre sa ligne de vie et sa ligne de chance, une solution au problème qui le préoccupait.

Verner siffla son verre.

— Un bluff, affirma-t-il après s'être essuyé la bouche du revers de la main. Il n'était pas présent lors de la réunion, il n'est donc au courant de rien… sinon qu'une réunion s'est tenue, ce qui n'est pas encore interdit que je sache. Je crois que vous vous faites du souci pour peu de chose. Qu'en pense votre amie ?

— Je ne lui en ai pas parlé.

— Je vois, lâcha Verner, alors que Mitch n'y voyait rien du tout. Elle était formidable l'autre soir, une vraie révélation, et quel binôme, c'était épatant. Tout va bien entre vous ?

— Oui, je crois, répondit Mitch, qui n'en était pas certain.

Verner le laissa régler la note et se leva, réjoui à l'idée de revenir jouer bientôt de la guitare dans sa librairie.

*

Mathilde et Mitch continuèrent à se voir deux à trois soirs par semaine. Après les réunions du club qui connaissaient un succès grandissant, ils passaient la nuit chez elle. Mitch repartait le matin avant qu'elle se réveille ou lorsqu'elle faisait semblant de dormir encore. Il n'y eut plus de dîner en tête à tête, ni de club de jazz et de moments partagés dans ces endroits dont elle gardait désormais le secret.

Dès l'adolescence, Mathilde avait développé un penchant pour les garçons imprévisibles, des exaltés, des passionnés

– pas nécessairement par elle, d'ailleurs. Elle s'était entichée d'un certain nombre de tocards, au point de friser une loi des séries. Elle avait eu une liaison avec un divorcé qui en savait plus sur les voitures que sur son ex-femme, avec laquelle il était resté marié six ans. Elle avait enchaîné avec un musicien qui ne tenait pas l'alcool, et lorsqu'elle s'était décidée à adopter une hygiène de vie irréprochable, elle avait laissé entrer dans sa vie un professeur de yoga au corps parfait, mais qui passait trop de temps à méditer pour lui laisser le loisir d'en profiter.

Il y avait beaucoup de choses qu'elle admirait chez Mitch : il était différent des hommes qu'elle avait fréquentés jusque-là, elle ne s'ennuyait pas avec lui, son humour et sa tendresse donnaient à la vie un goût de voyage inattendu, mais sans tempête. Paradoxalement, il ressemblait aux livres dont elle vantait les mérites devant des étudiants, ceux dont elle expliquait avec brio qu'il suffisait d'en parcourir quelques pages pour s'attacher au personnage, apprendre à le connaître et ne plus penser qu'au plaisir de le retrouver le soir.

Elle savait depuis le début que leur histoire ne durerait pas, ce qui rendait plus urgente l'envie de s'accrocher à lui dès qu'ils étaient réunis dans un lit.

*

Un matin, six semaines après la première réunion du club – il s'en était tenu une douzaine entre-temps –, la police débarqua dans la librairie. Mitch fut menotté ; l'inspecteur lui annonça qu'il avait le droit de garder le silence et que tout ce qu'il dirait à présent pourrait être retenu contre lui. Assis sur une chaise, Mitch assista à une fouille en règle. Devant le plaisir que prenaient les policiers à semer le désordre, à vider les rayonnages, jetant les livres au sol, retournant les tables, éventrant les cartons de la remise, il resta impassible. Lorsque la fouille s'acheva, aucun des policiers ne s'était donné la peine de soulever le tapis poussiéreux qui recouvrait en partie le sol de la remise. La visite de la cave dans laquelle ils étaient entrés en passant par la trappe à charbon n'avait rien donné de probant, quelques manuels scolaires périmés datant tous d'avant la réforme des programmes d'enseignement, rangés sur les étagères d'une vieille bibliothèque. Pas un n'avait imaginé qu'une simple pression sur la paroi de cette vieille bibliothèque leur aurait ouvert la porte sur la scène du crime. Trois heures de chaos pour n'avoir mis la main que sur deux exemplaires illicites, arrachés à la remise. *Le Portrait de Dorian Gray* et *L'Origine des autres*, un essai de Toni Morrison qui avait fait un tabac devant les cent cinquante étudiants présents lors de la troisième réunion du club. Mitch n'oublierait jamais cette soirée, l'ambiance était du tonnerre et les débats si enflammés que Mathilde avait dû grimper sur le comptoir pour ramener le calme alors que Mme Ateltow avait perdu sa voix. Un peu plus tard, Verner avait enchaîné des airs de flamenco endiablés avec une virtuosité remarquable, et avait eu droit à trois rappels. Une soirée mémorable, qui avait marqué le début du mouvement de rébellion que Mitch avait tant souhaité.

On le fit grimper dans le fourgon, et durant le trajet, il ne pensa qu'à remettre sa librairie en ordre. S'il devait passer la nuit au poste, il s'y attellerait dès le lendemain.

Il n'en eut pas le loisir. Le procureur qui s'empara de l'affaire, un certain Salinas, y vit un tremplin pour sa carrière. Il mena l'instruction au pas de course et le procès s'ouvrit seulement deux semaines après la constatation des faits. Heureusement pour Mitch, en l'absence de preuve de l'existence d'un lieu où se seraient tenues des réunions subversives, les charges qui pesaient sur lui se limitaient au commerce illégal de quelques livres.

*

L'argument de la location invoqué par l'avocat de la défense n'impressionna pas les jurés. Au contraire, ils trouvèrent dans ce stratagème des circonstances aggravantes, une malice qui confirmait une intention préméditée, une volonté de se moquer de la loi en la détournant. De se moquer surtout des valeurs qui assuraient la stabilité de la société, avait renchéri le procureur Salinas. L'accusé ne s'était pas limité à promouvoir une littérature transgressive, mais également des ouvrages obscènes. N'avait-on pas saisi chez lui, parmi d'autres livres interdits, des ouvrages aussi scandaleux que ceux d'Atwood ?

Non, on n'en avait pas trouvé, avait objecté la défense.

Mais ils figuraient sur un inventaire, avait repris l'accusation, affirmant que ce libraire, loin des obligations de son métier qui consistait, au même titre que celui d'enseignant, à contribuer à l'éducation et au bien-être de la population, se croyait au-dessus des lois et s'était montré délibérément anarchiste.

Le verbe haut, Salinas prétendit que Mitch faisait commerce de littérature pornographique auprès des mineurs, ce qui était un mensonge et en disait long sur sa propre perversité.

Distribuant une dizaine de livres aux jurés – dont seulement deux venaient de la librairie de Mitch –, il ajouta qu'il ciblait les jeunes les plus malléables pour les tourmenter avec des lectures traumatisantes, ce qui était évidemment infondé et stupide.

Agitant un exemplaire de *Fahrenheit 451*, le roman de Ray Bradbury, comme s'il s'agissait de la bible rouge de l'Antéchrist, il demanda à la cour une peine exemplaire à l'encontre d'un récidiviste auquel un contrôleur de la sûreté publique avait déjà dressé une amende pour des faits similaires.

Durant les quatre heures que dura l'audience, Mitch ne s'étonna plus de rien, ni de la mauvaise foi de son accusateur, ni de la passivité des jurés qui hochaient souvent la tête, ni de l'absurdité de cette parodie de justice. Il était simplement soulagé que la police n'ait pas réussi à trouver l'entrée de la librairie secrète, que sa collection soit à l'abri et surtout que la liste des livres qu'il avait confiés aux étudiants dorme dans un tiroir derrière le comptoir du bar. Aucun d'eux ne serait inquiété, ce qui soulageait sa conscience. Une chose le secoua : l'absence de Mathilde, de Mme Ateltow et de Verner, mais il se sentait bien trop las pour leur en tenir rigueur.

Les jurés ne prirent pas la peine de se retirer pour délibérer. Le verdict tomba et le juge condamna Mitch à cinq ans de réclusion.

9

La bête humaine

Durant les premières semaines de son incarcération, Mitch ne pouvait croire à ce qui lui était arrivé ni qu'il passerait les cinq prochaines années de sa vie en prison pour avoir « dealé » des livres. Des armes, de la drogue ou un produit dangereux auraient pu justifier une telle sanction, mais comment pouvait-on redouter les mots à ce point ? Il y croyait encore moins dans le brouillard des petits matins, quand le sommeil s'en va. Les yeux fermés, les premiers instants de conscience le rappelaient à ses occupations de libraire. Il pensait à se réapprovisionner en crayons, stylos et ramettes de papier, à faire l'inventaire, vérifier les commandes des clients qui avaient été livrées et les appeler pour les prévenir qu'ils pouvaient passer les chercher, à réaménager la vitrine, faire un peu de ménage, régler les factures en souffrance. Mais dès qu'il ouvrait les yeux sur les murs de sa cellule, livres, crayons et stylos, papiers et clients s'envolaient par les barreaux.

*

Par une fin d'après-midi plutôt ensoleillée, au retour de la promenade dans la cour, le chef des matons – que tout le monde appelait « Sergent » – interpella Mitch dans le couloir en hurlant son numéro de détenu. Mitch se demanda ce qu'il avait bien pu faire, mais le Sergent ne lui laissa pas le temps de trouver la réponse. Les coups de matraque s'abattirent sur ses épaules, ses reins, sa jambe droite – la gauche restait hors de portée depuis qu'il était tombé et se protégeait de son mieux, recroquevillé en position fœtale. Le Sergent continua la dérouillée devant les autres prisonniers. Pas un ne bronchait, mais tous serraient les dents. Le Sergent termina de se défouler en lui assénant un magistral coup de pied au visage. Après quoi, il remonta son pantalon qui avait glissé sous sa bedaine à cause des efforts fournis et s'en alla tranquillement. Mitch fut relevé par deux de ses compagnons d'infortune. Celui qui le tenait par les aisselles lui expliqua que c'était la coutume ; chaque nouveau avait droit à ce traitement, c'était la façon qu'avait le Sergent de montrer qui faisait la loi entre ces murs, avait-il marmonné. En marchant vers sa cellule, Mitch se sentait au bord des larmes, il ne pouvait ni parler ni même bouger les lèvres ; le visage tuméfié, il y voyait à peine. Il ne le comprit que plus tard, mais il venait de commencer sa peine sous le règne tyrannique du Sergent. En avançant dans la coursive, il se demanda quel était le métier indiqué sur la fiche de paye de cet homme, s'il était marié, s'il avait des enfants ou un chien. Songer à cela pouvait paraître idiot, mais il était impératif pour résister à la prison et à la peur d'avoir conscience que son tortionnaire était un être humain. Parce que rien ne pouvait tenir à distance une bête sauvage, sinon qu'elle soit repue. Rien ne pouvait la raisonner, alors que même le plus mauvais des hommes gardait en lui une étincelle d'humanité, aussi infime fût-elle. Mitch, soutenu par ses deux codétenus, rentra dans sa cellule.

*

Deux mois passèrent, puis un autre et un autre encore. Comme chaque matin depuis six jours, on les avait réunis dans la cour. Les pluies d'un orage diluvien qui s'était abattu la semaine précédente avaient raviné la route en terre battue qui menait du centre pénitentiaire au cimetière situé en lisière d'un bois à cinq kilomètres au nord. Il fallait la remettre en état, ôter les résidus de boue qui stagnaient dans les ornières et les remplir de gravier. L'appel fut fait, puis trois gardiens en armes les escortèrent dans cette longue marche. Le maton perché en haut du mirador regarda leurs minuscules silhouettes se perdre dans la ligne d'horizon.

Le cortège s'arrêta une heure plus tard. Les détenus furent alignés en file indienne et on ôta leurs menottes. Le soleil était à peine levé, mais la chaleur brûlait déjà les nuques moites de sueur et de sel. Le Sergent prit sa gourde et but une longue gorgée, les prisonniers avaient encore plus soif à le regarder se désaltérer, sa pomme d'Adam gigotait chaque fois qu'il déglutissait, et les leurs faisaient de même. Le Sergent vida la dernière rasade sur le sol, et revissa le bouchon. Une tache sombre apparut dans la poussière à l'endroit où l'eau s'était répandue.

*

Le réveil avait lieu à 5 h 30, lorsque les matons cognaient leur matraque sur la porte des dortoirs. Il fallait bondir de son lit et le refaire au carré en un temps record, avant que le Sergent ne vienne pour son inspection générale. Lorsqu'il jugeait qu'une literie n'était pas parfaite, il arrachait le drap et la couverture, et celui qui y dormait en prenait pour son grade. Deux semaines de ce traitement suffisaient à faire d'un détenu un parfait élève. Un jour, lors de l'inspection, Mitch remarqua que les prisonniers prenaient presque du plaisir à observer leur travail bien fait. Et quand le Sergent eut fini sa tournée et qu'il se retira sans rien dire, Mitch vit leurs visages d'hommes redevenus ceux d'enfants qui se sentent gratifiés simplement parce que leur maître n'a pas hurlé, et lui-même éprouva presque de la honte d'avoir failli se laisser prendre.

*

Si le pays était virtuellement coupé des nouvelles du monde extérieur, le centre pénitentiaire l'était totalement. Ni télévision ni journaux, et aucun livre pour les prisonniers. Les années qui suivirent furent comme une fracture dans le temps. Un espace où Mitch était méconnaissable. Le quotidien, aussi dur fût-il, s'installa et il parvint à venir à bout de chaque journée, à survivre chaque nuit en remplissant ses pensées de projets imaginaires.

*

Un matin, Mitch se retrouva sur le trottoir, à côté d'une cabine téléphonique rescapée d'une autre époque. Il lui faudrait du temps pour se reconstruire mais il avait le regard d'un homme qui porte en lui tous les espoirs d'une vie nouvelle. Il se retourna une dernière fois, releva les yeux vers le mirador et s'éloigna en claudiquant, à cause de sa jambe droite qui le faisait souffrir chaque fois que la pluie s'annonçait. Au carrefour, il retrouva de la force et se mit à sourire en songeant que le Sergent, lui, poursuivrait sa vie derrière les murs de la prison.

Il dut attendre un long moment avant que passe l'autocar qui le ramènerait en ville. Aux champs de blé et d'orge succédèrent des banlieues où se dressaient des barres d'immeubles. Deux heures plus tard, Mitch reprit sa marche silencieuse, traînant lentement sa patte folle jusqu'au-devant d'un rideau de fer baissé sur une vitrine où l'on entrevoyait, derrière les croisillons, des livres sous un voile de poussière.

Mitch passa par la ruelle et déboucha dans la courette. Un chat de gouttière dormait sur un vieux couvercle de poubelle. Le chat ouvrit les yeux et le regarda fixement. Mitch le salua d'un signe de la tête et chercha ses clés dans la poche de sa veste. Il traversa la réserve et s'installa derrière le comptoir où il passa le reste de la journée, assis sur un tabouret, à observer le saccage créé par les policiers le jour de son arrestation. Le temps n'avait plus la même emprise sur lui ; cinq années passées derrière des barreaux, sans la moindre visite, lui avaient appris à en faire son allié. Quand la nuit tomba, il imagina la silhouette de Verner en train de flirter avec Mme Ateltow pendant que le fantôme de Mathilde déambulait devant les bibliothèques, celui de Mme Bergol feuilletant un livre emprunté sur une table.

Alors un sourire immense se dessina sur son visage.

*

Durant tout le temps où Mitch remit sa librairie en route, il s'interdit de songer à sa vie d'avant. Il avait pris cette résolution en prison et il se souvenait parfaitement de ce moment. C'était une fin d'après-midi où il avait refusé de se plier à un ordre stupide. Le maton de service lui avait conseillé de se tenir tranquille, ajoutant qu'à six mois, jour pour jour, de la fin de sa peine, il serait dommage de commettre un écart de conduite qui pourrait la prolonger. Beaucoup de pensées se bousculaient dans sa tête, des pensées qui devenaient de plus en plus sombres, comme un mélange de colère et de résignation. Ressasser le passé permettait d'occuper son ennui, mais entretenait aussi un désespoir qui le tuait à petit feu. Ce soir-là, Mitch sentit qu'il glissait sur une pente dangereuse, qu'il atteindrait bientôt un point de non-retour et, avant qu'il ne soit trop tard, il s'était juré de ne plus jamais considérer que l'avenir.

Bien que chaque jour lui donnât des occasions de déroger à cette résolution, lorsqu'un souvenir surgissait, tel le diable, alors qu'il rangeait des livres sur une table ou s'attardait un peu trop sur la silhouette d'une femme qui passait devant la vitrine, ou quand il rêvait devant l'ombre d'un arbre que la lumière d'une fin d'après-midi projetait sur le sol entre deux bibliothèques, quand, matin et soir, traversant la courette, son regard se posait sur le volet de la trappe à charbon, Mitch trouvait toujours un moyen d'échapper à la tentation.

Un samedi ensoleillé, il se rendit dans le parc pour lire sur un banc, mais son allure esseulée et sa jambe folle déplurent à des parents dont les enfants jouaient à proximité sur l'aire de jeu et ils appelèrent la police.

À quelques jours de la réouverture de sa librairie, alors qu'il rentrait chez lui, Mitch aperçut, en remontant l'avenue, un couple qui marchait en se tenant par la main. Il le suivit jusqu'à la gare, puisque c'était aussi son chemin, et cette image réveilla en lui des sensations oubliées. Il les perdit de vue dans le grand hall, et dès qu'il fut sur le quai il chassa la mémoire lointaine des soirées passées dans des troquets et des clubs de jazz enfumés. Les souvenirs revinrent pourtant à la charge dans le train et pendant qu'il préparait son repas dans la cuisine. Les traits de Mathilde n'étaient plus distincts, son visage était devenu flou, comme ceux des photos piquées par le temps. Le cœur en vrac, il se réfugia dans sa lecture du soir.

10

La maison endormie

Sa valise était si lourde qu'elle avait eu du mal à l'extraire du tapis à bagages. Un voyageur avait voulu l'aider, mais elle avait réussi à la soulever avant qu'il n'intervienne. Après toutes ces années, la monnaie qu'elle trouva dans la doublure de son imperméable lui apparut comme un signe – bon ou mauvais, elle l'ignorait, mais avec ces quatre pièces, elle put déloger un chariot du rack. Elle franchit le contrôle des douanes et sortit de l'aéroport. L'air frais du petit matin faisait frissonner les passagers qui patientaient dans la file des taxis. Anna avait connu le vent des plaines, les neiges étincelantes qui recouvrent les champs, les congères durcies dans les fossés, les marches où le souffle sort en panache blanc, elle ne redoutait plus le froid. Ces années passées loin de chez elle n'avaient pas souvent donné des jours faciles, et lorsque le chauffeur lui demanda si elle avait fait un bon voyage, elle se trouva incapable de lui répondre. Elle avait enduré des hivers qui ne faisaient pas de cadeau, fourni beaucoup d'efforts sans jamais compter ses heures, elle avait renoncé à un amour parce qu'elle avait à cœur un projet qui comptait plus qu'aimer et être aimée. Elle avait fui, appris beaucoup de choses sur son métier, sur elle, sur ses limites et son endurance, et elle avait mis suffisamment d'argent de côté pour accomplir son rêve.

Quand la voiture s'engagea sur l'autoroute, Anna appuya sa tête contre la vitre et somnola. Une heure plus tard, elle rouvrit les yeux sur sa ville de banlieue. Un magasin de parfums avait remplacé le cinéma d'art et d'essai, une pharmacie s'était installée au coin de la rue à l'endroit qu'occupait autrefois une succursale bancaire dont il ne restait plus qu'un distributeur de billets. Elle régla la course, porta sa valise jusque sur le perron, prit ses clés et rentra chez elle.

La maison n'avait pas trop souffert d'avoir été abandonnée si longtemps. Anna repoussa les volets du rez-de-chaussée, rouvrit l'alimentation d'eau, bascula la poignée de la conduite de gaz et commença à débarrasser les meubles des draps qui les recouvraient.

En fin de matinée, après un grand ménage, elle constata avec un sourire que tout avait retrouvé son charme. Elle monta à l'étage, entra dans la salle de bains, attendit que l'eau brune redevienne claire et prit une douche glacée qui la remit d'aplomb ; ensuite elle défit sa valise, rangea méticuleusement ses affaires et s'habilla d'un pantalon et d'une chemise en coton. Anna avait un rendez-vous en début d'après-midi qu'elle n'aurait manqué pour rien au monde.

Elle se coiffa, s'observa dans le miroir et redescendit au rez-de-chaussée. Une pluie fine caressait les fenêtres. Le calme qui régnait dans la maison l'angoissa. Cinq ans d'éloignement forcé n'avaient pas effacé les souvenirs.

Anna enfila son imperméable et sortit par la porte arrière. De hautes herbes avaient envahi le jardin jusqu'à la voie ferrée en contrebas. Elle avança vers l'appentis accolé à la palissade qui séparait sa maison de celle des voisins, et dut se battre avec une porte récalcitrante. Au passage d'un train, elle balança un grand coup de pied à l'endroit où le bois avait gonflé, et réussit enfin à la libérer du chambranle.

Elle sortit du réduit un râteau, une vieille tondeuse à gazon manuelle et un rouleau de toile de jute empêtré dans des toiles d'araignées, qui ressemblait à une momie. Puis elle s'agenouilla et enfonça la main pour prendre ce qu'elle cherchait : une trousse en peau, nouée d'un cordon de cuir, où d'ordinaire les chefs cuisiniers rangent leurs couteaux.

La sienne contenait une pipette et deux flacons de verre remplis d'un liquide brunâtre. Là-bas, le soir, avant de s'endormir, elle s'était souvent demandé pourquoi elle les avait conservés, si c'était la manifestation d'un sentiment de culpabilité, ou un remords qu'elle avait voulu ainsi entretenir. Aujourd'hui, elle n'éprouvait ni culpabilité ni remords. C'était même le contraire. Elle ne serait plus jamais une victime et le monde se portait mieux sans le commissaire Jabert.

Anna referma la trousse, la remit en place et repoussa la porte de l'appentis ; enfin, tranquillement, elle emprunta le chemin qui longeait les rails jusqu'à la gare. Une heure plus tard, elle descendit d'un train, renouant avec le tumulte de la grande ville pour se rendre chez un notaire.

*

Les splendeurs de l'immeuble se maintenaient péniblement au prix d'économies visibles. L'odeur de cire bon marché l'écœura dès qu'elle poussa la porte cochère. L'ascenseur ne fonctionnait pas, elle grimpa au troisième étage, s'arrêta sur le palier faiblement éclairé et sonna. Un jeune clerc l'accueillit et la conduisit dans un bureau.

Toutes les parties étaient présentes, assises autour d'une table ronde au milieu de la pièce. Anna, dans son imperméable noir, les cheveux noués en chignon, le vendeur, un homme à la calvitie avancée et aux sourcils épais, le notaire, dans son costume gris comme sa peau, et le clerc, avec sa moustache qui lui donnait l'air d'un jeune lord anglais surgi du siècle dernier. Le vendeur sortait son mouchoir de sa poche et s'épongeait le front chaque fois que le clerc tournait une page de l'acte de cession qu'il lisait à voix haute.

Anna signa le chèque, le vendeur signa l'acte, le notaire apposa son tampon et les félicita. Le local qu'elle avait acheté pour y créer son restaurant était en ruine, mais au prix auquel elle l'avait acquis, elle pouvait difficilement espérer mieux. Depuis un an, elle scrutait les annonces d'un journal spécialisé qui lui parvenait par courrier huit jours après sa publication, guettant l'affaire qui lui permettrait de réaliser son projet. Les photos qu'elle avait reçues avaient dû rebuter tous les acheteurs, pas elle, qui y avait engagé la moitié de ses économies ; l'autre moitié servirait à payer les travaux et assurer les salaires d'une équipe réduite au minimum en attendant que les recettes lui garantissent une certaine autonomie.

Par une après-midi bruineuse, Anna, à peine débarquée d'un long voyage, marchait heureuse sous la pluie. Si tout se passait bien, dans quelques mois elle ouvrirait son propre restaurant.

11

Treize Raisons

Un lundi, à 10 heures, Mitch rouvrit sa libraire avec le sentiment d'être enfin arrivé au bout de ses peines. Un sentiment qui ne dura pas longtemps. Les premiers clients, un couple en chemin vers la gare, entrèrent deux heures plus tard.

L'homme, la quarantaine passée, portait un costume brun élégant. Il resta près de la vitrine, jetant des regards furtifs vers l'avenue. La femme, vêtue d'un pantalon noir et d'un chemisier, de grandes lunettes carrées couvrant la moitié de son visage, avança vers le comptoir et demanda d'une voix à peine audible un exemplaire de *Treize Raisons*. Elle expliqua, avec une courtoisie timide, qu'elle cherchait à se rapprocher de sa fille qui traversait une période difficile. Mitch se souvenait du roman de Jay Asher, qui avait fait beaucoup de bruit au moment de sa publication. Il racontait l'histoire d'une jeune fille qui, peu avant de se donner la mort, avait expédié à ses proches des cassettes audio où elle expliquait à chacun le rôle qu'il avait joué dans sa décision. Mitch ne doutait pas qu'avec un tel sujet, l'ouvrage eût été interdit. Par acquit de conscience il ouvrit son tiroir, consulta sa vieille liste et s'excusa : le titre n'était pas disponible à la vente. La cliente le regarda, perplexe.

— Je l'ai vu hier dans les mains d'une réceptionniste à l'hôtel où nous séjournions, c'est elle qui m'en a parlé et me l'a conseillé.

Mitch reçut cette nouvelle en silence, il releva les yeux et se demanda si la réceptionniste en question comptait parmi les étudiantes qui avaient fréquenté les réunions clandestines qu'il organisait. Méfiant, il redoutait que derrière ce couple se cachent deux contrôleurs de la sûreté publique.

— Je ne conteste pas qu'elle l'ait trouvé quelque part, mais cela ne change rien au fait que je ne peux pas vous le vendre.

— Et pourquoi ? s'indigna la femme. Ma tête ne vous revient pas ?

— Non, bien sûr que non, ce n'est pas ça, balbutia Mitch.

La femme le fixa avec l'air consterné qu'adoptent les gens qui n'ont pas un grand choix d'expressions. L'homme, dont les traits s'étaient crispés, s'approcha et tapa du poing sur le comptoir.

— Écoutez, si vous n'aviez pas ce livre, vous l'auriez dit tout de suite. J'irais volontiers l'acheter ailleurs mais notre train part dans moins d'une heure, et il nous le faut. Je vous en offre le triple de son prix, ça vous va comme ça ? dit-il en sortant une grosse coupure de sa poche.

Il y eut un flottement, un moment de confusion, Mitch les scruta tous les deux, ses yeux se posèrent sur le billet et remontèrent vers ses clients. Ça sentait le traquenard à plein nez. Que deux contrôleurs lui jouent ce coup tordu le jour de sa réouverture le mit dans une colère froide.

— C'est non, dit-il d'un ton glacial. Je sais le genre de personnes que vous êtes, partez d'ici et ne revenez pas.

La femme bomba le torse, sa mâchoire tremblait ; elle s'apprêtait à dire quelque chose de terrible mais son mari la prit par le bras.

— Ça ne sert à rien que tu t'énerves, c'est un connard passéiste, soupira-t-il en l'entraînant vers la porte.

*

Deux heures plus tard, le malaise engendré par cet incident ne se dissipait pas. Comme aucun autre client ne s'était présenté, Mitch ressentit le besoin de se changer les idées. Depuis sa sortie de prison, il avait vécu reclus entre sa librairie et son appartement pour tenter de se reconstruire. Il était temps de renouer avec le monde extérieur.

À l'heure du déjeuner, il se rendit dans un café, s'étonna de trouver sur le comptoir un autre quotidien que *Le Phare* et encore plus d'entendre ses voisins débattre ouvertement des réformes en cours.

Au fil de leur conversation qu'il espionnait, Mitch comprit que le pouvoir avait récemment changé. Son cœur fit un bond, il s'excusa d'intervenir, raconta qu'il revenait d'un long voyage et apprit que le gouverneur avait été déchu au début de l'été. Des élections s'étaient tenues aussitôt et la femme politique qui les avait gagnées avait rendu toutes ses libertés au pays. Cette nouvelle aurait dû susciter en lui une joie immense, mais ce fut le contraire ; il fulminait qu'on l'ait laissé purger sa peine jusqu'à son terme pour un crime qui n'en était plus un depuis trois mois. On l'avait oublié en cellule, comme si sa vie ne comptait pour personne.

Il régla la note, quitta le café, descendit le boulevard, prenant de grandes inspirations pour tenter de se calmer, en vain.

Lorsqu'il regagna la librairie, sa colère s'était muée en rage. Les larmes lui montèrent aux yeux et il envoya valdinguer les livres d'une table.

— Qu'est-ce qui vous prend, vous êtes devenu fou ? s'indigna la vieille dame qui venait de pousser la porte et se tenait devant lui, stupéfaite.

— Madame Bergol ?

— Bon sang, où étiez-vous tout ce temps ?

Elle ouvrit son sac et lui tendit un mouchoir.

— Chagrin d'amour ? demanda-t-elle.

— D'amour-propre, répondit Mitch sèchement.

— C'est beaucoup plus compliqué.

— Qu'est-ce qui est plus compliqué ?

— De se réconcilier avec soi-même qu'avec les autres. Alors, où étiez-vous ?

— Comme si vous ne le saviez pas, rumina-t-il.

— Si je le savais, je ne vous le demanderais pas. J'étais à l'hôpital quand vous avez disparu. J'y suis restée deux mois, deux mois épouvantables, soupira-t-elle en levant les mains au ciel. Le personnel soignant fait de son mieux, mais la nourriture est immonde. En cuisine, ils doivent penser qu'on va tous mourir.

Elle se pinça le menton, et fit une grimace étrange.

— Où en étais-je ? Ah oui, dès que je suis sortie, je me suis précipitée ici, et pour cause, mais tout était plongé dans le noir. À travers la vitrine, on ne voyait pas grand-chose. J'ai pensé que vous étiez en congé. Je suis revenue régulièrement, plusieurs semaines de suite, et comme la librairie restait fermée, j'ai fini par me dire que vous aviez mis la clé sous la porte, c'était bien ma veine. Où étiez-vous parti tout ce temps ?

Mitch resta silencieux et la vieille dame le dévisagea, l'air perplexe.

— Je suis revenu, le reste importe peu, rétorqua-t-il. Enfin, je suis heureux que mon absence ne vous ait pas plus inquiétée que cela.

Elle se redressa, les mains sur les hanches.

— Et la mienne, d'absence, pendant que je passais sur le billard, elle vous a inquiété ?

— J'ignorais que vous étiez hospitalisée.

— Eh bien, moi, j'ignorais que vous aviez pris la poudre d'escampette. Voilà ! Un point partout !

Mitch toussota, tourna lentement une page de son carnet de commandes qui n'en contenait aucune et releva les yeux vers sa cliente.

— La santé va mieux ? s'enquit-il du bout des lèvres.

— Vous n'êtes vraiment pas observateur, mon pauvre. L'exemplaire de *Clair de femme* sur la table là-bas, je vous l'achète, dit-elle, enjouée.

Les bras croisés, Mme Bergol le fixait avec insistance. Elle eut pitié de lui, et se pencha en écarquillant les yeux jusqu'à ce qu'ils soient grands comme des soucoupes.

— J'ai profité de ce qu'on m'enlève un bout d'estomac et d'intestin pour me faire opérer aussi de la cataracte. Je croyais que ma perte de vision était une dégénérescence de plus, j'en ai plusieurs au compteur, à commencer par mes hanches. Bref, si j'avais consulté plus tôt, j'aurais aussi appris plus tôt que ce n'était pas le cas, mais j'ai toujours eu une sainte horreur des visites chez le médecin. Tant que je ne m'y rendais pas, je me portais plutôt bien. En tout cas, puisque ma santé vous passionne, les interventions se sont très bien déroulées.

— J'en suis sincèrement ravi, répondit Mitch.

— Vous allez cesser ce numéro de bon samaritain ? Je me fiche complètement que vous soyez mal luné. Si dans le passé vous n'aviez pas été si aimable avec moi, je serais partie depuis belle lurette acheter mon livre ailleurs. Vu le peu de monde qu'il y a, ou plutôt qu'il n'y a pas, vous rateriez la vente de la journée. Maintenant, dites-moi ce qui ne va pas.

C'était un ordre, pas une question. Elle attrapa l'escabeau de la bibliothèque, le poussa devant le comptoir et s'assit sur la troisième marche.

— J'ai tout mon temps !

Mitch évoqua son arrestation, son procès, la prison, ce qui lui avait coûté cinq ans d'une vie avec laquelle il renouait depuis peu, mais la curiosité de Mme Bergol était loin d'être rassasiée. Alors il parla de la conversation qu'il avait surprise à l'heure du déjeuner et de la colère qu'il ressentait depuis.

— Je comprends, dit-elle, plongée dans une profonde réflexion avant de se raviser en secouant la tête. Non, je ne vous comprends pas.

— Qu'est-ce que vous ne comprenez pas ?

— Avez-vous la moindre idée de ce qui s'est passé pendant que vous étiez en cellule ?

Il haussa les épaules, il ne savait rien d'autre que ce qu'il avait appris au café un peu plus tôt.

— La répression n'a cessé de s'amplifier. Vous n'êtes pas le seul à avoir connu la prison. Ils en ont arrêté beaucoup, des anciens journalistes, des écrivains, des cinéastes, des musiciens, des professeurs jugés trop libéraux, des chercheurs jugés trop en avance sur leur temps, des étudiants, jusqu'à des femmes accusées d'avoir avorté après qu'ils l'ont eu interdit. C'était devenu invivable, tout le monde était terrorisé et la résignation ne suffisait plus. L'an dernier, l'économie s'est effondrée, la colère s'est amplifiée, un mouvement de protestation est né. Discret au début, jusqu'au jour où un scandale a éclaté. Le gouverneur avait invité en grande pompe une délégation d'oligarques auxquels il avait promis de supprimer les dernières réglementations environnementales en échange de quelques millions versés dans les poches de son parti. Rien de très nouveau en matière de corruption, sinon que ceux auxquels ces concessions étaient faites dirigeaient un consortium pétrolier étranger. De quoi museler les derniers partisans du régime. Les gens sont descendus dans la rue, ils ont tout bloqué, et cette fois la police n'a rien pu faire pour les déloger. L'impopularité du gouverneur était devenue telle que son entourage a pris peur et l'a forcé à organiser des élections.

— C'est ce que j'avais compris, dit Mitch.

— Alors réjouissez-vous, au lieu de vous comporter en égoïste ! s'emporta Mme Bergol.

Mitch se redressa sur son tabouret, droit comme un écolier qui se serait fait remonter les bretelles.

— Ils ont libéré les prisonniers par centaines, reprit-elle. Vous ne deviez pas vous trouver avec les détenus politiques, c'est sans doute pour ça qu'ils vous ont oublié. Mais maintenant vous êtes libre, non ? Et quand je dis libre, c'est vraiment libre !

— Vous avez probablement raison, concéda Mitch.

— Je n'ai pas le souvenir d'avoir eu tort. Maintenant que nous sommes d'accord, j'ai une confidence à vous faire. Vos lectures m'ont beaucoup manqué.

— Vous n'en avez plus besoin, répondit Mitch.

— Je ne partage pas vos goûts littéraires, mais c'était d'avoir de la compagnie qui me plaisait beaucoup. C'est long cinq ans, surtout à mon âge, soupira-t-elle.

— Au mien aussi, surtout derrière des barreaux. Donc, personne ne vous a parlé de la descente de police ni du procès ? insista-t-il.

— Ce que vous êtes têtu ! Personne ne dit grand-chose à une vieille dame qui se promène seule dans la rue. Il n'y avait rien d'inscrit sur votre devanture, et les malheurs d'un libraire n'étaient pas plus importants que ceux des autres, enchaîna-t-elle. Permettez-moi de vous dire que vous dirigez votre colère au mauvais endroit.

Mitch se demanda où elle voulait en venir.

— Haïssez ceux qui vous ont mis en prison au lieu de blâmer ceux qui ont oublié de vous en sortir. Vous n'avez sûrement pas envie d'entendre mes conseils, mais je vais vous en donner un quand même : ne perdez pas votre temps à ruminer le passé, ne pensez qu'à l'avenir, vous avez la chance d'en avoir un.

Mme Bergol abandonna son tabouret, ouvrit son porte-monnaie et paya le roman de Romain Gary qu'elle rangea dans son sac, sans rien ajouter d'autre. Mitch se leva pour la raccompagner à la porte.

— Vous boitez, maintenant ? dit-elle.

— Non, répondit-il.

— Si, vous boitez ! Je repasserai vous voir un autre jour, promit-elle avant de s'en aller.

Il n'y eut pas d'autre client de l'après-midi et Mitch passa son temps à ressasser la leçon de morale de Mme Bergol. Se reconstruire et ne plus penser qu'à l'avenir était sûrement ce qu'il avait de mieux à faire.

*

À 18 heures, après avoir baissé le rideau de fer, il décida d'aller se promener le long des berges du fleuve avant de regagner sa banlieue.

En passant devant le palais de justice, il s'arrêta brusquement, la respiration coupée net.

À dix mètres devant lui, se tenait un homme dont Mitch n'oublierait jamais le visage. Le procureur Salinas qui, au terme d'un procès expéditif, avait obtenu la peine maximale pour faire de son cas un exemple, discutait avec un confrère. Il avait l'air affable de celui qui raconte une bonne blague, sûr de son effet.

Mme Bergol avait eu raison sur un point dont il comprenait maintenant tout le sens. Il avait dirigé sa colère au mauvais endroit, bien que désormais ce n'était plus de la colère qu'il ressentait mais une irrépressible envie de vengeance.

12

Le Chant des plaines

Mitch n'avait jamais connu la soif de vengeance, ce qu'elle engendre d'excitation à l'idée de l'assouvir et d'inquiétude quand on cherche par quel moyen l'accomplir. Il arpentait le quai en attendant son train, et ne voyait plus que la tête de Salinas. Salinas à la barre du prétoire ; Salinas le pointant du doigt ; Salinas exigeant une peine exemplaire ; Salinas et son désir inflexible de rectitude ; Salinas dont le plaidoyer s'apparentait à un prêche ; Salinas qui se trouvait formidable dans sa robe noire et se pavanait avec l'arrogance des puissants.

Quand le convoi s'arrêta en gare, Mitch, qui était au bout du quai, monta dans la voiture de queue, au lieu de la troisième comme il le faisait d'ordinaire. Il s'installa sur une banquette au moment où le train s'ébranla.

Les dernières lueurs du jour se consumaient. Pour une fois, Mitch ne lisait pas, élaborant tous les scénarios possibles pour trucider son ennemi. Chaque chose en son temps. D'abord réfléchir à la façon de procéder sans se faire prendre. Quelle que soit la méthode, la sentence ne devrait pas être soudaine. Son propre enfermement avait été une longue agonie, Salinas devrait crever lentement. La respiration haletante, Mitch pensa d'abord à faire usage d'un revolver ; appuyer sur une gâchette était probablement ce qui requérait le moins de compétences, et en matière d'assassinat, il n'en avait aucune ; hélas un coup de feu était bruyant, la finalité trop immédiate, et à moins de tirer à bout portant, on pouvait rater sa cible. Une arme blanche donnerait le temps à cet enfoiré de voir venir la mort pendant qu'il se viderait de son sang, mais poignarder quelqu'un était un acte dont Mitch doutait d'être capable – découper une volaille crue ou éviscérer un poisson lui donnait déjà des haut-le-cœur. Le passer à tabac, ça, c'était dans ses cordes, il avait appris à se battre en prison, mais seulement pour se défendre, jamais pour attaquer. Il passa la main dans ses cheveux, se frictionna les joues, inspira à fond, son excitation était si forte que ses muscles tremblaient. Saboter les freins de la voiture serait propre et discret, terrifiant aussi quand cette pourriture de Salinas appuierait sur la pédale. Trop aléatoire, et pas question de risquer des dommages collatéraux. Ce fumier de procureur avait condamné suffisamment d'innocents pour qu'on n'en rajoute pas. La grossièreté de son vocabulaire chaque fois qu'il songeait au procureur ne le dérangeait aucunement, c'était même l'opposé, Mitch y prenait beaucoup de plaisir.

Soudain, les roues crissèrent, le train se mit à ralentir et s'immobilisa. Mitch tourna la tête vers la vitre, son regard se posa sur la façade arrière d'un pavillon qui donnait sur la voie, à une vingtaine de mètres à peine. Une femme apparaissait à la fenêtre, assise sur le rebord, absorbée dans sa lecture, tricotant et détricotant ses jambes qui se balançaient dans le vide. Sa chemise de nuit flottait dans le vent. Mitch reconnut la couverture de l'ouvrage qu'elle tenait en main. *Le Chant des plaines* de Kent Haruf, l'histoire d'une femme qui avait sacrifié sa vie à sa famille et reprenait enfin sa liberté. Haruf, jugé trop cru, avait été interdit.

Se sentant observée, la femme releva les yeux et fixa avec étonnement ce passager qui lui adressait un sourire gêné dont le rapport avec la joie était tout à fait relatif.

Mitch eut l'impression que le temps était frappé d'une extrême lenteur, que le regard de cette femme traversait un océan immense avant d'arriver jusqu'à lui. Un regard qui pouvait effacer tout ce qui l'avait précédé.

Le train repartit et le pavillon disparut.

Cette nuit-là, allongé sur son lit, les mains derrière la nuque, Mitch fixa le plafond de sa chambre sans trouver le sommeil. Comment s'endormir quand, dans la même journée, on a connu une irrésistible envie de vengeance et le désir fou d'aimer ?

*

Anna avançait sur le trottoir, un trousseau de clés au creux de la main, encore incrédule. Ce qu'elle poursuivait depuis si longtemps se trouvait là, au bout de la rue, et elle n'arrivait pas à définir ce qu'elle ressentait. De la joie, de l'excitation, de la peur, en proportions difficilement quantifiables.

— Dans quoi je me suis embarquée ?, murmura-t-elle en poussant la porte du restaurant qu'elle venait d'acquérir.

La lumière du jour qui traversait la vitrine opaque créait une atmosphère fantomatique. Il ne restait rien ou presque de l'ancienne exploitation. Des morceaux de plâtre tombés du plafond jonchant le sol de la salle à manger, des lambeaux de papiers peints arrachés aux murs, quelques tables bancales grises de poussière, de vieux journaux jaunis entassés sous un grand miroir piqué. Anna se fraya un chemin au milieu des gravats et entra dans la cuisine. Le matériel qui s'y trouvait encore était hors d'usage, une hotte pendait au bout d'un câble électrique tel un squelette abandonné à une potence. Même les rongeurs avaient déserté l'endroit.

« Tout se passera bien puisque rien ne dit le contraire », pensa Anna. Une maxime qu'elle devait à son ancien voisin, dans le Grand Nord, un vieux fermier généreux et optimiste qui la conduisait à bord de son pick-up jusqu'à l'arrêt de l'autocar chaque fois que sa voiture refusait de démarrer.

Anna avait aimé sa vie au milieu des étendues immenses. Des pistes en terre menaient aux fermes isolées, des barrières de planches et de barbelés clôturaient les prés où les bleuets pointaient leur tête au printemps au milieu des herbes nouvelles. En hiver, le froid du soir devenait redoutable quand la nuit se rassemblait sur la plaine, mais elle avait apprivoisé sa solitude, apprécié la discrétion qui la rassurait et avait fait sienne la petite maison qu'elle louait avec peu de moyens. Quand elle avait débarqué dans le village de cette campagne perdue, à quarante kilomètres au nord de la grande ville, personne ne lui avait posé de questions. On l'avait observée, et les gens du coin avaient attendu avant de se faire une opinion. Ils avaient fini par apprendre qu'elle arrivait de loin, qu'elle était polie, payait ses achats comptant et, les quelques fois où elle s'était attardée dans le bar local, elle avait bu autant que les autres, chanté avec eux et était repartie sans histoire.

— Tout se passera bien puisque rien ne dit le contraire, murmura-t-elle encore en constatant l'étendue du travail qui l'attendait.

Il suffirait de faire attention aux dépenses, de choisir les bonnes personnes pour exécuter les travaux et de trouver les bons équipements. Elle savait exactement comment aménager son restaurant. La cuisine était petite, mais en organisant bien les choses, on ne se marcherait pas sur les pieds derrière les feux et les pianos. Elle ferait ouvrir la cloison, poser une vitre afin de garder toujours un œil sur la salle qui compterait trente couverts, pas un de plus. La décoration serait en harmonie avec sa carte, joyeuse et délicate.

Anna avait fait ses armes et se sentait suffisamment maître de son métier pour se lancer.

Quand la rénovation serait avancée, elle s'équiperait dans une vente aux enchères de liquidation. La plupart des restaurateurs jetaient l'éponge après un ou deux ans d'activité et ceux qui, comme elle, tentaient la périlleuse aventure d'ouvrir un établissement rechignaient à se rendre dans les salles des ventes, par superstition. Anna était opiniâtre et ne croyait pas au mauvais sort.

Elle prit une chaise qui lui parut suffisamment solide pour s'y asseoir et contempla les lieux, imaginant le tumulte en cuisine, les bruits de couverts, le murmure des conversations dans la salle à manger, un monde à venir qui la rendait déjà heureuse.

*

Avant d'ouvrir la librairie, Mitch se rendit au palais de justice. Une nuit d'insomnie lui avait permis de revisiter les pages de quelques romans policiers. Les maîtres du genre s'accordaient sur un point. Contrairement à l'adage, les crimes parfaits existaient bien mais ils ne s'improvisaient pas et demandaient une préparation minutieuse, à commencer par des repérages.

Il fendit la foule en entrant dans le hall, s'engagea dans le couloir des salles d'audience et s'arrêta devant chaque porte. Une affichette punaisée à un panneau de liège indiquait quel procès s'y tenait, le nom du juge et celui du procureur. Il entendit des éclats de voix et se retourna ; trois hommes avançaient dans sa direction. Salinas semblait ravi de l'effet qu'il produisait sur ses confrères.

Bien qu'il ne quittât pas le procureur des yeux, ce dernier passa devant lui et poursuivit son chemin sans lui prêter la moindre attention. Et cette indifférence fit redoubler l'appétit de vengeance.

En sortant du tribunal, Mitch sentit sa jambe l'élancer violemment ; le ciel était pourtant d'un bleu irréprochable et les prévisions météorologiques n'annonçaient aucune pluie. Sa tête tournait, son cœur battait trop vite et il dut s'adosser à un mur pour ne pas perdre l'équilibre. Des picotements parcouraient ses bras, remontaient vers sa nuque, ses joues. Le malaise dura quelques minutes ; dès qu'il s'estompa, Mitch alla s'installer à la terrasse d'un café pour reprendre des forces et mettre ses pensées en ordre.

Sur le trottoir d'en face, il reconnut Verner qui descendait d'un taxi et s'apprêtait à entrer dans un magasin. Mitch eut envie d'aller le saluer mais se ravisa aussitôt. Le professeur de musique, Mme Ateltow, Mathilde, tous l'avaient abandonné à son sort, pas un n'était venu au procès ou lui rendre visite en prison.

Quelques instants plus tard, son regard se figea sur une femme qui descendait le boulevard, marchant vers la gare pour aller prendre son train. Dans son vieil imperméable noir serré à la taille, même avec les cheveux et les joues fardés de plâtre, elle n'était pas loin de la perfection. Elle arriverait bientôt à sa hauteur et Mitch fit mine d'être très occupé à observer ses ongles. L'imperméable s'arrêta devant sa table, Mitch releva les yeux et fut frappé par le sourire d'Anna qui semblait lui être destiné. Il pensa tout de suite qu'une femme aussi bouleversante ne pouvait être que source de désillusions.

— Nous nous sommes déjà rencontrés, n'est-ce pas ? dit-elle, curieuse.

Elle avait forcément reconnu le passager indiscret qui l'avait observée à sa fenêtre depuis un train arrêté sur la voie.

— Je n'avais pas l'intention d'être indélicat, répondit Mitch en se levant, c'est votre lecture qui a…

— Mais oui, *84*, c'était vous !

Mitch fronça les sourcils.

— Je ne pense pas, je n'étais pas né.

— Moi non plus, je parlais du livre.

— Orwell ?

— Non plus, un auteur japonais.

— *1Q84* ! s'exclama Mitch.

— Voilà, vous me l'aviez conseillé. C'était il y a longtemps, vous n'avez aucune raison de vous en souvenir, moi si. Vous avez été la dernière personne à qui j'ai parlé avant mon départ.

Anna aurait pu lui révéler que lorsqu'on laisse tout derrière soi, on n'oublie pas ce genre de chose, mais elle était trop sauvage pour confier à un homme qu'elle n'avait vu qu'une fois que le roman qu'il lui avait choisi était resté près d'elle pendant ces cinq dernières années, que certains soirs où la solitude l'emportait vers des terres sombres elle puisait de la lumière dans ses pages. Aomamé et la jeune Fukaéri avaient été ses compagnons d'exil.

— J'espère que vous l'avez apprécié, dit Mitch.

— J'en garde un merveilleux souvenir. Vous tenez toujours cette jolie librairie, près de la gare ?

— Plus que jamais, répondit Mitch.

— Dans ce cas, je passerai vous voir et vous me conseillerez une autre lecture.

Elle le salua de la main et le quitta aussi inopinément qu'elle était apparue.

Debout à la terrasse du café, Mitch, proche de croire à un miracle, suivit du regard cette silhouette qui disparut bientôt derrière des passants. Il aurait pu lui proposer de s'asseoir, il aurait pu l'interroger sur le voyage qu'elle avait évoqué, il aurait pu lui demander par quel miracle elle l'avait reconnu, il aurait pu au moins lui demander son prénom. Il n'avait rien fait de tout cela, et s'en voulait terriblement. Son seul espoir était qu'elle tienne parole et que le jour où elle reviendrait dans sa librairie ne soit pas trop lointain.

*

Au coin d'une rue Anna s'arrêta devant la vitrine d'un magasin, dépoussiéra ses épaules, ses joues et ses cheveux, consternée par l'état dans lequel elle s'était montrée. « Tu oublies immédiatement cette rencontre et tu ne penses plus qu'à ton projet, sinon tu le regretteras toute ta vie », se promit-elle en reprenant sa marche.

Dans la gare, elle fit exactement le contraire. Elle appela l'entrepreneur auquel elle comptait confier ses travaux et, pendant qu'elle négociait âprement son devis, le portable coincé entre le cou et l'oreille, elle réussit avec une dextérité magnifique à sortir un carnet de la poche de son imperméable pour y noter le rendez-vous qu'elle venait de fixer au lendemain dans un café situé à quelques pas d'une jolie librairie.

Elle courut pour ne pas rater son train et grimpa dans la dernière voiture.

*

Le lendemain, Mitch retourna au palais de justice peu avant l'heure du déjeuner. La veille, en consultant les affichettes à l'entrée des salles d'audience, il avait appris que les audiences s'interrompaient à midi. Il s'installa sur un banc à midi moins dix et attendit que Salinas apparaisse en haut des marches pour le prendre en filature. Mitch s'était donné pour mission de découvrir où le procureur déjeunait, et s'il préférait prendre ses repas seul, comme Verner, ou pavoiser devant ses confrères. Pour déterminer le meilleur mode opératoire et avant de passer à l'action, il devait apprendre à tout connaître de sa proie, ses horaires, les lieux où le procureur avait l'habitude de se rendre et ses fréquentations.

Salinas traversa l'esplanade et poussa la porte de la brasserie Aux Trois Cousins, à l'angle de la rue. Mitch le suivit quelques minutes plus tard et balaya la salle du regard en entrant. L'hôtesse le conduisit à la table qu'il avait choisie, suffisamment proche de celle qui l'intéressait pour qu'il puisse épier ses voisins. Installé sur la banquette, le procureur attendait, jetant des regards à sa montre, avant d'être rejoint par un homme de forte corpulence qui se vit gratifié d'un « Votre Honneur » lorsque l'hôtesse recula sa chaise pour qu'il s'asseye. Mitch croyait qu'un juge et un procureur ne pouvaient pas se fréquenter, et s'il avait raison de le penser, les deux convives se moquaient éperdument de s'afficher en public.

Il n'apprit pas grand-chose de leur conversation, sinon, quand Salinas déclina le plat du jour, qu'il était allergique aux crustacés. Le procureur parlait sans cesse, ne s'interrompant qu'en de rares moments pour porter sa fourchette à sa bouche.

Le juge avait fini son plat depuis longtemps et l'écoutait avec une patience soumise. Si le pouvoir avait récemment changé de mains, il restait bel et bien accroché à celles de Salinas. Le repas dura moins d'une heure. Au moment où les deux hommes commandèrent des cafés, Mitch régla sa note et quitta les lieux. Et tandis qu'il s'éloignait de la brasserie Aux Trois Cousins, Anna s'en approchait.

13

L'art de la conversation

Aussitôt la porte à tambour franchie, elle chercha un visage familier parmi les serveurs pour ne croiser que celui du maître d'hôtel dont la frêle silhouette apparaissait à la sortie des cuisines. La salle commençait à se vider, Anna se dirigea vers lui et lui adressa un sourire aimable.

— Madame, vous souhaitez déjeuner ? demanda le maître d'hôtel d'une voix pointue.

— Votre veste est tachée, vous ne devriez pas vous présenter en salle comme ça, répondit-elle en lui faisant un clin d'œil.

— Je vous demande pardon ?

— C'est moi, Walter, Anna, j'étais serveuse dans vos rangs.

Le maître d'hôtel pinça les lèvres et plissa le front, ce qui lui donna aussitôt un petit air de carte topographique.

— Je vois, répondit-il, alors qu'il ne voyait rien du tout. Vous cherchez du travail ?

Anna secoua vivement la tête pour montrer que ce n'était pas le cas.

— Un poste de serveuse, peut-être, insista-t-il.

— Toujours pas.

— Vraiment ?

— Vraiment. José est en cuisine ?

— Il ne travaille plus chez nous, répondit le maître d'hôtel.

— Depuis longtemps ?

— Un certain temps, répondit le maître d'hôtel sans faire le moindre effort pour masquer son impatience.

— Vous savez où je pourrais le trouver ?

— Vous ne m'avez pas dit où vous alliez quand vous avez disparu sans donner de préavis. Et quand bien même l'auriez-vous fait, par courtoisie par exemple, vous auriez espéré de moi la plus grande discrétion à votre sujet.

— José était mon ami, j'aimerais le revoir.

— La question est de savoir si lui aussi voudrait vous revoir.

Il regarda sa montre comme si la réponse s'y trouvait.

— J'espère que vous prenez du plaisir, Walter.

— *Monsieur* Walter.

— Je ne suis plus votre employée.

Nul besoin d'être psychologue pour comprendre qu'il ne l'avait pas à la bonne et que cette conversation ne mènerait nulle part. Anna fit brusquement volte-face, s'éloigna d'un pas rapide, poussa la porte tournante de la brasserie, effectua un demi-tour et revint sur ses pas.

— Bonjour, Walter, vous me reconnaissez ?

— Très amusant, lâcha le maître d'hôtel d'un ton pince-sans-rire. Vous êtes certaine de ne pas chercher du travail ?

— Je ne suis plus serveuse, je suis chef.

— Chef ? siffla-t-il. Et dans quel établissement prestigieux avons-nous le plaisir de goûter à votre cuisine ?

— Je… n'ai pas encore choisi le nom, mais il ouvrira très bientôt. D'ailleurs, si vous connaissez quelqu'un qui en aurait assez d'être mal payé, n'hésitez pas à lui en parler, j'aurai bientôt besoin d'un bon maître d'hôtel.

Le visage dénué de toute expression, Walter la toisa. Puis il remua les lèvres et lui fit comprendre qu'il avait du travail. Anna hocha la tête, résignée à la défaite, mais la conversation n'était pas terminée.

— Votre histoire de restaurant, c'est sérieux ou vous vous foutiez de moi ?

— À votre avis ?

— Vous ne manquez pas de toupet de venir débaucher le personnel. C'est pour cette raison que vous vouliez parler à José ?

— Je suis certaine que vous attendez de moi la plus grande discrétion.

— Évidemment, soupira Walter.

Il prit une grande inspiration, il semblait d'ailleurs sincèrement inspiré et changea d'attitude.

— Il a été licencié juste après votre départ.

— José ? C'est le meilleur sous-chef que je connaisse !

— Vous en avez connu beaucoup ?

— Pourquoi l'a-t-on licencié ?

— Un grave incident en cuisine, je ne peux pas vous en dire plus, et que cela reste entre nous. Le pauvre a eu beaucoup de mal à retrouver un poste ; aux dernières nouvelles, il travaillerait dans un restaurant méditerranéen à l'est de la ville. Le Conquistador, précisa-t-il en levant les yeux au ciel, comme s'il s'agissait d'un drame épouvantable. Il va de soi que je ne vous ai rien dit.

— Bien entendu.

Walter la retint par le bras, se pencha vers elle et murmura :

— Quand votre établissement ouvrira ses portes, faites-le-moi savoir, je viendrai voir comment la salle est tenue.

Il relâcha son emprise et disparut dans les cuisines. Anna quitta la brasserie, très contrariée. Elle n'était pas venue voir José pour le débaucher. Lui faire quitter un tel navire pour l'embarquer sur sa frêle embarcation était irréaliste et pas du tout dans ses moyens. Mais elle n'avait pas eu à réfléchir longtemps pour faire le lien entre son licenciement et l'empoisonnement du commissaire Jabert et elle se sentait responsable de ce qui lui était arrivé. Elle irait le voir dès que possible, ou du moins dès qu'elle aurait trouvé comment se faire pardonner.

L'heure de son rendez-vous approchait. Elle prit la direction du boulevard de la gare et arriva avec un peu de retard dans le café où son entrepreneur l'attendait. M. Bariquez était un homme compétent, probablement honnête, mais très têtu sur les prix. Ses lunettes rondes lui donnaient un air professoral, un air seulement, car il s'exprimait dans un sabir laissant entendre que son enfance avait traversé de nombreux pays. Toutes les trois phrases, il répétait : *Pas de promesas nell'aria, non sto discuter la calidad,* ce qui voulait dire qu'il ne faisait pas de promesses en l'air et ne transigeait pas sur la qualité. Et parlant de la cuisine il affirma, avec une certaine gravité, que *la ventilassione estait primordiale*, ajoutant, pour bien insister sur ce point, qu'il s'y *conezco.*

Anna ne demandait qu'à le croire, bien qu'elle eût beaucoup de mal à se concentrer, rongée par la culpabilité dès qu'elle imaginait José touillant des paellas dans la cuisine du Conquistador. Un gâchis terrible, même si elle n'avait aucun préjugé contre la paella. M. Bariquez finit par concéder une remise de cinq pour cent, après avoir répété à trois reprises qu'il se saignait, parce qu'elle était très *bonito*, ce qui dans sa bouche voulait dire « sympathique ». Anna le remercia, signa le devis et lui remit un chèque d'acompte.

En sortant du café, elle se demanda si un bon livre ne l'aiderait pas à se changer les idées. Un questionnement tout à fait désintéressé et qui guida ses pas plus bas dans l'avenue.

*

Il mordillait un crayon, plongé dans son inventaire, quand la porte s'ouvrit.

— Quel livre me conseillez-vous ? demanda la cliente.

La mâchoire inférieure de Mitch descendit de trois bons centimètres tandis que ses sourcils remontaient d'autant.

— Un livre ? répondit-il, pris de court.

— D'ordinaire c'est ce qu'on vient chercher dans une librairie, non ?

Elle arbora ce sourire sincère qui lui échappait chaque fois que sa spontanéité l'entraînait à dire des choses qu'elle regrettait aussitôt.

— D'ordinaire, oui.

— Alors ça tombe bien, je suis une femme ordinaire, tout à fait ordinaire, même, dit-elle en baissant les yeux sur son vieil imperméable.

— Ah non, pas du tout, et je ne vois pas comment vous pourriez ignorer ça.

— Aucune importance, nous pourrions faire comme si. J'aimerais vraiment repartir avec une bonne lecture.

Soucieux de ne pas boiter, Mitch contracta les muscles de sa jambe avant de quitter son comptoir pour se diriger vers une table. Il prit un ouvrage en main, lut la quatrième de couverture, fit une grimace, le reposa pour en saisir un autre, et recommença à cinq reprises. Anna s'approcha de lui et posa la main sur son bras.

— Vous allez vous décider ?

Il se tenait devant elle, dans le plus grand silence.

— Proposez-moi quelque chose, n'importe quoi me conviendra, promit-elle, d'une voix peu convaincante.

— Un thé ?

Elle le regarda, muette, et Mitch devint aussi rouge qu'un coquelicot perdu au milieu d'un champ de luzerne. Anna et lui avaient en commun de ne pas avoir le mode d'emploi quand un tourbillon les saisissait.

— … vous proposer un livre, évidemment, se reprit-il, confondu.

— Un salon de thé, c'est bien aussi, répondit Anna, surprise de se rendre compte que cette idée la ravissait alors qu'elle avait un travail fou à accomplir. Je n'ai pas eu une minute pour déjeuner, ajouta-t-elle afin de se donner une excuse. Je vous laisse choisir le lieu, je repasserai pour le livre un autre jour.

Mitch ferma la porte de la librairie et la fit sortir par la courette. Elle repéra le chat de gouttière et s'approcha pour le caresser.

— Il est à vous ?

— Non, c'est le veilleur de nuit.

Elle ne fit aucun commentaire et le suivit. Ils quittèrent l'avenue, s'engagèrent dans une ruelle, bifurquèrent dans une autre, remontèrent une troisième et traversèrent tout le quartier. Ce n'était pas seulement qu'ils déambulaient depuis une heure et qu'ils n'avaient trouvé que des banalités à se dire qui inquiétait Mitch, mais aussi qu'il n'avait aucune idée d'où l'emmener, pour la simple raison qu'il n'avait jamais fréquenté de salon de thé. Ils longeaient un square quand elle s'arrêta et fit un tour d'horizon.

— Nous nous sommes beaucoup éloignés, non ?

— Je ne crois pas.

— Vous savez où nous allons ?

— Je ne crois pas.

— C'est bien ce qui me semblait.

— J'ai l'habitude d'aller me promener sur les berges, mais c'est un peu cliché comme endroit.

— Il ne faut jamais avoir peur des clichés, répondit-elle. Mais il me semble que la rivière est à l'autre bout de la ville, le premier café sur lequel on tombe sera le bon.

Et dix minutes plus tard, elle pointa du doigt la devanture d'un petit bistrot qui n'avait l'air de rien, mais qui se trouvait sur leur chemin. Anna prit place sur une banquette et commanda une vodka.

— Il est encore tôt mais j'ai besoin d'un remontant qui remonte vraiment, dit-elle.

— Mauvaise journée ?

Elle hocha la tête pour dire oui.

— Je peux vous demander pourquoi ?

— Vous le pouvez, mais je préfère ne pas y repenser. Rien ne vous interdit de me raconter la vôtre.

Mitch commanda une tequila et le serveur s'éclipsa.

— Et vous, la tequila, c'est par goût ?

— Oh non, d'ailleurs c'est hier que j'aurais dû la boire.

— Et que s'est-il passé hier ? demanda Anna.

— J'ai revu quelqu'un qui m'a fait beaucoup souffrir. Je croyais pouvoir tirer un trait sur le passé, être indifférent, mais c'est le contraire qui s'est produit.

— Une femme ?

Mitch fit non de la tête.

— La colère n'est pas dans ma nature, et pourtant depuis que je l'ai croisé j'enrage et je n'aime pas cette sensation.

— Et lui, comment a-t-il réagi ?

— Il ne m'a pas vu ou pas reconnu.

— Une vieille histoire d'amour ?

— Vraiment pas, sourit Mitch.

— Qu'est-ce qu'il vous a fait, alors ?

— C'est une longue histoire qui vous ennuierait.

Anna se pencha vers lui. Elle pouvait lire sur les traits de Mitch qu'il lui en avait coûté de faire cette confidence, et lorsqu'il avait affirmé que la colère lui était étrangère, elle l'avait cru sans la moindre réserve.

— Très bien, mais vous avez piqué ma curiosité. Je ne peux pas vous demander ce que vous faites dans la vie puisque je le sais déjà et si vous me retourniez la question ce ne serait pas très original. On peut très bien ne rien dire, le silence ne me fait pas peur.

— Et vous, il y a quelqu'un dans votre vie à qui vous ne pardonnerez jamais ?

— Il y a eu, répondit-elle, mais je lui ai rendu la monnaie de sa pièce. Nous sommes quittes, maintenant.

— Vous pensez que la vengeance apaise ?

— Non, enfin, peut-être. Il n'y a rien d'honorable à se venger, mais parfois, refuser de se laisser faire est une question de survie. C'est une chose que les filles découvrent trop souvent au collège.

Elle déplia ses doigts et s'étira avec soulagement, comme si cet aveu lui avait fait beaucoup de bien.

— Quel genre d'adolescente étiez-vous ?

— Ça, c'est une drôle de question, on ne me l'a encore jamais posée, dit-elle en éclatant de rire. Pourquoi me demandez-vous ça ?

— Parce que je ne suis pas très doué pour la conversation, vous avez dû vous en apercevoir. Vous avez même dû penser que je ne m'intéressais pas à vous. C'est tout le contraire. Je suppose que si l'on veut apprendre à connaître quelqu'un, il vaut mieux commencer par le début de l'histoire, comme avec les livres.

— D'accord, dit-elle. J'étais passionnée de foot, et comme j'avais un physique androgyne, je m'étais fait accepter dans l'équipe des garçons. Je courais plus vite qu'eux et marquais beaucoup plus souvent qu'eux. J'ai fini par mériter ma place d'attaquante. Pas un n'arrivait à contrer mes tirs, et je prenais plaisir à les humilier. J'avais mis au point une technique imparable. Au moment de tirer, je poussais un cri rauque, comme les joueuses de tennis, ça me donnait une impulsion du tonnerre et ça faisait sursauter le gardien. But ! Quand mes seins ont commencé à pousser, mon rêve de faire carrière dans l'équipe masculine m'a été refusé.

Mitch projeta ses pensées vers de lointains rivages pour ne pas regarder les seins d'Anna.

— Ils vous ont virée parce que vous aviez de la poitrine ? demanda-t-il, le regard posé sur une mauvaise copie d'un Mondrian accrochée au mur derrière elle.

— C'est moi qui ai claqué la porte ; la nature reprenait ses droits, mes camarades de jeu grandissaient, leur musculature se développait, leur endurance avec, je ne pouvais plus rivaliser sur le terrain – je suis très mauvaise joueuse.

— Et ensuite ?

— J'ai couru vers l'âge adulte avec une énergie féroce, mais c'est un autre chapitre.

— Pourquoi cette énergie féroce ?

— Pour quitter la maison.

— Vous ne vous entendiez pas avec vos parents ?

— C'était selon les jours, mais les jours sans se sont enchaînés. Je refusais de faire ce qu'ils attendaient de moi ; je voulais réaliser un autre rêve.

— Vous y êtes parvenue ?

— Presque, c'est pour ça que je suis rentrée.

— Où étiez-vous partie ?

— Loin, très loin, mais je ne fais que parler, et vous me posez beaucoup de questions.

Mitch considéra que l'art de la conversation était plus compliqué qu'il ne l'avait supposé, il devait y avoir un certain nombre de questions à poser et un nombre à ne pas dépasser. Les livres lui semblèrent soudain d'une accessibilité merveilleuse.

— Et vous, demanda Anna, vous avez déjà réalisé un rêve ?

— J'y travaille en ce moment.

Devant l'air perplexe d'Anna, il se corrigea aussitôt.

— Je ne parlais pas de ce moment avec vous, même si je l'apprécie beaucoup… Est-ce qu'on peut dire ça ?

— On peut. Alors de quoi parliez-vous ?

— Eh bien… je reviens aussi d'un long voyage.

— Où étiez-vous ?

— En prison, répondit Mitch.

14

Le Conquistador

— Vous avez tué quelqu'un ? demanda Anna.

— Je suis flatté que ce soit la première chose qui vous vienne à l'esprit. Vous me trouvez une tête de tueur ?

— Je ne crois pas qu'il faille une tête particulière pour le devenir.

— Désolé de vous décevoir, mais je n'ai pas l'âme d'un criminel.

— Ce n'est pas gentil de me faire languir. Vous allez me dire ce que vous avez fait ?

— Je ne fais que parler et vous me posez beaucoup de questions, répondit Mitch.

— Vraiment, vous voulez jouer à ce jeu-là ?

— À la fac, un copain est arrivé un jour avec le nez tuméfié. Tout le monde pensait qu'il s'était fait respecter et il régnait autour de lui une aura indescriptible. Cet abruti a fini par avouer qu'en voulant changer la roue de sa moto, il avait tiré dessus et se l'était prise en pleine figure. L'aura a disparu avec la roue de secours.

— Vous avez fait de la prison pour un pneu crevé ?

— J'organisais des lectures avec des étudiants dans le sous-sol de ma librairie.

— Et c'est un crime ?

— Vendre des livres interdits l'était. J'aurais pu écoper d'une amende ou d'une fermeture administrative, mais le procureur cherchait un tremplin pour sa carrière et a fait de mon cas un exemple.

— Quels livres ont été interdits ? demanda Anna, convaincue que Mitch la menait en bateau.

— Ceux qui dérogeaient à la norme édictée par les partisans du pouvoir, les romans qui bousculaient leurs certitudes et leur vision de la société. N'importe qui pouvait signaler un ouvrage qu'il jugeait inapproprié, il suffisait de remplir un formulaire pour qu'il soit retiré des bibliothèques. Celui que je vous ai vendu en faisait partie ; j'ai sûrement dû hésiter à m'en séparer. J'espère que vous étiez sincère en me disant qu'il vous a plu.

— Vous êtes sérieux ?

Anna vit dans son regard qu'il l'était. Elle commanda une autre vodka qu'elle but d'un trait avant de reposer son verre comme une pirate prête à capituler.

— Je me souviens de vous avoir dit ce jour-là que j'avais besoin d'un compagnon de voyage bienveillant, mais j'ignorais que vous aviez fait de moi votre complice.

— Le vendre était interdit, pas de le lire.

— Qui a eu l'idée d'une loi aussi absurde ?

— Le vrai mystère, c'est que les gens ont accepté qu'elle soit appliquée. J'ai mis du temps à comprendre ce qui m'était arrivé, et du temps, j'en ai eu beaucoup. Les tyrans ont besoin d'un état tyrannique, et pour arriver à leurs fins ils confient à quantité de gens des petites tâches qui ne leur paraissent pas condamnables. Chacun s'y applique avec compétence, pour être récompensé, obtenir une prime ou de l'avancement. Les policiers qui sont venus m'embarquer n'ont fait que leur métier, ils ont arrêté un fraudeur, rien qui puisse les empêcher de dormir. Pareil pour le greffier, les jurés, le juge, le chauffeur du bus qui m'a conduit vers la prison. C'est ainsi que les régimes autoritaires s'installent, en morcelant les responsabilités de façon telle que nul ne se rend compte qu'il est un maillon de l'abomination.

— Et le procureur ?

— Il vous expliquerait qu'il a fait respecter la loi, et que mon sort ne l'a pas empêché de rentrer chez lui tranquillement et de s'endormir le soir où il m'a fait condamner. Pour les tâches importantes, le régime s'appuie sur les collaborateurs les plus cruels. C'est son cas. Il est maintenant procureur général, il a obtenu sa promotion.

Anna l'observait d'une étrange façon, plongée dans un silence qui durait, et Mitch se sentit mal à l'aise.

— J'ai dit quelque chose qui vous a déplu ? demanda-t-il.

— Pas du tout, je réfléchissais.

— Si la compagnie d'un ancien détenu vous dérange, ne vous inquiétez pas, je le comprendrais très bien.

— Je ne suis pas inquiète, et je vous confirme que vous n'avez rien d'un criminel.

— Qu'est-ce qui vous fait dire ça ?

— Je me suis mise un instant à votre place.

— Ah, et c'était comment ?

— Combien de temps avez-vous passé en prison ?

— Cinq ans.

— Cinq ans pour des livres ?

Elle avait crié suffisamment fort pour que leurs voisins de table se retournent.

— Je ne crois pas que j'aurais résisté à l'envie de lui régler son compte, reprit-elle d'une voix beaucoup plus feutrée.

— Vraiment ? s'étonna Mitch.

— Vraiment ! répondit-elle avec une sincérité désarmante.

— Qui vous dit que ce n'est pas mon cas ? Vous avez faim ?

— Une faim de loup, répondit Anna.

Mitch lui tendit un menu, mais Anna le reposa sur la table sans même le regarder et suggéra qu'ils changent d'endroit.

Le restaurant où elle l'emmena était très différent de ceux que fréquentait Mathilde.

C'était un restaurant d'habitués où les serveurs se faisaient appeler par leur prénom. La lumière bleutée du soir entrait par les grandes fenêtres, tombant sur les miroirs enchâssés dans les murs et revêtus de tuiles anciennes. L'atmosphère donnait l'impression de pénétrer dans un Madrid suranné. Au Conquistador, l'ambiance était joyeuse ; on y servait une cuisine fusion. Quand Anna goûta aux asperges d'Aranjuez, elle fut surprise et séduite. On était loin du classicisme ennuyeux des Trois Cousins et elle pensa qu'il y avait du nouveau sous le soleil dans le travail de José.

— C'est assez incroyable, s'extasia Mitch en s'essuyant les lèvres. Quel est le nom de mon plat ?

— *Cochinillo* au four, répondit Anna d'une voix absente.

— Vous avez quelque chose contre le *cochinillo* au four ?

— J'ai été très proche du chef qui œuvre en cuisine.

— Vous ne l'êtes plus ? demanda Mitch qui voyait la soirée se ternir comme un dîner sur l'herbe quand le ciel s'obscurcit.

— C'était dans une autre vie.

— Je vois : vous m'avez emmené dîner chez votre ex ?

— Vous ne voyez rien du tout, nous étions complices mais nous n'avons jamais franchi le pas.

— De son fait ou du vôtre ?

— Des deux ; c'est plus compliqué que vous ne l'imaginez.

— Je n'imaginais rien. Si c'est si compliqué, pourquoi avoir choisi de venir ici ?

— Vous voulez bien que nous changions de sujet ? Nous ne nous connaissons pas, mais je n'ai aucune envie d'être malhonnête avec vous.

— Vous en savez beaucoup sur moi, je n'ai pas réussi à apprendre grand-chose de vous. Essayez de me voir comme quelqu'un d'aussi bienveillant que l'ont été à vos yeux Aomamé et Fukaéri.

— Vous vous souvenez de tous les personnages des romans que vous conseillez ?

— De ceux qui m'ont marqué, oui.

— José a eu des problèmes dont je suis responsable. Après mon départ je n'ai plus eu de ses nouvelles. Je redoutais un peu de le revoir, venir ici avec vous m'a donné le courage qui me manquait.

Mitch laissa passer quelques anges avant de s'aventurer.

— Et vous, vous lui avez donné de vos nouvelles ?

— Je vous l'ai dit, c'était dans une autre vie.

— Les problèmes dont vous parlez ont un rapport avec ce départ dont vous ne parlez pas ?

Elle afficha une expression qui ne devait rien à sa question, le menton tremblant légèrement tandis que sa main cherchait à tâtons un verre qui se trouvait pourtant devant elle et le regard dirigé vers un homme à la carrure impressionnante qui venait droit sur eux. José salua rapidement Mitch, comme on le fait quand on ignore délibérément quelqu'un, et s'adressa aussitôt à Anna :

— Qu'est-ce que tu fais là ?

— Je comprends que tu m'en veuilles, je suis tellement désolée mais je te jure que j'ignorais encore tout ce matin.

— Je t'en voudrais de quoi ? demanda José en se penchant sur la table.

— De ce qui t'est arrivé.

— Qu'est-ce que tu racontes, Anna, tu n'as rien à voir avec ma vie.

— Walter a parlé d'un incident grave à la brasserie, alors j'ai pensé…

José secoua la tête, incrédule.

— Tu penses trop, et tu ne devrais pas penser à voix haute, si je me fais bien comprendre, dit-il en jetant un regard noir vers Mitch. J'ai mis mon poing dans la gueule du chef des Trois Cousins, cela faisait longtemps qu'il le cherchait, il a fini par le trouver. Et même si j'ai ramé ensuite, je suis cent fois plus heureux. Ici, c'est moi le chef et je suis fier des plats qui sortent de ma cuisine.

— Incomparables, intervint Mitch en espérant adoucir les choses.

José se posa sur la banquette et se servit en vin dans le verre d'Anna. Il but une grande gorgée et poussa un long soupir.

— Bon sang, pourquoi es-tu revenue ?

— Parce qu'il le fallait. Et pourquoi est-ce que ça te contrarie autant ?

— Ton départ n'a pas été sans conséquences. Ils sont venus à la brasserie, ils ont interrogé tout le monde et…

Il s'interrompit et regarda Mitch.

— Et ? insista Anna.

— Ils ont épluché la liste des employés et se sont intéressés à ceux qui avaient quitté leur poste après… l'incident. Deux semaines plus tard, un flic est revenu me questionner à ton sujet ; c'est par lui que j'ai appris que tu avais disparu. Tu te doutes bien que je n'ai rien dit ; seulement, je ne suis pas le seul qu'il a cuisiné. L'eau a coulé sous les ponts, mais compte tenu de ce qui s'est passé, ils ne lâcheront jamais l'affaire. Je t'ai mise en garde et, comme toujours, tu feras ce que tu veux. C'était vraiment bon, votre dîner ?

— Vraiment, s'empressa de répondre Mitch.

José resta impassible, ce qui lui arrivait rarement pour ne pas dire jamais et signifiait qu'il était content. Il se leva, fit un baisemain à Anna, salua Mitch avec la même absence d'intérêt qu'en arrivant et repartit vers sa cuisine.

Mitch voulut régler la note, mais le serveur refusa, ils étaient les invités de la maison.

Ils sortirent du restaurant et marchèrent côte à côte dans la nuit douce.

— Qu'est-ce qui s'est passé aux Trois Cousins pour que la police…

Anna le regarda d'une telle manière qu'il s'interrompit au milieu de sa phrase. Il y avait dans ses yeux un appel au silence dont les femmes sont seules capables. Elle héla un taxi, remercia Mitch pour cette soirée inattendue et monta dans la voiture.

— Réfléchissez à ma prochaine lecture, j'ai besoin d'un nouveau compagnon, cria-t-elle par la vitre alors que le taxi démarrait.

Mitch enfouit ses mains dans ses poches et marcha vers la gare.

Au carrefour suivant, la solitude se posa sur lui comme une pluie d'hiver qui vous glace l'âme.

15

La Haine qu'on donne

Jour après jour, la clientèle revenait. Les anciens habitués saluaient Mitch avec à peine ce qu'il fallait de courtoisie. Ils effectuaient leurs achats et s'en allaient sans s'attarder. Pas un ne l'avait interrogé, comme s'il était normal que la librairie ferme un soir pour ne rouvrir que cinq années plus tard. Tout le monde savait, personne ne s'était questionné sur son sort, encore moins insurgé, faire semblant était le meilleur moyen d'être en paix avec sa conscience.

Mitch n'arrivait pas à nommer ce qu'il ressentait. Il essayait de se convaincre qu'il avait laissé le passé derrière lui, mais chaque soir en fermant la librairie, le passé était bien là. Et chaque matin, il remontait le rideau de fer résolu à ne pas se laisser affecter par la rancœur, convaincu qu'elle ne lui apporterait que du malheur. Désormais, il accordait plus d'attention aux lecteurs de passage. Les affaires se portaient bien, il était heureux pendant la journée et l'était moins quand le soir tombait.

Il n'eut aucune nouvelle d'Anna ; au bout de deux semaines, il se fit à l'idée qu'il n'en aurait plus. Ce qui ne l'empêchait pas de ruminer ce qui avait pu la faire fuir. Un mot qu'il aurait prononcé, une question qu'il n'aurait pas dû poser, sa conversation qu'elle avait trouvée ennuyeuse ? Et comme il n'en avait jamais assez de se torturer, il finissait par supposer que la compagnie d'un ancien taulard ne l'avait amusée que le temps d'une soirée.

Arrivé à cette conclusion, Mitch remontait doucement la pente. Après tout, il avait purgé sa peine, n'avait causé de tort à personne, et lui ne traînait aucune affaire mystérieuse susceptible d'intéresser la police. Quand il jugeait le silence persistant d'Anna humiliant, les espoirs qu'il avait nourris stupides, et à condition que la librairie soit vide, il poussait un juron ; ce matin-là ce fut : « Quel con ! »

— La qualité de l'accueil ne s'est pas améliorée, lança l'homme qui venait d'entrer dans la librairie.

— Verner ?

— En personne, mon ami, enfin, ce qu'il en reste.

Mitch quitta son comptoir pour accueillir le professeur.

— Vous devriez installer une clochette, reprit Verner. Chaque fois qu'on entre ici, on a l'impression que vous ne vous en rendez pas compte.

— C'est souvent le cas et c'est mieux ainsi. Depuis que la salle d'attente de la gare est fermée, les gens viennent traîner chez moi en attendant leur train, ils entrent et ressortent sans rien acheter.

— Peut-être que si vous ne les traitiez pas de cons, vos voyageurs repartiraient avec un livre ? suggéra le professeur.

— Bon, Verner, qu'est-ce que vous voulez ? demanda Mitch d'une voix polaire.

— Vous voir, mon cher, quoi d'autre ? Qu'est-ce qui est arrivé à votre guibole, vous ne boitiez pas, avant !

— Une mauvaise chute à ski, répondit Mitch.

— C'est amusant. Où étiez-vous ? Vous auriez pu donner de vos nouvelles.

Verner avait l'air tout à fait sincère en posant cette question, Mitch connaissait ses talents d'acteur et était décidé à ne pas tomber dans son jeu.

— Comment ça, où j'étais ?

— Ma question n'était pas claire ? Il me semblait que si, pourtant. Puis-je savoir pourquoi vous êtes si peu aimable ?

— Vous aussi allez prétendre que vous n'étiez au courant de rien ? demanda Mitch qui perdait patience.

Verner prit la mouche et les devants.

— Au courant de quoi ? questionna-t-il en haussant le ton. Je suis venu à la réunion, au jour et à l'heure prévus. Visiblement pas vous, puisque le rideau de fer était baissé ! J'ai cru m'être trompé de date, je suis repassé le lendemain et le surlendemain en sortant de mes cours, la librairie était toujours fermée. J'ai appelé, mais la ligne sonnait dans le vide. Je suis revenu, encore et encore…

— Et ? s'emporta Mitch qui voyait le visage du professeur virer à l'écarlate.

Verner gonfla le torse et se mit à arpenter la librairie, les mains dans le dos. Sa tête oscillait d'avant en arrière à chacun de ses grands pas – un coq au bord de la crise de nerfs.

— Eh bien, j'en ai déduit que vous aviez mis la clé sous la porte, parti sans laisser d'adresse. Je ne vous cache pas que mon amour-propre en a pris un sérieux coup. Au risque de me répéter, il me semblait que nous étions bons amis et ce mépris dont vous avez fait preuve en ne donnant plus signe de vie m'a blessé. Voilà, c'est dit.

— Vous espérez vraiment me faire gober que vous n'avez rien su de l'arrestation ni du procès ?

— De quelle arrestation et de quel procès parlez-vous ? demanda Verner à court de souffle.

Et, pour donner plus d'effet à sa stupéfaction, il s'assit lourdement sur une table.

— *Mon* arrestation et *mon* procès ! cria Mitch. J'ai passé ces cinq dernières années derrière des barreaux.

Verner s'affaissa un peu plus, tout son être semblait accablé par le poids de cette nouvelle.

— Je vous jure que j'ignorais tout. Comment l'aurais-je su ?

— Par la presse, par exemple ?

— Je ne lisais plus *Le Phare* depuis longtemps et pour la bonne raison qu'on n'y apprenait plus rien. Je vous supplie de croire en ma bonne foi. Laissez-moi vous offrir un verre, à condition bien sûr que vous me racontiez tout.

Mitch n'avait aucune envie d'aller boire un verre, il était beaucoup trop tôt pour cela et, même si l'heure s'y était prêtée, il ne l'aurait pas fait. À son grand désarroi, Verner ne montrait aucune intention de s'en aller. Mitch se rendit dans la réserve et revint avec une carafe d'eau, signant sa reddition.

Le professeur l'écouta sans jamais l'interrompre. Pendant qu'il lui racontait son histoire, Mitch s'interrogeait. Pour tirer une telle tête, soit Verner était un menteur hors pair, soit il était sincère en affirmant n'avoir été au courant de rien.

— C'est épouvantable, souffla-t-il quand Mitch eut terminé son récit.

— J'ai survécu.

— Je ne parlais pas de la prison, mais de mon ignorance, reprit le professeur. Je serais venu vous rendre visite, je vous aurais apporté des gâteaux, nous aurions partagé des conversations. De quoi occuper ma solitude, et la vôtre, bien sûr.

Verner avait ce don d'être à la fois affairé et plein de bonhomie. Un équilibriste de génie capable d'une pirouette pour se rattraper avant la chute.

— Les choses se sont passées autrement, conclut Mitch.

— Et maintenant, qu'allez-vous faire ? reprit le professeur.

— Maintenir ma librairie à flot, répondit Mitch, qui ne souhaitait pas s'étendre sur la vengeance qui l'obsédait de plus en plus.

— Et votre précieuse collection, ils vous l'ont confisquée ?

— Non, ils n'ont jamais découvert l'entrée de la pièce secrète. Je suis tombé pour deux malheureux livres oubliés dans la remise. Salinas n'est jamais venu vous questionner ?

— Qui est ce Salinas ? demanda Verner.

— Le procureur qui a eu ma peau.

— Jamais entendu parler de lui, dit-il à deux doigts de cracher par terre pour prouver son évidente bonne foi.

Mitch se sentit presque honteux d'avoir douté de lui. Personne ne pouvait jouer aussi bien la comédie, pas même le vieux professeur.

— Je suis heureux que vous n'ayez pas eu d'ennuis. J'espère que les autres non plus, dit Mitch.

— Si vous voulez m'interroger sur Mme Ateltow, ne vous gênez pas.

— Je m'en moque éperdument, pour être honnête.

Verner se frotta le menton, il fit quelques mimiques dont il avait le secret, se leva et s'accouda au comptoir qu'il tapota de ses dix doigts, puis il inspira profondément pour donner encore plus de gravité à ce qu'il s'apprêtait à dire.

— Une descente en force, un procès, une lourde condamnation, pour deux bouquins ? Pardonnez-moi, mais ça me chiffonne.

— C'est pourtant le cas.

— Vous manquez d'ambition quand vous réfléchissez. Les policiers n'ont peut-être pas mis la main sur ce qu'ils cherchaient, mais s'ils sont venus en nombre, c'est qu'ils cherchaient quelque chose.

— Ils cherchaient à faire un exemple pour terroriser les bibliothécaires et les autres libraires, les dissuader de résister.

— Dans ce cas, c'est tout de même fou que je n'aie rien appris. Et je trouve beaucoup plus étonnant que cette chère Mme Ateltow n'en ait rien su non plus ni même entendu un mot de votre affaire par sa libraire, qui était pourtant repartie enchantée de sa visite et décidée à suivre le mouvement.

— Elle a organisé d'autres lectures ? demanda Mitch qui pour la première fois s'intéressait au bavardage de Verner.

— On ne pourra pas blâmer le gouvernement d'en avoir trop fait sur la publicité accordée à son exemple. Cela n'a aucun sens, mais allez savoir ce qui se passe derrière les murs des ministères et dans les têtes de ceux qui y travaillent.

— Où voulez-vous en venir exactement, Verner ?

— Al Capone a fini ses jours en prison pour fraude fiscale et non pour tous les crimes de sang dont il était coupable.

— Je vous remercie de cette comparaison flatteuse.

— Saviez-vous qu'en échange d'une impunité, son comptable avait remis aux agents du FBI les preuves dont ils avaient besoin ? Le gouvernement s'est servi de ce délit relativement mineur pour arriver à ses fins.

— Je l'ignorais et je ne vois pas le rapport avec moi.

— Eh bien n'en voyez pas. Puisque vous dites que ce sont deux livres qui vous ont conduit en prison, ce doit être eux et personne d'autre. Après tout, vous étiez le mieux placé pour le savoir.

Verner souleva sa longue carcasse et se décida à partir.

— Je suis ravi de votre retour, et encore plus que vous ayez survécu à tout cela. Si vous m'y autorisez, je repasserai un de ces jours. Qui sait, vous aurez peut-être alors envie de partager un vrai verre.

Juste avant de sortir de la librairie, il se retourna et sourit maladroitement.

— Et la divine Mathilde, vous l'avez revue ?

— Pas depuis le jour de mon arrestation.

— C'est fâcheux. Vous aviez pourtant l'air très proches.

— Je le pensais aussi et je me trompais. Elle n'est pas venue le jour du procès, ni après pour me rendre visite en prison.

Verner referma la porte derrière lui et remonta l'avenue.

*

Ce n'est que plus tard dans la soirée que Mitch comprit le sens de la leçon du professeur, du ton plein d'ironie qu'il avait emprunté pour blâmer les livres *et personne d'autre*. Mitch avait toujours considéré que la descente de police avait été motivée par le rapport du contrôleur qui avait trouvé le *Journal* d'Anne Frank sur une étagère. Il s'était résigné à sa peine, se reprochant de ne pas avoir été suffisamment prudent et d'avoir agi avec légèreté en laissant traîner deux autres ouvrages interdits dans la remise. L'hypothèse qu'on ait pu le dénoncer le frappa aussi durement qu'un coup de poing.

*

Le lendemain, il ferma la librairie trente minutes plus tôt que d'habitude. Il sortit par la courette, laissa au pied des poubelles une gamelle de croquettes pour le chat qui dormait sur un rebord de fenêtre et remonta l'avenue. Il arriva devant le palais de justice à l'heure où les audiences s'achevaient. C'était la cinquième incursion de ce genre qu'il effectuait en deux semaines. Le jeudi, Salinas apparaissait sur les marches quelques minutes seulement après la fermeture du palais.

La première fois, Mitch avait réussi à le suivre jusqu'à l'arrondissement voisin. Le procureur était monté dans une luxueuse berline bleu marine qui ne laissait planer aucun doute sur le fait que son salaire était très supérieur à celui d'un libraire. Grâce aux embouteillages, Mitch ne l'avait pas perdu de vue sur une bonne partie du parcours, une partie seulement. La fois suivante, il avait pris ses dispositions en s'achetant un vélo et avait ainsi pu talonner la berline jusqu'à la barrière d'une voie privée. Salinas avait garé sa voiture au fond de l'allée avant d'entrer dans une villa cossue.

Deux jours plus tard, Mitch était parti en repérage à l'heure du déjeuner. Il avait attaché son vélo à la grille de l'impasse avant de s'y aventurer. Campé sur le trottoir en face de la villa de Salinas, il avait noté dans un carnet tous les détails qui lui semblaient intéressants. La bâtisse, coiffée d'un toit en tuiles bleues, comptait trois étages. Des grappes de fleurs mauves pendaient d'une glycine qui grimpait à la façade et s'enchevêtrait à la balustrade d'un balcon au premier étage derrière lequel se dressaient trois portes-fenêtres. Il n'y avait aucune caméra surveillant la porte d'entrée. Mitch avait fait un croquis de l'ensemble, rangé son carnet dans sa poche et était rentré à pied à la librairie car de son vélo, il n'avait retrouvé que la roue avant, cadenassée à la grille.

La quatrième filature l'avait conduit dans une ruelle sombre, située non loin du palais de justice. Le procureur s'était retourné deux fois en chemin et Mitch, craignant d'être repéré, avait dû opérer un demi-tour.

Par prudence, il avait attendu quelques jours avant de reprendre sa traque. Ce jeudi soir, lorsque Salinas sortit du palais, il se glissa dans ses pas en restant à bonne distance. Le procureur, qui se dirigeait vers la même ruelle, se retourna encore et changea soudain d'itinéraire. Mitch poursuivit son chemin en ligne droite et se posta sous l'alcôve d'une porte cochère face à la ruelle. Un pari risqué mais avisé, car le procureur réapparut peu après et se dirigea vers l'entrée d'un club. Mitch passa devant le club sans s'arrêter et alla s'adosser un peu plus loin à un réverbère. Il nota le nom de l'établissement et repartit au bout d'une heure, las de jouer à l'espion. Le conservatoire n'était pas loin, il décida de rendre visite à Verner qui devait avoir presque terminé ses cours du soir.

Sur la scène de la grande salle, le professeur écoutait quatre élèves qui répétaient devant lui le premier mouvement du *Concerto d'Aranjuez*. L'ensemble jouait en harmonie et Mitch, qui n'était pas insensible à la musique, s'installa dans un fauteuil et se laissa emporter. Un peu plus tard, il sentit quelqu'un lui tapoter l'épaule.

— Si vous avez besoin d'une chambre d'hôtel, vous n'avez qu'à le dire.

Mitch se redressa et se frotta les yeux. Verner le fixait avec une hostilité presque palpable.

— Ne vous plaignez pas si je ne vous invite pas le soir de la première. Vous ronflez comme un métronome, c'est très dérangeant.

— Je suis désolé. Je dors mal en ce moment.

— Venez plus souvent assister à mes répétitions, vous récupérerez votre retard de sommeil, répondit Verner du tac au tac. L'heure tourne et nous devons laisser la place au cours de danse. Êtes-vous disposé à m'offrir ce verre ?

— Je croyais que c'était vous qui deviez m'inviter ?

— Ça, mon vieux, c'était avant que vous veniez roupiller pendant mes cours.

Ils passèrent par les coulisses où les jeunes ballerines faisaient leurs étirements. Leurs mouvements amples étaient pleins de grâce et Mitch s'arrêta pour les regarder. Verner le rappela à l'ordre ; ils quittèrent les lieux par la sortie des artistes.

La nuit tombait sur la ville, le ciel avait viré au gris. Mitch traînait sa jambe du mieux possible pour se caler sur les pas de Verner, qui marchait à bonne allure.

— Vous connaissez ce club privé derrière le palais de justice ? L'Anaconda.

— L'Annapurna ? rectifia Verner, étonné.

— Oui, l'Annapurna.

— C'est un cloaque, tombé en désuétude, mais qui a connu de belles heures. Du temps de l'ancien gouverneur, les notables s'y dévergondaient. Ce qui est amusant avec les conservateurs, c'est que leur jolie morale ne s'applique qu'aux autres. Ces beaux messieurs avaient le catéchisme chancelant les soirs de semaine et priaient avec ferveur les dimanches. Le confessionnal a dû en entendre de belles.

— Comment le savez-vous ?

— Dites donc, vous n'espériez pas prendre un vieux renard comme moi dans un filet aussi gros ? J'ai donné des cours de guitare à la tenancière. Parfaitement, et ne faites pas cette tête-là, je prendrais très mal que vous mettiez ma parole en doute. L'établissement est privé, mais je peux vous recommander. Bien qu'à votre âge et avec votre physique, il serait désolant que vous fréquentiez ce genre d'endroit.

— Le procureur Salinas s'y rend tous les jeudis soir.

— À mon tour de vous demander comment vous le savez… Ne me dites pas que vous l'avez suivi ? s'inquiéta Verner.

— Non, je suis tombé sur lui par hasard.

— Vous mentez tellement mal que c'est pathétique. Enfin, bon sang, à quoi jouez-vous ? Vous n'avez pas eu assez d'emmerdements comme ça ?

— Probablement, répondit Mitch.

— Si vous me permettez un conseil, je ne sais pas ce que vous mijotez, mais vous avez la vie devant vous, alors n'allez pas la gâcher. Croyez-en un expert en la matière. Maintenant, je suggère que nous allions trinquer à l'avenir, dans un endroit plus convenable. J'en connais un qui n'est pas très loin, et on y mange fort bien... au cas où l'envie vous prenne de m'inviter aussi à dîner.

Mitch appréciait la compagnie de Verner, mais quand il pontifiait ainsi, ravi de l'effet que produisaient ses tirades théâtrales, il l'agaçait au plus haut point.

Ils traversèrent un carrefour, remontèrent une avenue, et Verner bifurqua dans une rue commerçante qui comptait plusieurs restaurants, dont l'un en travaux.

16

L'Attrape-Cœurs

Coordonner les différents corps de métier, maçons, électriciens et plombiers, demandait beaucoup d'énergie et de patience, mais depuis que M. Bariquez avait encaissé son chèque, ses interventions se résumaient à de trop rares passages en coup de vent, et il laissait Anna jouer au maître d'œuvre à sa place. Elle avait fini par y prendre goût et aimait la dynamique qu'elle avait installée sur son chantier. En deux semaines, l'espace s'était métamorphosé. Les sols étaient encore poussiéreux, mais plus rien ne paraissait en désordre. L'ouverture avait été pratiquée dans la cloison entre la cuisine et la salle, les surfaces verticales étaient préparées, les anciens appareils déposés. D'ici peu, la plomberie serait terminée et le carreleur n'aurait plus qu'à se mettre au travail. Si elle maintenait ce rythme, d'ici une semaine ou deux elle pourrait faire entrer les équipements et dans un mois commencer les répétitions. Anna comptait roder sa cuisine avant d'ouvrir ses portes au public.

Elle fit un dernier tour du chantier, s'observa dans le miroir, épousseta ses épaules et le col de son imperméable, remit un peu d'ordre dans ses cheveux et quitta les lieux.

Dans la rue, elle verrouilla la porte, rangea les clés dans sa poche et s'éloigna en sifflotant. À dix mètres de là, Mitch ressemblait à un épagneul breton à l'arrêt au milieu d'un champ. Il se plaqua dans le renfoncement d'une porte cochère, le visage blême, et comme il s'était aussi arrêté de respirer, Verner le regardait, très inquiet.

— Vous me faites un malaise ou vous avez vu une apparition miraculeuse ? Cela dit, formulés dans l'autre sens, les deux ne seraient pas incompatibles.

— Taisez-vous, Verner.

— De mieux en mieux, dit le professeur en levant les yeux au ciel.

Anna tourna au coin de la rue.

— C'est terrifiant ; à force de jouer les espions, ça vous est vraiment monté à la tête ! s'exclama le professeur. Cette femme, c'était Mata Hari ?

— Seulement quelqu'un que je ne voulais pas voir.

— Vous ne vouliez pas la voir ou vous ne vouliez pas qu'elle vous voie ?

— Arrêtez de me parler comme si j'avais dix-sept ans.

— Vous ne vous êtes pas regardé, sinon vous ne me feriez pas ce reproche. Alors, qui est cette belle inconnue ?

— Nous avons passé une soirée ensemble, elle avait promis de revenir me voir à la librairie et…

— Je vous en prie, pas un mot de plus ! Vous me faites déjà de la peine, mon vieux.

— Arrêtez de m'appeler « mon vieux ». Vous avez trente ans de plus que moi, et encore, je suis généreux.

— Ça ne change rien. C'est à l'intérieur que vous êtes vieux.

— Je vous demande pardon ?

— Vous m'avez parfaitement compris. Vous vivez comme un moine dans votre librairie, vous n'avez pour amis que des livres et, alors que vous croisez le chemin d'une femme, vous jouez au caméléon qui se confond avec le mur. Vous êtes vieux, voilà tout.

— Figurez-vous que mes autres amis m'ont un peu délaissé pendant que je croupissais en prison, protesta Mitch.

— Lesquels, si ce n'est pas indiscret ?

— Vous, pour commencer, Mme Bergol, Mme Ateltow...

— Très jeunes, vos relations. Heureusement que votre petite amie du moment faisait chuter la moyenne d'âge, mais bref, vous conviendrez que j'ai raison. Si vous avez recouvré vos esprits, allons enfin boire ce verre, et il en faudra plusieurs pour effacer de ma mémoire le spectacle auquel je viens d'assister. Vous en profiterez pour tout me raconter sur cette personne qui siffle juste et joliment.

Verner emmena Mitch dans un bar, vestige d'un club de jazz qui avait dû connaître ses heures de gloire au siècle précédent, ou qui ne les avait jamais connues. Des tentures rouges recouvraient les murs, trois alcôves accueillaient des banquettes en moleskine et une dizaine de tables faisaient face à l'estrade sur laquelle un musicien, plus hors d'âge qu'un bon whisky, grattait, les yeux fermés, les cordes de sa contrebasse, donnant la mesure à un saxophoniste époumoné.

— C'est d'un sinistre votre endroit, fit remarquer Mitch en prenant place sur une chaise.

— Parce que vous ne voyez pas le bonheur où il se trouve, répondit Verner. Écouter ces baltringues remonte l'estime que j'ai de moi-même, je parle de ma carrière musicale. Le barman prépare le meilleur manhattan de la ville, et comme j'ai une sainte horreur de l'avion, voyager dans ces conditions me convient parfaitement.

Deux manhattans plus tard, Mitch se livra sur sa rencontre avec Anna.

Quand il arriva au moment où elle était montée dans un taxi, Verner garda le silence, puis il se tourna vers lui, l'œil goguenard.

— Puisque vous vous plaisez à faire l'espion, il ne vous a pas échappé que tout à l'heure, elle sortait d'un restaurant en travaux. Et si j'ai bien compris la teneur de la conversation qu'elle vous a tenue, elle n'est pas architecte. Donc, nous pourrions conclure que ce restaurant est le sien. De quoi l'accaparer entièrement, me semble-t-il. Ajoutez à cela ses ennuis avec la police, dont nous ignorons tout, elle a de sérieuses raisons d'être fort occupée.

— Au point de ne pas trouver quelques minutes pour me rendre visite ?

— Tout dépend de la valeur que vous accordez à ces minutes. Une rencontre n'est pas une question de temps, mais de moment. Il ne vous serait pas venu à l'idée que les problèmes que son ami cuisinier évoquait puissent expliquer son silence ?

— Non, répondit Mitch, qui s'accrochait aux paroles de Verner en espérant une conclusion favorable.

— Vous lui avez dit la vérité à votre sujet ?

Mitch confirma avoir parlé à Anna de son passage en prison.

— Permettez-moi une hypothèse et, je le précise, il ne s'agit encore que d'une hypothèse. Imaginons que vous ne lui ayez pas déplu, soyons même optimistes et supposons que vous lui plaisiez ; elle apprend que vous sortez de prison, elle-même a quelques démêlés avec la police, si nous avons affaire à une âme généreuse, et pourquoi ne le serait-elle pas, elle pense être pour vous une fréquentation dangereuse. Et puisque votre air niais m'oblige à mettre les points sur les *i*, elle s'interdit de vous fréquenter pour vous protéger, afin de ne pas vous mêler à ses ennuis.

— Alambiqué, mais possible, admit Mitch en commandant un troisième manhattan.

— À quand remonte votre dernier éclat de rire ? demanda Verner.

— Je n'en ai aucune idée.

— Sifflez ce verre !

— Que feriez-vous à ma place ?

— Le contraire de ce que vous devriez faire, ce qui explique que je sois un vieux célibataire.

— Mme Ateltow ? Il m'avait semblé…

— Il m'avait semblé aussi, mais elle a préféré que nous restions de bons amis. Ce qui est le pire des supplices qu'une femme puisse infliger à un homme épris d'elle. Une cruauté sans pareille. Si vous avez des sentiments, ne vous laissez jamais embarquer dans ce genre de compromis.

La soirée s'acheva tard dans la nuit, mais Mitch et Verner ne parlèrent plus que de livres et de musique. Au moment de se séparer, la musique tenant mieux l'alcool que la littérature, Verner suggéra vivement à Mitch de mettre un terme à son désir de suivre le procureur, il ajouta qu'il ferait mieux de jeter son dévolu ailleurs que sur les marches du palais de justice.

*

Le dernier train de banlieue étant parti depuis longtemps, Mitch alla passer ce qui restait de la nuit dans sa librairie. En entrant dans la remise, il regarda le tapis qui recouvrait la trappe. Les canapés poussiéreux en sous-sol lui auraient offert plus de confort que le plancher de la boutique, mais il ne trouva pas la force de retourner dans la pièce secrète.

Le chat le réveilla de bon matin, il se frottait contre sa joue en ronronnant.

— Par où es-tu entré ? demanda Mitch en le soulevant pour le poser sur son torse.

Le veilleur de nuit n'avait aucune envie de l'écouter et il bondit sur ses pattes pour se percher sur le radiateur. Mitch ferma les yeux et se réveilla une heure plus tard, seul.

Il se redressa, massa sa jambe et quitta la librairie par la courette. De retour chez lui, il se rasa soigneusement après avoir pris une longue douche, choisit une chemise blanche, sa plus belle veste et reprit le train en sens inverse, avec une gueule de bois tenace et le cœur plus léger maintenant qu'il avait pris une décision.

En arrivant en ville, il s'offrit un petit déjeuner dans un café et s'arrêta chez un fleuriste. Un bouquet de pivoines en main, il prit ensuite la direction de la rue commerçante qu'il avait parcourue la veille avec Verner, et s'arrêta devant une vitrine occultée par des feuilles de papier kraft. Après une grande inspiration, il poussa la porte.

Anna, accroupie devant le comptoir, lui tournait le dos, une ponceuse à ses pieds. Elle passa ses doigts sur le bois et relança la ponceuse. Un bruit strident occupa tout l'espace ; Mitch en profita pour faire trois pas vers elle.

— Si ce n'est pas parfaitement lisse, le vernis craquera, cria-t-elle.

— Tout dépend du nombre de couches, répondit Mitch en hurlant à son tour.

Elle s'interrompit et tourna la tête.

— Comment m'avez-vous retrouvée ?

— Par hasard, en passant dans la rue, je vous ai vue entrer.

— Vous m'avez acheté des fleurs par hasard, en vous promenant ?

— Elles vous plaisent ?

Anna se leva, prit le bouquet et le déposa dans un seau qu'elle remplit d'eau.

— Le plombier manque à l'appel. Le piano de cuisine doit être livré ce matin ; si l'arrivée du gaz n'est pas raccordée, ils le laisseront en plan et les carreleurs, qui viennent cette après-midi, n'auront plus qu'à repartir.

— Vous avez des outils ? demanda Mitch qui avait repéré du coin de l'œil le matériel nécessaire posé sur un établi.

— Les ouvriers ont laissé une caisse dans l'office, mais vous n'êtes pas plombier.

Il ôta sa veste et la posa sur une chaise. Anna le suivit du regard pendant qu'il s'emparait du poste de soudure et posait des lunettes de plongeur sur ses yeux. Un arc électrique se forma devant lui.

— Ça ne prendra pas longtemps, dit-il.

Elle ne répondit pas, soucieuse de comprendre comment, et surtout pourquoi, ce libraire auquel elle n'avait plus donné signe de vie s'affairait à souder son arrivée de gaz. Elle n'eut guère le temps de s'interroger, Mitch se releva, admira la soudure, souffla sur le cuivre pour chasser les poussières et se retourna, ravi.

— Voilà, chaque fois que vous allumerez les brûleurs, vous aurez une pensée pour moi.

— Avec cette paire de lunettes, je ne pourrai pas faire autrement, dit-elle. Merci, vous m'avez rendu un immense service. Maintenant, dites-moi ce que vous faites là.

— Une soudure, et si vous avez besoin d'autre chose, n'hésitez pas, c'est mon jour de congé.

— Vous avez fermé votre librairie pour venir me voir ? demanda-t-elle poliment.

— Non, j'ai fermé ma librairie parce que… j'en avais envie. Je vous l'ai dit, je passais dans le coin…

Avec ses lunettes de soudeur qui barraient son visage, il ressemblait à un personnage sorti des pages d'un roman de Jules Verne, ce qui le rendait peu crédible.

Anna alluma un petit réchaud électrique et fit bouillir de l'eau.

— Votre rêve, c'est ce restaurant ? demanda-t-il en observant les lieux.

— Il le deviendra peut-être.

Elle servit du café et arpenta la pièce. Une tasse en main, elle expliqua comment elle comptait arranger la salle, montra le bar où les clients attendraient leur table.

— Les repas permettent d'équilibrer les comptes, mais ce sont les alcools qui rapportent le plus. Dès que j'en aurai les moyens, j'embaucherai un bon barman, les gens sont de plus en plus friands de cocktails. Enfin, d'abord il faut que je vienne à bout du chantier et, comme vous pouvez le constater, ce n'est pas le travail qui manque.

— Je suis venu vous aider, déclara Mitch.

— C'est très généreux de votre part, mais vous tenez une librairie et les ouvriers sont là pour ça. Enfin, quand ils sont là.

— Vous aider au sujet de ces ennuis dont vous avez parlé avec votre ami cuisinier, reprit Mitch.

Décontenancée, Anna posa sa tasse en équilibre sur le bord d'une table, Mitch la rattrapa de justesse. Elle avait le regard perdu ; à tel point qu'il passa la main devant ses yeux sans obtenir la moindre réaction, pas même un cillement de paupières.

— Vous ne savez rien de mes ennuis, murmura-t-elle.

— Je n'ai pas besoin de savoir, mais je suis votre alibi.

— Quel alibi ?

— Eh bien, je témoignerai que j'étais avec vous.

Recouvrant ses esprits, elle recula d'un pas.

— Vous pensez que j'ai quel genre d'ennuis, exactement ?

— Ça n'a pas d'importance, vous n'en avez plus puisque nous étions ensemble le jour où ils se sont produits. Il faudra juste que nous choisissions un endroit que nous pourrons décrire tous les deux, et nous mettre d'accord sur ce que nous y faisions. Nous promener sur les berges, par exemple, nous discutions d'un livre, ou d'une recette, ou – son regard s'éclaira comme s'il venait de faire une découverte majeure – d'un livre de cuisine !

Une balayeuse remonta la rue et passa devant la vitrine. Anna attendit que le chuintement de ses brosses s'éloigne.

— Vous avez pensé à tout ça avant de venir me voir ?

— Oui, j'ai pensé à tout cela, répondit Mitch en hochant la tête.

— Pourquoi ?

— Eh bien… parce que ce sont des choses qui se font, voilà pourquoi.

Anna le prit par le bras et l'entraîna vers la porte du restaurant.

— C'est certainement la plus belle attention qu'on ait jamais eue pour moi, mais je ne peux pas accepter ; je n'ai pas besoin d'un alibi et vous avez eu votre compte d'ennuis. Je passerai chercher mon bouquin dès que je le pourrai, c'est promis.

Il sortit, elle resta sur le pas de la porte et attendit qu'il s'éloigne. Elle n'aurait jamais avoué à quiconque, surtout pas à elle-même, qu'elle espérait qu'il se retournerait. Il ne le fit pas.

Quand elle revint dans la salle, elle regarda le bouquet de pivoines dans son seau. Elles étaient magnifiques. Puis ses yeux se posèrent sur une veste qui pendait au dossier d'une chaise. Elle l'attrapa et courut dans la rue.

— Attendez, cria-t-elle.

Mitch accéléra le pas. Elle le rejoignit, à bout de souffle, et se campa devant lui.

— Je n'ai pas l'habitude, dit-elle.

— De quoi ?

— De ce que vous avez fait.

— Une soudure ?

— Oui, une soudure. Je passerai à la librairie dès que ma journée sera finie, nous pourrions aller nous promener sur ces berges dont vous parliez, enfin, si vous en avez encore envie.

— Si ça vous fait vraiment plaisir, pourquoi pas.

— Cela me ferait vraiment plaisir.

— Alors à ce soir, répondit Mitch.

*

Il n'avait pas seulement pris sa journée pour Anna ; s'il avait choisi d'aller la voir de bon matin, c'est parce qu'il avait imaginé que la suite des évènements pourrait ne pas se dérouler comme il l'espérait. Si elle avait accepté son aide, l'avenir aurait pu être différent. Après un rapide passage à la librairie, il traîna sa jambe sous une pluie battante jusqu'au palais de justice. Le vendredi, Salinas prenait le volant de sa berline bleue aux alentours de midi. Le procureur ne travaillait jamais le vendredi après-midi. Mitch l'avait appris durant ses repérages. La voiture était parquée au deuxième sous-sol, sur une place de stationnement située à une vingtaine de mètres de l'endroit où débouchait l'ascenseur.

En remontant le boulevard, Mitch entendait une petite voix lui dire qu'il était en train de faire une belle connerie, qu'il avait fait une rencontre pleine de promesses, qu'Anna était différente de toutes les femmes qu'il avait connues, qu'il avait vu en elle un monde insoupçonné et qu'il serait sûrement plus intelligent de prendre des risques insensés pour elle que pour assouvir une vengeance. Mais la voix n'était pas assez forte pour lui faire entendre raison ni apaiser cette colère qui le dévorait.

Pour échapper à la caméra perchée au-dessus de la barrière du parking, il entra dans le palais, traversa le hall et descendit l'escalier jusqu'au deuxième sous-sol.

L'endroit lui parut plus sombre que lorsqu'il l'avait inspecté en début de semaine. Sa montre lui indiqua qu'il avait quinze minutes avant de passer à l'acte. Deux colonnes offraient un abri parfait pour surprendre Salinas sur son parcours. Il opta pour la plus proche de la berline ; quand il bondirait, le procureur n'aurait aucune chance de lui échapper.

Il sortit de la poche intérieure de sa veste la matraque télescopique qu'il avait récupérée à la librairie. En position rétractée, elle ne mesurait qu'une quinzaine de centimètres, mais il suffisait de projeter le fourreau en avant d'un geste sec pour qu'elle se déploie. Une arme de ce type pouvait fracturer un fémur, un tibia, casser une clavicule ou un bras, briser une mâchoire, et un coup porté aux reins ou à la nuque pouvait être fatal. Il resserra ses doigts sur le manche, se plaqua contre la colonne et guetta sa proie.

Dix minutes plus tard, le procureur apparut dans son complet bleu marine, sa sacoche en main, marchant d'un pas rapide vers la berline. Mitch déploya la matraque. Le bruit du métal fit tiquer Salinas, qui s'arrêta pour regarder autour de lui.

— Il y a quelqu'un ?

Mitch retint sa respiration, des gouttes de sueur perlaient sur son front, sa chemise lui collait à la peau. Salinas se remit en marche et passa devant la colonne. Mitch le regarda s'approcher de sa voiture.

Au moment de passer à l'action, un bruit terrible résonna dans sa tête, un craquement si fort qu'il crut que ses tympans allaient éclater, ce même craquement qui s'était produit alors que le Sergent lui brisait la jambe en le rouant de coups, et qui n'avait jamais cessé de le torturer depuis.

Le procureur ouvrit la portière de sa voiture. Mitch, le souffle bloqué, fut incapable de bouger.

Quand le moteur de la berline rugit, il replia sa matraque, la remit dans sa poche et attendit que la voiture soit engagée dans la rampe pour rebrousser chemin.

Ce n'était que partie remise. Un jour, Salinas verrait la mort venir l'étreindre, alors il connaîtrait la peur.

17

Le fils de pute

À 19 heures, Anna toqua au rideau de fer. Elle avait délaissé son imperméable noir pour une gabardine claire, noué ses cheveux auburn en un chignon retenu par un crayon et portait un grand sac en toile passé à son bras.

— Vous aviez oublié notre rendez-vous ? questionna-t-elle.

— Non, pourquoi me demandez-vous ça ? répondit Mitch en lui ouvrant la porte.

— Vous faites une tête sinistre.

Elle fit un tour sur elle-même.

— C'est mieux, non ?

Mitch parut hésitant.

— La poussière, elle se voit moins sur le beige, vous ne trouvez pas ?

Il ne voyait que sa peau lumineuse, son sourire radieux et ses grands yeux qui donnaient une envie de vie et de liberté. C'est à ce moment-là qu'il prit conscience du pouvoir qu'elle exerçait sur lui. Si Salinas distillait dans ses veines un poison de haine et de rage, Anna était l'antidote.

Comme convenu, ils allèrent marcher le long des berges. L'air était doux, le ciel teinté de pourpre, fait pour durer. Mitch aurait été pleinement heureux s'il avait su quoi dire, tenir une conversation, même banale. Mais la promenade se faisait dans un silence remarquable.

— Je ne sais pas quoi dire, finit-il par marmonner, je dois vous paraître tellement ennuyeux. Je ne suis pas à mon aise en compagnie de…

— D'une femme ? questionna Anna.

— De quelqu'un que je connais peu.

Anna trouva dans cette réponse une humilité qui manquait à beaucoup d'hommes.

— Moi non plus, mais il sera difficile de se connaître si nous ne nous disons rien. Bon, je vais commencer. Qu'est-ce qui vous a donné l'envie d'être libraire ?

— Ma mère qui était relieuse et mon père qui lisait tout le temps. Il m'a transmis sa passion, appris à voyager dans des mondes imaginaires et à rencontrer des êtres qui comblent toutes les solitudes. Il avait cette manie de leur emprunter des phrases ; je pensais qu'il le faisait exprès, mais maintenant cela m'arrive aussi sans que je m'en rende compte. Aucun autre métier ne m'aurait rendu aussi heureux. Je suis devenu libraire pour partager ce que je ressens quand j'entre dans un livre. Se frotter à des idées nouvelles, traverser des époques, découvrir des civilisations, comprendre des mentalités qui nous sont étrangères, c'est – il marqua une pause, trouvant la gabardine d'Anna magnifique – perpétuer la magie de l'enfance. Lire, c'est m'ouvrir au monde.

— Eh bien, pour quelqu'un qui croit être ennuyeux, vous venez de prononcer les mots que je n'avais jamais réussi à formuler pour exprimer ce que je ressens quand je suis en cuisine.

Anna avança vers un banc qui faisait face au fleuve et posa son sac à ses pieds. Elle sortit des couverts, un napperon qu'elle déplia entre eux, deux tasses, un Tupperware, un paquet enrobé d'une feuille d'aluminium et un thermos. Elle ouvrit d'abord le Tupperware, révélant, dans un assortiment de rouges, de verts, d'ocres et de jaunes, un plat qu'il n'avait encore jamais vu.

— J'ai mis un temps fou à mettre cette recette au point, expliqua-t-elle. C'est une variation entre le dahl et le curry végétarien, et en toute modestie je crois être proche de la perfection, grâce à la poudre d'amandes bien sûr, précisa-t-elle comme si elle avait résolu l'un des plus grands mystères culinaires de tous les temps.

Elle piqua un morceau avec sa fourchette qu'elle avança vers les lèvres de Mitch. Rassurée en le voyant se délecter, elle expliqua avec passion par quelle chimie elle avait obtenu cette fusion de textures et de saveurs, comment couper les légumes, l'ordre dans lequel les cuire, l'intégration délicate des épices à des moments précis de la cuisson, sans oublier la poudre d'amandes et la température qu'on devait maintenir constante. Mitch se retrouva au cœur d'Udaipur, la ville qui avait inspiré Anna. Il déambulait avec elle dans les rues de la cité, s'arrêtait devant l'étal d'un grand bazar à ciel ouvert pendant qu'elle choisissait tout ce dont elle avait besoin ; puis, quand son panier fut plein, ils descendirent vers les berges du lac Pichola qu'il n'avait jamais visité autrement que dans ses lectures d'adolescent – sa période indienne avait occupé l'année de ses quinze ans. Un peu plus tard, Anna servit un thé parfumé, dépiauta la feuille d'aluminium et coupa deux parts de gâteau au chocolat. La nuit commençait à s'installer, elle eut envie de grimper sur un talus pour admirer les dernières lueurs du soir sur l'eau. Mitch la suivit, la pente était abrupte et il s'arrêta en chemin.

— Montez, je vous rejoins, dit-il en se frictionnant la jambe.

— Elle vous fait souffrir ?

— Pas vraiment, seulement quand l'air est très humide, rien qui justifie de se plaindre.

— Ne me mentez pas, Mitch. Vous ne savez pas vous y prendre et les petits mensonges sont les plus délicats.

— Vous vous y connaissez beaucoup en petits mensonges ? dit-il en la rejoignant.

— J'ai suffisamment parlé aujourd'hui, et n'espérez pas vous en tirer avec ce genre de pirouette.

— Si vous y tenez tant que ça. Mais ce n'est pas moi que cette patte folle tourmente le plus. Je me suis habitué à la traîner comme un forçat traîne ses chaînes, seulement ma démarche indispose parfois les autres. J'ai craint que ça vous dérange aussi. Dans la rue, ou dans le train, les gens me regardent d'un drôle d'air et si l'envie me prend d'aller lire dans un parc, je dois me tenir à l'écart des aires de jeu.

— Pourquoi ? demanda Anna.

— La différence fait peur, ou peut-être que c'est l'ignorance qui nous ôte un peu d'humanité. Il est arrivé que ma présence inquiète des parents. Ils soupçonnaient le mal, chuchotaient entre eux. Un jour, ils ont même appelé la police.

— La police ? Vous avez quand même le droit de vous asseoir où bon vous semble.

— En principe oui, mais dans ma vie ça ne se passe pas comme ça. La première fois, les policiers qui m'ont embarqué ont découvert mon passé, alors ils m'ont gardé la nuit au commissariat. J'ai dû répéter cent fois à l'inspecteur que je voulais simplement bouquiner au soleil, que je n'avais pas remarqué que le banc où je m'étais installé se trouvait devant l'endroit où les enfants jouaient. C'était un petit mensonge, comme vous dites ; j'aimais beaucoup lire auprès d'eux. Leurs cris et leurs rires vous réconcilient avec la vie.

— La première fois ? Il y en a eu d'autres ?

— Une seule, là, ils ont été plutôt aimables et m'ont relâché au bout d'une heure, après que j'ai promis de me tenir à distance des balançoires. C'est ironique, quand on pense que c'est à la justice que je dois de marcher comme ça.

Et comme la douleur semblait s'apaiser et que Mitch avait repris des couleurs, Anna renonça à son escalade et le ramena vers le banc.

— Un accident ? demanda-t-elle.

— Avant le procès, un passage à tabac m'avait laissé avec une double fracture. Mais c'est pendant mon incarcération qu'ils l'ont vraiment esquintée.

— Comment ?

— Je n'aime pas beaucoup raconter ce qui s'est passé là-bas, cela réveille de mauvais souvenirs.

Anna fixa ses mains, l'air triste qu'elle afficha soudain laissa penser à Mitch qu'elle était blessée qu'il ne lui fasse pas suffisamment confiance pour se livrer à elle.

— D'accord, je vais vous révéler un secret, mais je ne veux pas que vous me méjugiez. Alors voilà : lorsque les pluies ravinaient le chemin des morts, on nous faisait sortir pour combler les ornières. Le chemin portait ce nom parce qu'à dix kilomètres de la prison, derrière un sous-bois, il y a un cimetière. Les familles aiment bien s'y promener le dimanche, elles ne s'aventurent jamais très loin, pas assez pour apercevoir les murs du centre pénitentiaire, mais suffisamment pour se plaindre de son mauvais état. On avait terminé le boulot, hélas pas dans les temps. Chaque fois que cela se produisait, les gardes étaient fous de rage, parce qu'ils rentraient plus tard chez eux. Pour nous le faire payer, ils choisissaient quatre prisonniers qu'ils emmenaient faire une petite promenade.

— Quel genre de promenade ?

— J'allais vous l'expliquer. Ils nous disaient qu'on avait juste à marcher sur la route. Mais un gardien retenait l'un de nous par le col et le plaquait sur le capot du bus pendant que les autres s'enfonçaient sous bonne escorte dans le sous-bois. Lorsqu'ils étaient suffisamment loin, il criait que le fils de pute lui avait balancé un coup de pied. Pardon pour le langage, mais c'est comme ça qu'ils appelaient le prisonnier désigné pour leur mise en scène. Il menait ensuite le fils de pute vers les autres, en le poussant à coups de nerf de bœuf. C'est une matraque qui vous coupe la respiration quand elle vous frappe au bas du dos. J'ai vu un détenu en mourir, les reins éclatés. Bref, quand on était tous réunis derrière les arbres, ils nous forçaient à ôter nos vêtements, nos sous-vêtements et nos chaussures qu'ils jetaient au loin. Au signal, la chasse au trésor commençait, au pas de course bien sûr. À chercher nos affaires en détalant comme des lapins pour éviter le nerf de bœuf, on s'entaillait les pieds. Lorsque nous avions récupéré l'essentiel, ils nous interdisaient de nous rhabiller. Le chauffeur rangeait son bus, les phares pointés vers le sous-bois, et quand nous sortions, nus devant les gardiens et les autres prisonniers, ils riaient de nous avoir humiliés.

— Alors, c'est comme ça que vous vous êtes esquinté la jambe ?

— Pas exactement. C'est arrivé un soir où ils m'avaient choisi pour jouer le rôle du fils de pute. Je n'en pouvais plus des cruautés qu'ils nous infligeaient sans raison. J'ai vu rouge et j'ai pris les devants. J'ai frappé le maton d'un grand coup de pied au tibia. Il m'a regardé, incrédule, ensuite ça a été un combat acharné. Ses collègues ont entendu ses cris et ont accouru à sa rescousse. Après quoi, ils m'ont fait payer la note. Ils savaient que ma jambe avait déjà été cassée, le Sergent s'en est donné à cœur joie. Au moins, les trois autres prisonniers ont échappé au rituel. Mon baroud d'honneur m'a valu dix jours d'infirmerie et six mois de béquilles. L'infirmier n'était pas un mauvais bougre, mais il était loin d'avoir les compétences d'un chirurgien orthopédiste, il a fait ce qu'il a pu. L'avantage d'être en cellule, c'est que j'ai eu beaucoup de temps pour mes exercices de rééducation.

— Je suis sincèrement désolée, Mitch, souffla Anna, très émue.

— Vous n'y êtes pour rien.

— Frapper ce gardien était quand même suicidaire. Vous auriez dû y réfléchir à deux fois avant de vous mettre dans cet état.

— J'étais dans cet état, je le suis resté pendant tout le temps que j'ai passé en prison et je le suis à nouveau. Je ne pense plus qu'à une chose depuis que je suis sorti : me venger de celui qui m'a mis derrière les barreaux.

— Plus que des gardiens qui vous ont infligé ce supplice ?

— Eux vivent dans un univers de violences. La plupart des détenus n'étaient pas là pour des raisons politiques. J'ai atterri dans la mauvaise prison. Mais Salinas, lui, jouit d'une existence privilégiée, c'est un homme instruit et cruel qui prend plaisir à abuser de son pouvoir. Il s'est servi de moi, pleinement conscient de ce qu'il faisait le jour où il m'a fait condamner. Il n'a même pas pris la peine de lire l'un des deux livres qu'on me reprochait d'avoir gardés dans ma librairie. J'ai perdu cinq ans de ma vie pour deux bouquins. J'ai beau me raisonner, cette colère est plus forte que moi.

Anna avait ôté le crayon qui retenait son chignon et le tapotait sur le banc, un tic quand elle était nerveuse. Elle gardait son sang-froid, mais le récit de Mitch l'avait mise dans une rogne noire.

— Comment comptez-vous assouvir cette vengeance, si ce n'est pas indiscret ?

La question parut surprendre Mitch. Au point où il en était, il trouva plus honnête de lui dire toute la vérité.

— Si je vous ai raconté tout ça, c'est pour que vous ne pensiez pas que mon envie relève de quelque chose d'animal, ou pour que vous ne me preniez pas pour un détraqué. Quand j'ai revu Salinas pavoisant sur les marches du palais de justice, j'ai eu envie de lui régler son compte. Enfin, je crois que c'est que j'ai ressenti.

— Pour ce genre de chose, il vaut mieux être sûr de ses intentions, dit-elle en remontant une mèche de cheveux qui tombait sur son front.

— Les intentions sont une chose, agir en est une autre. C'est comme pour le courage… En traversant un pont, on rêve d'un moment d'héroïsme en se disant que si quelqu'un se noyait, on sauterait à l'eau. Il faut que cela arrive pour savoir de quoi on est capable… ou pas.

— Vous avez déjà sauté dans un fleuve pour sauver quelqu'un ?

— Je n'ai sauvé ni tué personne, ce qui fait de moi un type assez banal.

— Ça, Mitch, je ne le pense pas du tout, je ne trouve rien de banal chez vous.

— C'est un compliment ?

— Même vos questions sont d'une idiotie peu banale.

— En attendant, j'ai bien failli passer à l'acte ce matin.

— Et vous y avez renoncé ?

— Oui, on dirait que ça vous déçoit ?

Anna s'éloigna pour faire quelques pas, perdue dans ses pensées ; son visage s'éclaira et elle revint vers lui.

— Vous n'êtes pas malade, mais vous êtes quand même contagieux. Bon, c'est d'accord.

— Qu'est-ce qui est d'accord ?

— Ce matin, vous m'avez proposé de m'aider, je suis d'accord, à condition que vous acceptiez que je vous aide aussi.

— Aider à quoi ?

— À liquider votre procureur, et nous sommes aussi d'accord qu'il s'agit seulement d'une entraide, et rien d'autre.

— Rien d'autre, assura Mitch.

Elle l'embrassa sur la joue comme s'ils étaient bons amis. Puis ils rassemblèrent les restes de leur repas ainsi que les couverts, qu'ils rangèrent dans le sac d'Anna, et s'en allèrent, chacun de son côté, espérant que l'autre ne pensait pas un mot de ce qui venait d'être promis.

18

Madame Bergol

Deux jours plus tard, Mitch repassa voir Anna. Elle était dans sa cuisine et d'une humeur affreuse, en pleine dispute avec le carreleur, car il était évident que si son travail avait été fait correctement la dernière rangée de carreaux ne disparaîtrait pas en oblique derrière les éviers. Or, si on avait inventé les lignes, c'était bien pour une raison. Le carreleur avait eu le culot de lui faire remarquer que la ligne d'horizon était courbe et que tout le monde s'y était fait. Anna ne supportait pas qu'un homme la prenne pour une idiote parce qu'il était un homme et elle une femme ; elle lui suggéra d'aller se faire foutre sur la ligne d'horizon. Un silence s'abattit sur la cuisine.

Elle n'avait pas encore eu le temps de saluer Mitch, et le prit à témoin.

— C'est horizontal ou ça ne l'est pas ? demanda-t-elle.

— Ça penche, répondit-il d'un ton relativement concerné.

— Eh bien voilà, ça penche, rétorqua-t-elle en postillonnant sur le carreleur, monsieur est architecte, lui au moins connaît son métier.

Le carreleur prit sa besace et quitta le restaurant dans un claquement de porte qui fit trembler le vaisselier.

— J'en ai autant pour les peintres ! s'écria-t-elle.

Elle avait empli ses poumons et serré les mâchoires. Ce n'était pas son meilleur visage, mais les fossettes qui s'étaient creusées sous ses joues lui allaient quand même vraiment bien.

— Ils avaient promis deux couches, ajouta-t-elle, et je suis certaine qu'ils n'en ont appliqué qu'une seule. Allez-y, constatez par vous-même et dites-moi.

— En ma qualité d'architecte ?

— Ce n'est pas drôle et je n'ai pas envie de rire.

Pour Mitch, chaque moment passé en compagnie d'Anna était à la fois merveilleux et terrifiant. Merveilleux parce qu'elle était la femme la plus stupéfiante qu'il ait rencontrée, terrifiant parce qu'elle lui donnait l'impression de ne pas être à la hauteur de ce qu'elle était en droit d'attendre d'un homme.

Il se tint volontairement à distance. L'autre soir, sur le banc, son parfum avait provoqué un trouble qui avait duré toute la nuit. Si persistant qu'au matin, il n'avait presque plus envie de tuer Salinas ; et, ce qui était encore plus troublant, au lieu de vouloir régler son compte au procureur, il avait rêvé d'enfouir son visage dans la nuque d'Anna d'où émanait une odeur de savon, de plâtre et de chocolat.

Anna gratta le mur de l'ongle : la peinture s'écailla.

— Et voilà, une seule couche.

— Il suffit de leur demander d'en appliquer une autre, ce n'est pas la fin du monde.

Elle était déçue et n'en montrait rien. Elle pensait que Mitch s'intéresserait davantage à son problème, qu'il proposerait de peindre cette foutue deuxième couche avec elle. Est-ce qu'il n'avait pas promis de l'aider ? Si, il l'avait promis ! Elle était dépitée, bien qu'elle sût pertinemment que le vrai problème était ailleurs. Déjà, lorsqu'il avait fait cette soudure dans la cuisine et encore plus sur le banc face au fleuve, quand elle s'était retrouvée à côté de lui, elle avait été submergée par l'envie qu'il l'embrasse et submergée par l'envie de s'éloigner au plus vite pour qu'il ne l'embrasse pas ; elle avait même escaladé un talus, prétextant vouloir admirer les dernières lueurs du soir dont elle se fichait éperdument.

— J'ai du travail, dit-elle sèchement, et je suis sûre que vous aussi. Je viendrai vous voir à la librairie, après avoir trucidé les peintres. À ce sujet, ne vous amusez pas à descendre votre procureur sans moi, nous sommes bien d'accord ?

Lâchement, Mitch répondit qu'il n'en avait pas du tout l'intention.

— Très bien, je préfère que nous soyons aussi d'accord sur ce point.

Il se demanda pourquoi un carrelage oblique et une couche de peinture l'obsédaient à ce point, alors qu'ils auraient pu s'installer à la terrasse d'un café, profiter du vent tiède qui soufflait sur la ville, et partager une après-midi qui avait tout pour être parfaite.

Elle l'embrassa sur la joue pour le congédier, ce qui l'agaça, mais lui permit tout de même de s'enivrer brièvement d'une bouffée de savon, plâtre et chocolat, légèrement rehaussée d'acrylique, ce qui en soi ne gâchait rien.

— J'ai une proposition à vous faire, dit-il depuis la porte.

Elle espérait qu'il allait ôter sa veste et prendre un pinceau.

— Le prochain moment que nous passerons ensemble, nous ne parlerons ni de ma librairie, ni de vos travaux, ni de quoi que ce soit qui nous concerne directement.

Anna trouva cette proposition absurde, mais elle avait trop de préoccupations pour lui en faire la remarque.

— Très bien, on parlera de ce qui vous plaira.

— Non, non, nous devons aussi être d'accord sur ce point. Cinéma, politique et religion, ça vous irait ?

— Politique et religion, pourquoi pas... mais quel rapport avec le cinéma ?

— Aucun, répondit Mitch.

Et il partit là-dessus.

*

Mme Bergol lui rendit visite en fin d'après-midi. Elle portait une robe vaporeuse de couleur pêche, certainement jolie dans la vitrine d'un magasin, mais beaucoup moins sur elle. Elle trouva Mitch perdu dans ses pensées et toussa à trois reprises avant de réussir à capter son attention.

— Que puis-je faire pour vous ? dit-il en refermant son carnet de notes.

— Vous auriez des tomates bien mûres ?

— Je ne savais pas que vous aviez un sens de l'humour aussi développé, répondit Mitch, impassible.

— Je n'essayais pas d'être drôle. Et vous devriez songer à afficher vos horaires d'ouverture, parce que c'est à n'y rien comprendre. Chaque fois que je fais l'effort de me déplacer pour venir acheter un livre, vous êtes fermé. Si vous vous êtes mis au jardinage, faites attention, c'est une activité qui peut très vite devenir obsessionnelle. Mon mari passait plus de temps auprès de ses légumes que de sa femme.

— Je suis désolé de l'apprendre.

— Ça n'a plus d'importance, il est mort, foudroyé par un infarctus en cueillant des brocolis.

— Et on prétend que les légumes sont bons pour la santé !

Confus, Mitch s'éclaircit la voix pour cacher son embarras, les mots lui avaient échappé.

— Ce que je veux dire…

Mme Bergol se retourna en entendant une cliente rire de la plaisanterie. Mitch ne regardait plus qu'elle et Mme Bergol lui rappela poliment, mais fermement, qu'elle était entrée la première.

— J'ai réfléchi à ce que vous avez suggéré, c'est impossible, s'exclama Anna.

— Ah bon, et pourquoi ? demanda Mitch.

— Parce que la religion et la politique sont précisément les raisons pour lesquelles j'ai coupé tous les ponts avec ma famille, donc impossible d'en parler sans que cela me concerne. Rien qui nous concerne directement, c'est bien la condition que vous avez posée ?

— Dans ce cas, la peinture, le cinéma… Oublions la peinture ; le cinéma et…

— Vous allez vous occuper de moi ou continuer à proférer des âneries avec cet air niais ? s'insurgea Mme Bergol.

— Je vous laisse réfléchir, dit Anna avant de s'en aller. Retrouvez-moi au restaurant, mais pas avant 21 heures, j'ai encore deux murs à peindre et je suis toute seule.

Mme Bergol attendit qu'elle ait fermé la porte et se retourna vers Mitch.

— Vous êtes cuit. Dommage pour la religion, il y aurait beaucoup à dire. Vous pouvez vous en tirer avec le cinéma, à condition de ne pas l'ennuyer en parlant de films prétentieux pour avoir l'air intelligent, elle sait déjà à quoi s'en tenir. D'ailleurs, quel que soit le sujet que vous choisirez, ne soyez pas ennuyeux, le reste importe peu.

— Quel reste ? demanda Mitch.

— Elle vous plaît, vous lui plaisez, alors ne perdez pas de temps à compliquer les choses.

— Quelles choses ? insista-t-il.

— Votre vie est sur le point de changer et vous faites comme si vous n'étiez pas au courant, c'est touchant et consternant, ajouta-t-elle d'un ton bourru. Moi qui étais venue chercher de quoi me changer les idées, vous voir dans cet état est plus distrayant qu'un bouquin. Je repasserai demain à la même heure, vous me raconterez votre dîner, et tâchez d'être ouvert !

Mme Bergol s'en alla dans sa robe vaporeuse et laissa Mitch perplexe.

*

La perspective de sa soirée avec Anna occupait toutes ses pensées. Le cinéma n'était pas son domaine de prédilection, sa mère ne l'y emmenait qu'à des projections de films noirs, dont elle raffolait. Lorsqu'il fut en âge de s'y rendre seul, les séances étaient trop chères pour ses moyens.

Il monta sur l'escabeau pour atteindre une étagère, prit une encyclopédie du cinéma et lut sans s'arrêter jusqu'à 20 h 45 précises. Il enfila sa veste, se regarda devant le petit miroir de la remise, servit son repas du soir au chat et fila vers son rendez-vous.

*

Anna avait défait ses cheveux, elle portait sur sa robe un tablier noué à la taille. Deux couverts étaient dressés sur une table installée au milieu de la salle à manger. Mitch se demanda par quel prodige elle avait pu abattre autant de travail depuis le matin. Le parquet était impeccable, un lustre à douze branches pendait du plafond, les murs brillaient dans sa lumière – ça et l'odeur de peinture fraîche ne laissant planer aucun doute sur la façon dont elle avait occupé son après-midi – et elle avait en plus cuisiné des pâtes au homard, agrémentées d'une sauce aux zestes de citron.

— Il y a un problème ? avait-elle demandé alors que Mitch la regardait dans le plus grand silence.

Il s'installa, et puisqu'il était défendu de parler de quoi que ce soit qui les concerne, il ne posa aucune question sur la recette et avala ses pâtes en la complimentant à plusieurs reprises. Rien qui ressemblât à une conversation. Au dessert – une mousse au chocolat remarquable –, il décida de se jeter à l'eau.

— Pourquoi la religion et la politique vous ont-elles éloignée de votre famille ?

— Et la règle ? fit remarquer Anna en tapotant la table d'un doigt.

— D'accord, vous avez gagné, je renonce.

— Mon père était un rustre qui croyait avec ferveur en un Dieu qu'il ne verrait jamais et refusait de faire confiance aux hommes qu'il côtoyait. Il n'avait aucune foi dans le réel. Il prêchait l'amour le dimanche, et la semaine il était rempli de haine.

— Où est-il ?

— Je n'en sais rien et je ne veux pas le savoir.

— Il vous a fait du mal ?

— Si se voir rabaisser en permanence est douloureux, alors il m'a fait endurer le pire, répondit Anna d'une voix lugubre, mais je dois lui accorder de m'avoir donné une farouche envie de m'en sortir seule et de lui prouver qu'il était un sombre crétin.

— Et votre mère ?

— Elle était sa servante ou sa complice, selon les jours. Elle est morte quand j'avais dix ans, et son départ a rendu mon père encore plus orgueilleux. Vous aimez les éclairs ?

Mitch se demanda de quelle sorte d'éclair parlait Anna. Elle disparut en cuisine et revint avec un éclair au chocolat qui évoqua immédiatement le parfum de sa nuque.

— Dites-moi si c'est trop crémeux.

Après avoir repris deux fois des pâtes au homard et n'avoir rien laissé de la mousse, il était au bord du gouffre, mais il goûta.

— Ça ne l'est pas.

Anna croqua dans l'éclair et poussa un long soupir.

— Qu'est-ce que vous mentez mal ! La crème est trop épaisse et le glaçage manque de substance. Je dois tout reprendre à zéro.

— Si vous le dites, répondit Mitch.

Il n'avait aucune envie de la contrarier, l'éclair s'en chargeait suffisamment.

— À vivre entouré de livres, vous n'avez jamais pensé à prendre la plume ? demanda-t-elle en rapportant les éclairs en cuisine pour les jeter aussitôt à la poubelle.

— Si ma librairie était un cabinet vétérinaire, vous m'imagineriez en chat ?

Le regard d'Anna plongea sur le résidu de crème au chocolat dans la casserole, elle semblait salement touchée. Mitch aurait juré qu'elle était faite d'un bois plus coriace. Il ignorait tout de la chimie des sentiments, et la possibilité que la réaction d'Anna fût causée par ceux qu'elle lui portait déjà lui échappa totalement.

— … Si, j'en ai rêvé, se reprit-il, j'en rêve encore souvent, mais je ne crois pas en être capable.

— Pourquoi ?

— Eh bien…

— Pourquoi avoir si peu confiance en vous, vous ne savez pas qui vous êtes ?

— Devant vous, plus du tout.

— Ne dites pas des choses comme ça, Mitch.

Elle se retourna et se pencha sur l'évier, pour être sûre qu'il ne pourrait pas voir son visage.

— C'est pourtant vrai.

— Très bien, alors dites-moi ce que vous pensez de moi.

— Je pense que j'ai de la chance, dit-il en la rejoignant.

— C'est très gentil et très insuffisant. Détaillez !

Bien qu'il disposât d'un vocabulaire étendu nourri par ses lectures, Mitch ne trouvait pas ses mots, encore moins l'ordre dans lequel il aurait aimé les formuler. Il n'y a rien de plus complexe que de parler d'une femme, plus encore quand on éprouve des sentiments pour elle. Il pensait d'Anna qu'elle était vive, brillante, déterminée, opiniâtre, attentive, qu'elle se comportait d'une façon singulière qui le fascinait. Qu'auprès d'elle, il ne se sentait plus étranger au monde, qu'elle lui donnait l'envie de la serrer dans ses bras ou d'être au creux des siens, qu'elle l'avait rendu libre de dire ce qu'il n'avait jamais osé confier. Mais Mitch ne savait pas comment lui faire un tel aveu, alors il avança ses mains vers son visage et fit enfin ce qu'elle espérait… Le moyen le plus sincère de lui prouver ce qu'il pensait d'elle. Anna se laissa embrasser et l'embrassa à son tour.

— Je ne suis pas le brave type que vous croyez, Anna.

— Je suis plus perspicace que vous ne le supposez, Mitch. Et à supposer que ce baiser se reproduise, il faudra que nous soyons honnêtes.

— Je l'ai toujours été, répondit Mitch.

— Je vous crois, sinon je ne vous aurais pas embrassé, même s'il me semble bien que c'est vous qui m'avez embrassée. Je parlais d'honnêteté envers nous-mêmes. Nous avons en commun de ne pas être très sociables. Ce qui pour un libraire et une future restauratrice est assez handicapant. Ce qui me ramène aussi à ce que nous nous étions promis, nous aider mutuellement, même si nous ne nous sommes pas vraiment tenus au strict cadre de cette promesse.

— Je préférerais que ce ne soit pas une hypothèse.

— Quoi donc ?

— Que ce baiser se reproduise.

— Oui, moi aussi, mais ne changez pas de sujet. Nous devons nous entraîner à ce que les gens nous perçoivent autrement.

— Vous voulez être perçue comment ?

— Pour commencer, que l'on reconnaisse un jour que je suis un grand chef et non une potiche en cuisine.

— Personne ne pourrait penser une chose pareille et encore moins quelqu'un qui vous connaît.

— Justement, c'est tout le problème, je suis difficile à connaître. Je n'ai jamais été douée pour nouer des liens, et encore moins avec ceux qu'il faut flatter pour être reconnue dans le milieu, concéda-t-elle, les doigts entortillés dans le cordon de son tablier.

Elle prit une longue inspiration et son regard se perdit si loin que Mitch préféra se taire.

— Moi aussi j'ai eu mon lot d'humiliations, vous n'êtes pas le seul qui ait survécu à des violences, confia-t-elle.

L'idée que quelqu'un s'en soit pris à Anna lui souleva le cœur.

— De quel genre de violences parlez-vous ? demanda-t-il.

Son visage s'était fermé et Anna en déduisit que le moment n'était pas venu de lui en dire plus. Elle prit ses deux mains dans les siennes.

— Vous tenez tant que ça à cette vengeance ?

— Oui, mais je ne sais pas de quelle façon agir, répondit Mitch, comme si son ignorance rendait la chose plus raisonnable.

— Nous y réfléchirons ensemble. Le problème, c'est qu'au moment de passer à l'acte, vous cogitez trop, au point d'en oublier ce que ce procureur vous a fait. Il faut un minimum de rage pour tuer quelqu'un, sauf quand on est un assassin.

Même si les propos d'Anna ne manquaient pas de logique, ils le laissèrent perplexe.

— Qui êtes-vous, Anna ?

— Je vous ai posé la question, vous n'avez pas pu me répondre, ne me demandez pas l'impossible.

Il voulut l'aider à ranger, mais elle lui montra le coin du plan de travail où il devait s'asseoir. La cuisine était son territoire. Quand tout fut à sa place, elle se lava les mains, ôta son tablier et se tourna vers lui.

— Je ne t'ai pas tout dit, mais puisque nous avons promis d'être honnêtes…

Elle l'avait tutoyé pour la première fois et, quoi qu'elle lui ait caché, à condition que ce ne soit pas d'avoir quelqu'un dans sa vie, Mitch s'en moquait éperdument.

— J'ai tué un homme, dit-elle aussi simplement que si elle lui avait avoué avoir raté une recette.

— Les ennuis dont parlait…

— Oui, l'interrompit Anna, ce qui explique pourquoi je suis partie vivre à l'étranger. Si tu n'as pas changé d'avis, nous pouvons passer la nuit chez moi. Tu sais où je vis puisque tu me regardais l'autre jour par la fenêtre d'un train.

19

Tuer un peu

Mitch n'avait pas eu beaucoup d'aventures dans sa vie, mais Anna était la femme la plus généreuse qu'il ait connue. Au petit matin, alors qu'elle dormait profondément, sa jambe s'enroula autour de la sienne et il n'aurait bougé pour rien au monde. Fixant le plafond pour tout horizon, il se demanda si tout cela était bien réel. Pour se rassurer, il huma discrètement la peau d'Anna et prit conscience qu'être enivré par le parfum d'une femme dans son sommeil, c'était déjà l'aimer.

— Les ouvriers ne viendront pas aujourd'hui, maugréa-t-elle.

— Désolé de l'apprendre, répondit-il en pensant tout le contraire.

— C'est un jour férié, une fête religieuse, ne me demande pas laquelle.

— Alors, nous pourrions passer la journée ensemble ?

— Et ta librairie ?

— Fermée pour cause de fête religieuse.

— Tu progresses vite en petits mensonges.

— À dix kilomètres au nord, il y a un lac navigable, nous pourrions louer une barque…

— À dix kilomètres au sud, il y a mon restaurant, on pourrait poser les appliques dans la salle à manger, nettoyer à fond le matériel de cuisine…

La rendre heureuse le rendait heureux et Mitch trouva ce programme formidable.

*

Il tenait la perceuse d'une main, un crayon entre les dents pour marquer l'emplacement des trous pendant qu'Anna soutenait l'applique afin qu'elle soit parfaitement droite. Quand elle fut posée et allumée, ils eurent tous deux l'impression d'avoir franchi une étape. Quiconque se serait donné la peine de les observer aurait été frappé par la complicité qui les liait et personne n'aurait pu croire qu'ils n'avaient encore vécu qu'une nuit ensemble.

Un peu plus tard, Mitch rabotait la porte du garde-manger – Anna, en rangeant de la vaisselle sur les étagères du vaisselier, lui avait juré que cette porte frottait le haut du chambranle – quand elle s'arrêta net, un saucier en main.

— Tu veux savoir pourquoi ?

— Pourquoi le saucier doit être rangé sur la première étagère ?

— Pourquoi j'ai tué un homme.

— Seulement si tu as envie de me le dire.

— Je n'y tiens pas, mais si tu me le demandes, je le ferai.

Mitch reprit son rabot et continua de raccourcir la porte.

— Un accident ? demanda-t-il.

Il venait de s'enfoncer une énorme esquille dans le pouce.

— Pas exactement, répondit Anna en déplaçant un saladier, pour le remettre quelques secondes plus tard là où elle l'avait placé initialement.

— Un meurtre ?

Il avait retiré l'esquille, son pouce saignait.

— Un peu, répondit-elle avec un certain détachement.

Pendant qu'elle posait un pansement sur son doigt, Mitch se demanda ce qu'elle avait voulu dire par *un peu*. Je l'aime *un peu* avait du sens, je l'ai tué *un peu* n'en avait aucun. À moins qu'il se soit agi d'un meurtre accidentel, même s'il n'avait aucune idée de ce que cela pouvait signifier, chacun de ces mots ayant une définition assez précise.

Causer la mort au volant en état d'ébriété était un meurtre à part entière, pas de place pour *un peu*, et Anna n'avait montré aucun penchant pour l'alcool. Lors du pique-nique au bord du fleuve, elle avait servi du thé, et accompagné d'eau ses pâtes au homard. À moins que cette sobriété ne témoigne d'une ancienne addiction. Mais Mitch écarta aussitôt cette hypothèse.

Il avait repris son rabot – avec l'énergie qu'il appliquait, on passerait bientôt sous la porte – et plus il réfléchissait au sens à accorder à son *un peu*, plus le mystère s'épaississait. Si Anna avait tué quelqu'un accidentellement, elle n'aurait pas eu besoin de prendre la fuite. Même si elle avait poussé son agresseur d'un balcon, sans avoir eu l'intention de la faire basculer par-dessus le garde-corps, il se serait aussi agi d'un accident et d'un cas incontestable de légitime défense. Anna n'avait pas un tempérament violent, mais puisqu'elle n'avait qu'*un peu* tué quelqu'un, elle n'en était probablement qu'*un peu* responsable. Une conclusion qu'il trouva rassurante.

— Une question, ce sera la seule, dit-il en remettant enfin la porte sur ses gonds. Tu as des regrets ?

— Non, répondit-elle.

Mitch en resta là. La demi-heure suivante, Anna ne prononça pas un mot et lui non plus, chacun vaquant à ses occupations dans un silence qui en disait long.

Soudain, il révisa son jugement sur le tempérament d'Anna. Elle venait de prendre un marteau d'une taille assez impressionnante et affichait un air qu'il ne lui avait encore jamais connu.

Elle frappa violemment le carrelage au-dessus des deux bacs à vaisselle, détruisant méthodiquement la première rangée, puis la deuxième. Elle fit une pause pour évaluer le massacre et frappa encore plus fort, ne s'arrêtant qu'après avoir entièrement détruit les troisième et quatrième rangées.

— Ce n'était pas droit, s'époumona-t-elle, au bord des larmes. Les joints finiront par craquer. L'eau s'infiltrera et ensuite ce seront des moisissures qui contamineront tout !

Au milieu d'un nuage de poussière, Mitch découvrit dans les yeux d'Anna un problème beaucoup plus sérieux qu'un alignement de carreaux blancs, aussi obliques fussent-ils. Il savait exactement de quoi elle souffrait.

— Retarder l'ouverture de ton restaurant ne changera rien, tu as le trac, et c'est normal parce que tu as beaucoup de talent. Tout se passera bien.

— Puisque rien ne dit le contraire, murmura-t-elle, paraphrasant son voisin du Grand Nord.

Mitch se rendit dans l'appentis, prit un balai et une pelle et ramassa tous les débris, qu'il transporta jusqu'à la poubelle. Quand tout fut nettoyé, il fit un deuxième voyage et revint les bras chargés d'un carton de carrelages et d'un seau de mastic.

Pendant qu'il réparait les dégâts, un camion vint se ranger devant le restaurant. Deux livreurs déchargèrent des tables et des chaises empilées. Sous le regard de Mitch, Anna leur montra comment les disposer, changeant dix fois d'avis jusqu'à ce que les deux hommes les abandonnent au milieu de la salle à manger et repartent sans demander leur reste.

Anna se demanda alors si la foi de Mitch en son avenir n'était pas exagérée.

— Tu sais, cria Mitch depuis la cuisine, pour cette histoire de bar, j'ai un bouquin formidable sur les cocktails. Si je me penchais dessus, je m'en sortirais sûrement. Je viendrais le soir après la librairie, ce serait peut-être mieux pour la rentabilité.

Elle se tourna vers lui en plissant les yeux.

— Si tu ne t'es pas encore penché sur ce bouquin, comment peux-tu savoir qu'il est formidable ?

Mitch resta muet un instant.

— Enfin, ce que je voulais dire, c'est que si tu as besoin d'une paire de mains, les miennes sont là.

Anna l'embrassa. Jeu, set et match.

*

Vers 20 heures, la salle à manger commençait à ressembler à celle d'un restaurant. Les murs étaient secs, le parquet ciré, et le lustre versait une jolie lumière sur les tables encore en désordre. Le trac fit un retour fracassant pendant qu'Anna observait le résultat de cette longue journée. Mitch la prit dans ses bras et lui demanda de lui dire ce qu'elle pensait en promettant d'être d'une sincérité irréprochable.

— Eh bien, c'est juste que…

Sa voix vacilla.

— Dis-le simplement, qu'est-ce qui ne va pas ?

— Je ne veux pas que tu me juges, je sais le mal que tu t'es donné pour m'aider, mais aujourd'hui, j'ai eu envie de tout abandonner.

— Et hier ?

— Aussi.

— Bon, en tout, depuis que tu t'es lancée, combien de fois ?

— Une bonne dizaine.

Il éclata de rire.

— Ce n'est pas drôle.

— Dix fois ? Petite joueuse. Quand j'ai acheté ma librairie, j'ai failli tout plaquer cent fois pendant que je la retapais.

Anna se regarda dans le grand miroir et se trouva moche.

— Le plus dur est fait, jura Mitch en passant son bras autour de ses épaules.

Il n'avait aucune envie de la quitter, il aurait rêvé de passer la nuit avec elle, et il ajouta que c'était même ce dont il avait le plus envie, mais après s'être regardé à son tour dans le miroir, et avoir constaté l'état dans lequel il était, il n'avait pas d'autre choix que de rentrer chez lui. En se dépêchant, il pourrait encore attraper le dernier train.

Anna sortit une clé de sa poche et montra la camionnette stationnée devant le restaurant.

— Je l'ai louée, dit-elle. Demain, je dois me rendre à une vente aux enchères. Si la chance me sourit, je reviendrai avec tout le matériel qui me manque encore, et la liste est longue.

*

Dès qu'ils prirent la route, Mitch lui proposa de l'accompagner, elle aurait besoin d'aide pour transborder son matériel. Anna le remercia et lui rappela qu'il avait une librairie à tenir et des lecteurs qui avaient besoin de lui pour rattraper le temps gâché par une loi imbécile ; elle se débrouillerait très bien toute seule, elle y était arrivée jusque-là et elle n'avait pas l'intention que ça change.

Ils s'arrêtèrent à une station-service, firent le plein du réservoir et dînèrent sur l'aire de repos d'un sandwich et d'un paquet de chips. À minuit, ils arrivèrent enfin chez lui.

Anna admira les bibliothèques qui couvraient les murs du salon, et trouva un point qu'elle n'avait pas en commun avec Mitch. Chez elle, il n'y avait aucune photo de famille.

Ils firent l'amour sous la douche et se blottirent dans le lit.

— Si je ferme la librairie un peu plus tôt, je pourrai te rejoindre. Tu n'auras qu'à laisser les équipements les plus lourds dans la camionnette. Le lave-vaisselle, le congélateur, le frigo doivent peser une tonne ; et si tu as déjà tout déchargé, je les installerai, ce n'est pas une si mauvaise idée, non ?

Anna dormait, ou faisait semblant de dormir.

*

Le lendemain, en s'éveillant, Mitch trouva un petit mot posé sur l'oreiller.

Sois studieux, occupe-toi de tes clients et ne te soucie pas de moi.
Je passerai te voir dès que je le pourrai, ne fais pas le contraire.
Je t'embrasse,
Anna.
P.-S. : sur la bouche.

Il le relut deux fois. Quelques mots, un sourire suffisent à égayer une journée et le post-scriptum d'Anna était plein de sourires.

En milieu de matinée, pendant qu'il rangeait dans des cartons des exemplaires invendus, en laissant toujours un en rayon pour lui donner une chance, il se demanda si son envie de vengeance était toujours intacte... Ce n'était pas le cas, sinon il ne s'interrogerait pas, mais une autre question se posa aussitôt : réussirait-il à être pleinement heureux tant qu'il n'aurait pas assouvi cette vengeance ?

Il avait passé sa vie à vouloir être utile et le métier qu'il avait choisi s'inscrivait dans cette ligne de conduite : rendre service et honorer la vie, à commencer par celle de son père auquel il avait dédié sa librairie. Il s'était toujours placé au second plan, ne trouvant de plaisir que dans ceux qu'il offrait aux autres ou partageait avec eux. À l'école, ses professeurs écrivaient sur ses bulletins qu'il était un garçon bienveillant, curieux, attentionné, choses que la plupart prenaient pour de la faiblesse, alors que se comporter ainsi demandait beaucoup d'imagination et autant de courage. Mais qu'adviendrait-il de sa gentillesse, s'il infligeait à Salinas les souffrances dont il rêvait presque chaque nuit ? Il fut interrompu dans ses pensées par l'arrivée d'une cliente qu'il n'avait pas revue depuis longtemps.

— Donc c'est bien vrai, vous êtes de retour parmi nous, c'est une merveilleuse nouvelle, s'exclama Mme Ateltow.

Elle semblait si émue que Mitch crut qu'elle allait le prendre dans ses bras.

— Je suis de retour parmi vous, en effet.

— Alors ce voyage ? Quel changement de vie !

— Quel bon vent vous amène, madame Ateltow ? questionna Mitch, impassible.

— Quelle question, l'envie de vous voir, et de nous rappeler de bons souvenirs. Nos soirées m'ont tant manqué… Je n'ai jamais eu l'occasion de vous remercier, vous êtes parti si vite. Ma libraire a pris le relais, mais ça n'a jamais été pareil.

— J'en suis tout à fait désolé, répondit-il sur un ton glacial.

Mme Ateltow se mordilla la lèvre supérieure, remis de l'ordre dans ses cheveux blancs, et se tortilla maladroitement.

— Est-ce que les libraires sont tenus au secret professionnel ? demanda-t-elle le plus sérieusement du monde.

— Évidemment, répondit Mitch, comme si cela allait de soi. Pourquoi, si ce n'est pas indiscret ?

— Parce que je n'ai pas confiance en la mienne.

— Sur le choix de vos lectures ?

— Non. Pour cela elle est plutôt de bon conseil, mais elle est si bavarde. Voyez-vous, mon fils se soucie beaucoup trop de mon bien-être. Au point d'être devenu un véritable tyran. Il surveille mes moindres faits et gestes et affirme que c'est à cause de mes lectures que j'ai la tête ailleurs, que si je ne m'entichais pas d'histoires fantaisistes, je serais plus raisonnable et ne divaguerais pas autant sur la façon dont je veux mener ma vie.

— Raisonnable en quoi ?

— Dans mes propos pour commencer, il ne supporte pas que mes idées politiques diffèrent des siennes.

— C'est tout à fait stupide, quel âge a votre délicieux chérubin ?

— Il aura quarante-deux ans en décembre.

— Dans ce cas, c'est foutu pour lui, soupira Mitch. C'est regrettable qu'il exerce une telle influence sur vous et encore plus qu'il ait l'esprit aussi obtus.

— Ce n'est pas ce qu'il pense qui m'influence, mais je vis de la pension qu'il me verse et je ne peux pas l'envoyer paître, même si ce n'est pas l'envie qui m'en manque. Ne me jugez pas durement, je vous souhaite de réussir à vous en sortir mieux que moi quand vous aurez mon âge. Être indépendante était bien plus difficile qu'on ne le pense pour les femmes de ma génération.

Mme Ateltow avait rencontré son mari dans le collège où elle travaillait comme assistante d'enseignement, il en était le proviseur. Elle avait toujours été complexée par son physique, si elle s'était considérée autrement elle aurait compris le charme qu'elle avait… M. Ateltow lui souriait chaque fois qu'elle venait lui apporter un dossier et son amabilité à l'égard d'une jeune femme affublée d'un cou trop long, perchée sur des jambes trop maigres (les élèves l'appelaient l'Autruche) l'avait rapidement convaincue qu'elle ne trouverait pas de meilleur parti ; l'idée de devenir vieille fille la terrorisait. Six mois après une soirée au cinéma, ils se marièrent et elle dut renoncer provisoirement à la carrière d'enseignante dont elle rêvait depuis l'adolescence pour se dévouer à son foyer.

M. Ateltow avait été charmant pendant les quelques mois où il la courtisait ; après qu'il lui eut passé la bague au doigt, ce fut une autre affaire. Au fil des ans, il se révéla être un homme autoritaire, imbu de lui-même et bien moins intelligent qu'elle ne l'avait imaginé en l'épousant, elle en voulait pour preuve le nombre incalculable de stupidités qu'il proférait ; pis encore, il avait des idées préconçues sur tout.

Elle s'était ennuyée avec lui pendant vingt ans. La naissance de Rony qui, dès son plus jeune âge, montra qu'il avait hérité des gènes de son père, ne fut qu'une courte parenthèse. Lorsque M. Ateltow se fit renverser par un camion poubelle durant sa promenade dominicale à bicyclette, sa veuve se découvrit un talent de comédienne dont elle ignorait tout jusque-là. Affublée d'un rictus inquiétant, elle avait arraché une pelle des mains d'un fossoyeur et s'était empressée de recouvrir le cercueil de son époux. Son entourage avait cru voir dans son comportement la conséquence d'un chagrin insurmontable, et non de la joie extrême qu'elle ressentait à l'idée de retrouver enfin sa liberté, nourrissant l'espoir de vivre un jour le grand amour qu'elle n'avait encore jamais connu. En attendant la providence, elle renoua avec son métier et enseigna à des élèves plus âgés.

Hélas, les minces économies laissées par feu M. Ateltow s'épuisèrent rapidement et sa maigre retraite d'enseignante ne changea pas grand-chose à sa situation financière. Rony prit le relais, assurant à sa mère une existence confortable en échange du pouvoir grandissant qu'il exerçait sur elle.

Féru d'« hygiène de vie », il commença par réglementer sa nourriture, inspectant régulièrement son réfrigérateur, confisquant ses friandises et n'autorisant qu'un seul verre de vin par jour, au moment du dîner.

Bien plus tard, lorsque Mme Ateltow se mit à fréquenter – trop souvent à son goût – un professeur de musique, au salaire anormalement inférieur à ce qu'un homme de son âge aurait dû gagner, Rony, qui occupait un poste important dans une grande banque, se procura suffisamment d'informations pour se faire une idée arrêtée de plus. Il était inconcevable qu'elle se soit réellement entichée d'un prétendu artiste désargenté et qui de surcroît dansait le tango le samedi. Les lectures de sa mère étaient la cause de ses divagations sentimentales. Dès le lendemain, *Gamiani ou Deux nuits d'excès* de Musset, *L'Amant* de Marguerite Duras comme celui que fréquentait Lady Chatterley partirent à la poubelle.

En écoutant son ancienne professeure de lettres se confier, affalée sur son comptoir comme s'il s'agissait d'un divan,

Mitch comprit que Rony n'était probablement pas étranger aux désillusions amoureuses de Verner.

— Soyez rassurée, si votre fils venait me demander quoi que ce soit à votre sujet, ce dont je doute, vous avez ma parole que je ne lui dirais rien. Maintenant que ces choses-là sont claires, y a-t-il un titre en particulier qui vous plairait ? demanda-t-il.

Mme Ateltow ne répondit pas, enfin pas tout de suite. Elle se redressa, promena sa longue silhouette dans la librairie, son sac pendu à son bras.

— C'est lui qui m'a appris votre retour, dit-elle en feuilletant un exemplaire de *Tropique du Cancer*.

— Lui ? demanda Mitch.

Il savait pertinemment qu'elle parlait de Verner, mais il tenait à faire la démonstration de son exemplarité en matière de secret professionnel de libraire.

— Nous nous voyons de temps en temps en cachette, peu de temps et trop rarement. Il m'a appris que vous étiez parti en voyage, quelle chance vous avez, c'est mon plus grand rêve.

Son visage s'éclaira comme si elle venait d'être frappée par une révélation.

— Voilà ce que je devrais faire, fuguer !

— À votre âge, vous pourriez envisager d'autres solutions, peut-être ? Parler à votre fils, par exemple, lui dire ce que vous ressentez.

— Il ne m'écouterait pas. Il ne pense pas à mal, au contraire, il est convaincu d'agir pour mon bien, et dès que je me plains, il prétend que je perds la tête. La vérité c'est que les enfants sont horribles, des petits vampires qui plantent leurs crocs dans votre vie et vous sucent le sang jusqu'à la dernière goutte. Et ça ne s'améliore pas quand ils grandissent. J'ai tellement peur qu'un jour, il me conduise dans une maison de vieux. Autant aller en prison !

— Je ne pense pas, non, répondit Mitch, laconique.

— Enfin, je n'étais pas venue pour me lamenter sur mon sort, même si je n'ai fait que ça depuis que je suis entrée. Je vais l'acheter, dit-elle en agitant le roman d'Henry Miller ; je le cacherai sous mon lit, à côté de ma boîte de chocolats et de ma bouteille de whisky. Les deux ensemble, il n'y a rien de mieux pour passer une bonne soirée.

Elle se remit à promener son sac d'une table à l'autre, marmonnant quelques mots qu'elle seule entendait, s'arrêta devant le rayon « Religions et ésotérisme », et se retourna en contemplant ses chaussures.

— Si vous aviez besoin d'un coup de main pour mettre de l'ordre ici, je serais ravie de vous aider.

Mitch trouvait sa librairie parfaitement rangée, mais la proposition de Mme Ateltow ressemblait tellement à un SOS qu'il se mit à réfléchir.

— J'ai une autre idée, dit-il. Imaginons que vous me rendiez visite deux fois par semaine, disons les mardis et les jeudis, à l'heure du déjeuner. Il se pourrait qu'une de nos connaissances communes se trouve ici par hasard. Et nous pourrions supposer qu'ensemble, vous arrangiez un peu ma remise, mais un tout petit peu.

Les yeux de Mme Ateltow se mirent à luire comme un phare perdu sur son rocher au milieu d'une nuit noire.

— Et comment cette connaissance serait-elle au courant de mes visites ?

— Je m'en arrangerais, répondit Mitch.

— Personne d'autre que lui ne le saurait ?

— Secret professionnel, répondit Mitch, et la remise n'a pas de fenêtre.

Mme Ateltow serra son sac contre sa poitrine, avec la même tendresse que s'il s'était agi d'un caniche. Les larmes débordaient sous ses paupières. Mitch la raccompagna à la porte et lui promit que tout se passerait bien.

Peu après son départ, il eut envie de partager cet épisode avec Anna. Il s'était déjà raisonné deux fois depuis ce matin, s'obligeant à respecter les consignes qu'elle lui avait laissées sur son petit mot.

*

Peu avant midi, il ferma la librairie. Aujourd'hui, Salinas rentrerait chez lui à l'heure du déjeuner, comme il le faisait chaque semaine, seul, puisque son célibat entretenu expliquait les soirées qu'il passait au bordel.

Le procureur était un homme d'habitudes et de peu d'imagination. La fantaisie lui était étrangère, même sa voiture était assortie à ses costumes. Sa vie était parfaitement réglée.

D'une moiteur écrasante, l'air d'automne était exceptionnellement chaud ; Mitch espérait que les portes-fenêtres du premier étage de l'hôtel particulier seraient ouvertes, ce qui lui épargnerait de devoir crocheter la serrure. Dans le plan qu'il avait longuement mûri, la glycine lui servirait d'échelle.

Il avait en poche tout ce qu'il fallait pour assouvir sa vengeance et se débarrasser de l'homme qui l'empêchait d'être pleinement heureux.

À midi trente, il entra dans la voie privée. L'impasse était déserte. Il fit le guet quelques instants sur le trottoir afin de s'assurer que personne ne se trouvait à la fenêtre d'une maison voisine, et s'élança.

Durant sa captivité, la corde à grimper avait été le seul sport qu'il ait pu pratiquer après sa promenade forcée sur le chemin des morts. La seule activité pour laquelle sa jambe n'était pas un handicap rédhibitoire. Au bout d'un an d'exercices assidus, il atteignait le crochet pitonné au plafond plus vite que n'importe quel autre détenu et il s'y hissait à la seule force des bras. Son record fut de deux montées consécutives à cinq mètres en moins de 9,54 secondes. Selon ses estimations, le balcon se trouvait à six mètres du sol.

Escalader la glycine, moins régulière qu'une corde de chanvre, lui prit sept secondes, il lui en fallut deux de plus pour passer de l'autre côté du garde-corps. Les fenêtres étaient entrouvertes à l'espagnolette, il n'eut qu'à soulever la béquille pour se faufiler dans le salon.

Un canapé et deux bergères en velours bleu se faisaient face de chaque côté d'une table basse en lapis-lazuli. Mitch regarda sa montre, Salinas n'arriverait que dans une dizaine de minutes. Pourtant, il entendait des bruits de pas à l'étage ; Mitch avait pensé à tout sauf au personnel de maison. Il repéra une porte au fond du salon, passa la tête et découvrit le bureau du maître qui abritait deux majestueuses bibliothèques et une rangée de placards en boiserie qui occupait entièrement le mur en face de la porte-fenêtre.

Il enragea en parcourant des yeux les titres des ouvrages qui reposaient sur les étagères. La plupart d'entre eux avaient figuré sur la liste des livres interdits, dont une édition originale de *Fahrenheit 451* et une de *La Servante écarlate*. Salinas s'était servi de livres provenant de sa propre bibliothèque pour le faire condamner.

Il s'apprêtait à prendre un exemplaire en main quand il entendit la voix du procureur dans le grand salon. Le majordome qui l'accompagnait annonça que le repas était servi. Salinas lui répondit qu'il avait un appel à passer qui ne pouvait attendre.

Mitch se précipita vers la porte du premier placard. Impossible de s'y cacher, il était rempli de dossiers ; le deuxième, une penderie, contenant trois manteaux, un vieux fusil de chasse posé sur sa crosse et un parapluie, offrait assez de place pour qu'il puisse s'y glisser, juste à temps. Le procureur entra dans son bureau, se servit un verre de porto, décrocha le téléphone et prit une grande inspiration.

— Merci d'accepter mon appel, dit-il, je sais votre temps précieux. Je vous demande beaucoup, et vous serai infiniment redevable. Je dois gagner ce procès, implora-t-il.

Salinas fixait le socle du téléphone, entortillant le fil autour de ses doigts, hochant la tête chaque fois qu'il acquiesçait béatement aux propos de son interlocuteur.

Mitch, le visage collé dans l'entrebâillement du placard, aurait dû céder à l'envie de bondir sur lui pour en finir, mais le spectacle auquel il assistait lui procurait une sensation inédite, une étrange jouissance. Le bel hôtel particulier, le majordome au ton affecté, la berline bleue assortie aux canapés n'y faisaient rien : Salinas avait perdu sa superbe. Il suppliait, et la pauvreté de son âme transpirait sur son front dégoulinant de sueur.

— Je vous promets que vous n'aurez pas affaire à un ingrat, ajouta-t-il. C'est toujours un plaisir de parler avec vous, oui, vous pouvez compter sur moi, c'est une affaire entendue. Je vous remercie infiniment.

Comme il était difficile d'être procureur. Soulagé, Salinas raccrocha et retourna au salon. Mitch attendit dans sa cachette en tendant l'oreille. Il entendit le majordome annoncer que quelqu'un demandait à voir *Monsieur*.

— Je n'attends pas de visite, rétorqua le procureur.

— Je m'en étais assuré avant de monter vous voir, mais cette personne insiste, elle assure avoir des révélations importantes à vous faire.

— Dans ce cas, descendons l'accueillir.

*

La voie étant désormais libre, Mitch sortit du placard, passa derrière le grand bureau, s'installa sur le fauteuil du procureur et observa la pièce, dérangé par le sentiment qui s'emparait de lui. La pitié n'a rien à voir avec la compassion ou l'empathie, elle est condescendante, arrogante, suffisante, tout le contraire de ce qu'il était. Pourtant c'était bien de la pitié qu'il ressentait. Salinas était fortuné, il avait du pouvoir, de l'argent, une renommée, et vivait dans une solitude plus terrible que celle que Mitch avait connue en cellule, puisqu'elle était de son fait.

Cette pitié ne changerait rien à la décision qu'il avait prise. Il fixa le verre de porto, le prit en main, le reposa quelques instants plus tard et quitta l'hôtel particulier par la porte-fenêtre de la bibliothèque.

20

Rendez-vous amoureux

Mitch était un homme de parole. En quittant la voie privée, il prit le chemin du conservatoire pour informer Verner qu'il était attendu à la librairie les mardis et les jeudis à l'heure du déjeuner. Le professeur de musique accueillit d'abord cette nouvelle avec circonspection, puis, ce qui ne lui ressemblait pas du tout, serra Mitch dans ses bras, brièvement, sans rien ajouter d'autre.

— Vous ne me demandez pas pourquoi vous devez venir les mardis et les jeudis dans la remise de la librairie ? s'étonna Mitch.

— Non.

— Mais vous viendrez ?

— Évidemment.

— Vous êtes conscient qu'il ne s'agit pas de beuveries ?

— Cela me semblait assez probable.

— Et vous ne voulez rien savoir d'autre ?

— Rien.

— Puis-je vous demander pourquoi ce manque de curiosité ?

— Bon, Mitch, j'avais promis de ne pas vendre la mèche, mais puisque je vous suis redevable... Cette chère Mme Ateltow m'a appelé pour tout me dire de votre généreuse proposition. Vous savez ce qui me rend dingue ? Cela fait des années que j'émets l'idée d'un endroit discret où nous aurions pu nous retrouver en cachette. Je lui ai offert de louer un petit appartement et lui avais même laissé le choix du quartier. Je lui ai aussi suggéré que nous nous inscrivions ensemble dans un club de sport, de l'initier au tango, rien n'y a fait. Et il a suffi que ce soit vous qui organisiez les choses pour qu'elle accepte.

— Si je comprends bien, vous êtes en train de me remercier, Verner ?

— Non.

— Je vous en prie.

Alors que Mitch s'apprêtait à partir, le professeur l'interpella pour lui demander si venir avec des fleurs serait une bonne idée ou un geste de trop.

— Tout dépend de la taille du bouquet, répondit Mitch.

— Évidemment, acquiesça Verner, qui semblait très satisfait de cette solution. Si vous avez envie de faire une petite sieste, nous allons jouer du Grieg.

Mitch déclina poliment et retourna à son travail. La journée passa, longuement, elle lui parut même d'une longueur insupportable. À 20 heures, il n'avait eu aucune nouvelle d'Anna et rentra chez lui. Peut-être valait-il mieux espacer les soirées et faire preuve d'élégance en ne s'imposant pas. Après tout, quel mal à laisser s'installer le manque ? L'envie de se retrouver n'en serait que plus forte ; même si ces atermoiements amoureux lui paraissaient aussi inutiles qu'une expérience scientifique dont le résultat n'apprendrait strictement rien.

À 20 h 15, Anna écouta le souffle régulier de la chambre froide, attendrie comme le sont des parents en entendant dormir leur nourrisson qui leur a pourri la journée. Son restaurant prenait vie. Elle l'avait mis toute seule au monde et l'observait, émue, inquiète de le voir grandir, terrifiée par le désordre qu'il allait créer dans sa vie. S'en occuper demandait plus que du travail, c'était un sacerdoce. Cette journée l'avait épuisée, même si le renfort d'un manutentionnaire embauché à la salle des ventes, qui l'avait retrouvée en début d'après-midi pour décharger la camionnette, lui avait permis de rattraper un peu du temps perdu. Elle s'était accordé une heure à la mi-journée, pour une affaire personnelle. Exténuée, elle éteignit les lumières et rentra enfin chez elle.

Au même moment, Salinas dînait dans son bureau, préparant le réquisitoire du procès qui le préoccupait. À la fin de son repas qu'il arrosa d'un verre de porto, il ressentit une grande fatigue. Demain se jouait une affaire importante pour sa carrière, une nuit de repos s'imposait. Il quitta son fauteuil, traversa le salon et emprunta le couloir qui menait à ses appartements privés.

À 20 h 45, le procureur était étendu dans sa chambre, au pied de son lit. Des taches de sueur apparaissaient sur sa chemise à la hauteur du torse. Ses yeux grands ouverts fixaient avec indifférence le jour qui se couchait. Ils le fixaient encore quand la nuit vint, avec les étoiles, le silence et le noir.

*

Deux jours passèrent sans que Mitch reçût de visite ou un appel d'Anna, ce qui le laissa parfois perplexe et souvent triste. Il usa de tous les moyens pour fuir sa solitude, rangeant sa librairie, ouvrant un livre pour le reposer peu après, l'esprit trop occupé à chercher la raison de ce silence qui le rongeait à petit feu. Il en trouva plusieurs.

Rattrapée par ses ennuis, elle s'était à nouveau enfuie… Une hypothèse qui lui paraissait peu probable. Si après avoir *un peu* tué quelqu'un elle avait pris le temps de s'arrêter pour acheter un bouquin, elle en aurait trouvé pour le prévenir. Elle avait décidé de mettre un terme à leur relation… Mais dans ce cas, elle le lui aurait fait savoir. Tout ce qu'il avait appris d'elle depuis qu'il l'avait rencontrée prouvait qu'elle ne craignait pas d'assumer ses décisions. Les travaux de son restaurant avaient encore pris du retard, et par fierté ou pour ne pas paraître abuser de lui, elle avait renoncé à lui demander de l'aide…

Quand il envisageait cette troisième hypothèse, Mitch repensait à la première, puis à la deuxième et ainsi de suite. Il tournait en rond, même quand il allait se promener le long des berges pour se changer les idées, et aussi lorsqu'il vaquait à des tâches parfaitement inutiles. Les livres n'avaient jamais autant changé de place sur les étagères et les tables. Anna lui avait écrit de ne pas se soucier d'elle, qu'elle viendrait le voir dès qu'elle le pourrait, spécifiant qu'elle ne voulait pas que ce soit le contraire. C'était il y a deux jours, Mitch s'en donnait un de plus avant d'aller tirer l'affaire au clair. La seule chose qui l'empêchait de pousser la porte du restaurant, même s'il s'était aventuré deux fois jusqu'à l'entrée de la rue commerçante, était son irréfrénable envie d'embrasser Anna, et de ne plus la quitter jusqu'à ce qu'ils soient venus à bout de ses installations, quel que soit le temps que ça prendrait. À cela, il y avait une raison logique et simple. Pour Mitch, rien ne rendait la vie plus heureuse que d'aider quelqu'un qu'on aime, faire les choses ensemble les rendait formidables, même poser du carrelage.

Il songea plusieurs fois à ne pas tenir compte des consignes qu'elle lui avait adressées. Il aurait marché droit vers elle, sans lui laisser le temps d'argumenter, et l'aurait prise dans ses bras. Mais Mitch pensait que ce genre de chose ne se faisait pas dès lors qu'une femme avait choisi l'absence.

Le soir, quand il se retrouvait au lit et que son chagrin franchissait un palier de plus, il se rebellait, marmonnait dans sa barbe naissante – il ne se rasait plus – qu'il n'était pas son homme à tout faire, que rien ne justifiait un tel abandon, qu'être très occupée n'était pas une excuse et qu'un appel aurait suffi à dissiper tout malaise.

Le matin en s'éveillant, il n'était certain que d'une chose : le désordre qui régnait dans sa tête ne lui ressemblait pas. Le mieux était probablement de ne rien faire.

*

Adossée au mur, les mains enfouies dans les poches de son tablier, Anna observait la salle à manger, tournait la tête vers la cuisine, s'arrêtait sur son reflet dans le grand miroir et soupirait avant de recommencer son tour d'horizon.

Positionner les tables en diagonale et à équidistance les unes des autres était une tâche impossible à accomplir seule ; chaque fois qu'elle en déplaçait une, elle reculait de dix pas pour constater que l'alignement n'était pas respecté. En cuisine, les étagères à vaisselle n'étaient pas à la bonne hauteur, elle devrait les vider et les repositionner. L'un des brûleurs du piano de cuisine était hors service, pourtant le commissaire-priseur avait assuré que ledit piano avait été entièrement révisé. La sécurité de la chambre froide, un gros bouton rouge qui assurait que personne ne puisse se retrouver coincé à l'intérieur, ne fonctionnait qu'une fois sur deux ; quand l'inspecteur viendrait contrôler les lieux avant de lui délivrer sa licence, ce serait la première chose qu'il vérifierait.

Mais la raison de son découragement était ailleurs : Mitch ne s'était pas donné la peine de venir la voir depuis deux jours ; pis encore, il ne lui avait donné aucune nouvelle. Oui, il avait une librairie à tenir, une clientèle à servir, oui, il avait une vie aussi occupée que la sienne, mais non, ce n'étaient pas des excuses suffisantes.

Un simple appel aurait suffi. Elle en venait presque à regretter de lui avoir laissé un petit mot qui en disait beaucoup trop sur ses sentiments.

Chaque fois qu'elle cherchait la raison de son silence, elle en trouvait plusieurs. Il était en proie au doute, une femme comme elle était trop compliquée, ses ennuis l'avaient inquiété, elle avait trop abusé de son temps. Et le soir, en s'endormant, quand sa tristesse franchissait un palier supplémentaire, elle se rappelait lui avoir elle aussi consacré beaucoup de temps, pas plus tard qu'aujourd'hui, même s'il n'en savait rien.

Cette nuit-là, comme la précédente, la tête sur l'oreiller, fixant le plafond, Anna se demanda comment elle en était arrivée là. Elle avait subi des humiliations, enduré des violences indescriptibles, elle s'était reconstruite seule au milieu d'une nature hostile, avait été plongeuse, serveuse, commis de cuisine, travaillant sans s'accorder un jour de repos, et ce des années durant, pour réussir à s'en sortir ; son rêve était en train de se réaliser et, alors qu'elle était épuisée, elle n'arrivait pourtant pas à trouver le sommeil. Elle ne s'interrogea pas longtemps sur la raison de son insomnie : la rencontre de deux personnes qui ont survécu au mal qu'on leur a fait sans rien perdre de leur faculté d'aimer n'est pas n'importe quelle rencontre.

Et il y avait entre eux une gémellité évidente, comme entre deux êtres qui se découvrent une aversion commune à l'opéra et aux brocolis à la vapeur, et s'extasient devant un tel miracle.

*

Il prit le premier train du matin et arriva très en avance sur l'horaire habituel. Le chat ne daigna pas ouvrir un œil quand il traversa la courette. Mitch s'était réveillé au milieu de la nuit, pensant au désordre qui régnait dans la remise alors que Verner et Mme Ateltow s'apprêtaient à s'y retrouver. Il n'y avait rien pour s'asseoir, rien pour poser une tasse de thé, pas même une lampe pour éclairer leurs conversations. Ni l'un ni l'autre n'avaient l'âge de rester debout à se regarder en chiens de faïence. Leur tête-à-tête tant attendu risquait de virer au naufrage et il en porterait l'entière responsabilité.

Il ôta sa veste, retroussa ses manches et s'attela au travail, à commencer par déplacer tous les cartons qu'il empila contre un mur. Ensuite, il aspira le tapis, renonça à s'aventurer au sous-sol pour remonter quelques meubles, et, pour compenser cette lâcheté, il débarrassa une table de la librairie qu'il transporta dans la remise. Puis ce fut le tour du tabouret derrière le comptoir et du petit escabeau qui servait à atteindre les hautes étagères. Faute de chaises, Verner et Mme Ateltow ne pourraient s'asseoir à la même hauteur pour discuter les yeux dans les yeux, mais ils devraient s'arranger avec les moyens du bord. Néanmoins, les deux mugs ébréchés ne payaient vraiment pas de mine… Mitch se précipita vers le café où il petit-déjeunait fréquemment et obtint de se faire prêter un service à thé. S'ensuivit un passage à l'épicerie où il acheta un paquet d'earl grey, une boîte de biscuits, du sucre en poudre, un berlingot de lait et une nappe en papier décorée de pères Noël. Décembre était encore loin, mais l'épicier ne vendait ce genre d'article que pendant les fêtes de fin d'année et la seule qu'il avait en rayon était un invendu de l'hiver précédent.

Peu avant midi, Mitch disposa les deux tasses en porcelaine sur la table, une théière, la bouilloire électrique, la boîte de biscuits, un pot de lait (qui le matin même était encore un pot à crayons), deux petites cuillères. Ne restait qu'à sortir la serpillière du seau avant de le remplir d'eau pour le bouquet destiné à Mme Ateltow. Il admira le tout et trouva le fruit de ses efforts assez formidable.

Verner arriva le premier, vêtu d'un complet vert anglais, d'un gilet à carreaux jaune moutarde et d'une paire de mocassins marron. Mitch le fit entrer dans la remise et suggéra qu'il s'installe sur le petit escabeau, moins confortable que le tabouret. Mme Ateltow se présenta quelques minutes plus tard, dans une robe en mousseline blanche qui lui allait à merveille. Elle avait attaché ses cheveux avec un peigne en nacre, Mitch ne l'avait jamais vue aussi maquillée, mais sa mine radieuse compensait ces fantaisies et la rajeunissait de dix ans. Elle se promena dans la librairie, jeta quelques regards furtifs par la vitrine, comme si elle craignait d'avoir été suivie. Mitch désigna du regard le lieu du rendez-vous, elle s'y déplaça furtivement et disparut derrière la porte de la remise.

Par discrétion, il se tint le plus éloigné possible des deux tourtereaux.

À midi trente, un fourgon escorté d'une voiture noire se rangea le long du trottoir. Huit policiers entrèrent précipitamment dans la librairie. Un seul ne portait pas d'uniforme, un inspecteur, qui signifia à Mitch qu'il était en état d'arrestation. Deux policiers le saisirent et lui retournèrent les bras dans le dos, un troisième lui passa les menottes pendant que l'inspecteur lui expliquait qu'il était accusé de meurtre, qu'il avait le droit de garder le silence et qu'à compter de ce moment, tout ce qu'il dirait pourrait être retenu contre lui. Et avant que Mitch n'ait pu protester, on l'embarqua manu militari.

— Les preuves sont accablantes, ajouta l'inspecteur en le poussant vers le fourgon.

Le cortège repartit, sirènes hurlantes, roulant vers le commissariat central.

Mitch, retenu entre deux policiers, eut l'impression d'être plongé dans un cauchemar, et ce n'était pas la première fois qu'il faisait ce plongeon.

21

L'aveu

Il était assis sur une chaise, les mains menottées dans le dos ; l'inspecteur qui lui faisait face gardait le silence, tournant lentement les pages d'un dossier, hochant parfois la tête pour donner plus de gravité au moment. Le manège durait depuis dix longues minutes, puis le flic sortit une photo noir et blanc, un tirage extrait d'une bande d'enregistrement prise par une caméra de surveillance, et la fit glisser vers lui.

— Cet homme assis sur un banc au palais de justice, juste en face de la salle d'audience, vous le reconnaissez ?

L'image était un peu floue, mais Mitch était bien placé pour savoir qui était l'homme en question et puisque tout ce qu'il dirait pouvait être retenu contre lui, il ne répondit pas.

— Très bien, lâcha l'inspecteur en faisant claquer sa langue.

Il plaça trois autres photographies sous le nez de Mitch.

— Et là, dans le parking du palais, aucune idée de qui il peut s'agir ?

Sur la première photo, Mitch descendait la rampe qui menait vers les sous-sols, sur la deuxième, on le voyait caché derrière un poteau, et sur la troisième, il apparaissait de dos remontant vers la surface.

— Toujours rien ? reprit l'inspecteur, d'un ton exaspéré. Un agrandissement, va peut-être vous aider à y voir plus clair.

Cette fois, c'était flagrant, Mitch était parfaitement reconnaissable.

— Et alors, il n'est pas interdit de se rendre au palais de justice ni d'y garer sa voiture ?

— En effet, quand on en possède une. Le hic c'est que nous n'avons trouvé aucune voiture immatriculée à votre nom. Ce qui m'amène à vous demander ce que vous foutiez dans ce parking.

Le visage de l'inspecteur semblait taillé dans du marbre, la veste de son costume le serrait aux épaules, lui donnant une carrure encore plus imposante. Des boutons de manchettes brillaient à ses poignets, comme s'il les polissait le matin après s'être rasé de près et avant de cirer ses chaussures. Tout chez lui transpirait l'habit dont se parent ceux qui veulent impressionner.

— Je m'en souviens, il pleuvait des trombes ce jour-là, répondit Mitch, je me suis abrité, je ne vois rien d'illégal à cela.

— Admettons. Et si je vous dis que le procureur Salinas a été assassiné il y a trois jours, vous prétendrez n'en rien savoir ?

— Je l'ignorais. Comment l'aurais-je appris ?

— Dans la presse, ou à la télévision par exemple.

— Je ne lis que des livres et je n'ai pas de télévision.

— Évidemment ! Seulement, il y a un autre hic, plus gros que celui de tout à l'heure. Un voisin du procureur à qui nous avons montré ces photos vous a formellement reconnu et il affirme vous avoir vu rôder à plusieurs reprises près de sa maison et pas n'importe quand ! dit-il en tapant du poing sur la table. Un repris de justice à peine sorti de prison, qui a eu maître Salinas pour procureur, rôde dans le palais de justice, dans le parking où la victime gare son véhicule, devant son domicile, où il se trouvait comme par hasard le jour du meurtre. Sacrées coïncidences, tout de même. Je n'en ai jamais vu autant en vingt ans de carrière ! Selon vous, combien de temps mettront les jurés à être convaincus de votre culpabilité ? Vous êtes conscient que cette fois c'est la perpétuité qui vous attend, dit-il d'un ton condescendant, à moins que…

— Que quoi ? demanda Mitch, la gorge serrée comme un étau grippé.

— Avouez ! Je mentionnerai que, pris de remords, vous avez collaboré spontanément. Je pourrai faire en sorte que vous n'écopiez que de vingt ans. C'est long, mais pas tant que cela pour un récidiviste. Vous êtes jeune, ce qui vous laisse encore pas mal d'années à vivre en liberté, à condition de ne pas tuer quelqu'un d'autre bien sûr.

— Je n'ai tué personne, et le crime pour lequel j'ai été condamné n'en était pas un ! s'emporta Mitch.

— Bien sûr. Ils disent tous cela. Mon offre n'est valable qu'une heure, ensuite, il sera trop tard, martela l'inspecteur en tapant une nouvelle fois sur la table. J'oubliais un dernier détail : la brigade criminelle a relevé toute une série d'empreintes dans la demeure du procureur, nous n'avons pas encore les résultats, mais, je préférais le mentionner au cas où vous sachiez déjà que les vôtres apparaîtront. Une heure, pas une minute de plus, ajouta l'inspecteur en se levant.

Il quitta la pièce et laissa Mitch réfléchir à sa proposition. Quelques minutes lui suffirent pour arriver à la fâcheuse conclusion qu'il était fait comme un rat. Il avait laissé ses empreintes en de multiples endroits. Sur le bureau de Salinas, sur les poignées de porte, sur les étagères de la bibliothèque, sur les couvertures des livres où il avait posé ses mains, et sur le verre de porto. Et, comme si cela pouvait changer quoi que ce soit à son sort, il se demanda depuis quelle fenêtre on l'avait épié, car il était certain de les avoir toutes scrutées et de n'avoir vu personne.

Et si le flic bluffait et que ce mystérieux voisin n'existait pas ? Pour les empreintes, il pourrait toujours prétendre que le procureur avait accepté de le recevoir chez lui et lui avait offert un verre. Le majordome démentirait, et la parole d'un ancien taulard ne pèserait pas lourd dans la balance. Mitch, qui avait pourtant lu beaucoup d'histoires, était incapable d'en faire tenir une debout. Vingt ans ou la perpétuité, une équation qui aurait été rapidement résolue par quelqu'un qui n'était jamais allé en prison, mais pour celui qui avait connu l'enfer, les sévices du Sergent, les froides nuits d'hiver, la chaleur suffocante en été sur le chemin des morts, le calcul était plus complexe.

Il évalua ses chances d'obtenir un non-lieu. Le motif serait facilement avancé par l'accusation, les preuves dont l'inspecteur disposait étaient accablantes, les seules zones d'ombre étant l'arme du crime et l'heure exacte à laquelle il avait eu lieu. Mitch aurait voulu regarder sa montre pour savoir combien de temps il lui restait avant que son sort soit scellé. Ce qui était doublement impossible, on la lui avait confisquée et le moindre mouvement avait pour effet immédiat de resserrer les menottes qui lui entaillaient déjà les poignets. Il estima une demi-heure au mieux, un peu moins peut-être, et reprit le fil de son récit depuis le début.

Il repassa dans sa tête les procès qui se déroulaient dans les romans du genre, ceux de Grisham et de Connelly, qu'il appréciait, s'attardant sur les moments décisifs, quand tout semblait condamner l'accusé et que la situation se retournait subitement. Alors il se glissa dans la peau de l'avocat qui lui serait désigné.

Son client s'était en effet rendu au palais. Après avoir purgé une peine inique, il était en droit de comprendre pourquoi le procureur Salinas s'était à ce point acharné contre lui. Ne souhaitant pas être vu en compagnie d'un ancien détenu, le procureur l'avait prié d'aller l'attendre près de sa voiture au deuxième sous-sol (jusque-là, ça se tenait), sans être vu (ce qui expliquait pourquoi il s'était abrité derrière un poteau). Ce que l'accusé avait fait, en vain. Supposant que le procureur l'avait éconduit ou qu'une affaire l'avait retardé, il s'était résigné à quitter le parking (la troisième photographie). Le procureur en était sorti peu après au volant de sa voiture et, le voyant marcher dans la rue sous une pluie battante, lui avait enjoint de monter à bord. Il l'avait conduit chez lui, l'avait reçu directement dans son bureau (ce pour quoi le majordome avait ignoré sa présence). Un libraire passionné ne pouvait s'empêcher d'effleurer l'un ou l'autre des ouvrages que contenait la bibliothèque (les empreintes). Le procureur avait servi un verre de porto à l'accusé (encore les empreintes). Mais l'arrivée d'un visiteur avait mis prématurément fin à leur entretien. L'accusé était ressorti aussi discrètement qu'il était entré. Ces explications rationnelles et claires amenaient à la question suivante : combien d'hommes et de femmes Salinas avait-il fait condamner indûment ? Combien de ses victimes avaient été injustement envoyées en prison pour contribuer à sa carrière ? Combien d'entre elles auraient pu vouloir se venger, la police s'était-elle seulement donné la peine d'étudier d'autres pistes ? N'assistait-on pas une fois encore à la démonstration flagrante d'une justice expéditive ? N'avait-on pas désigné le coupable idéal alors que rien ne prouvait son implication, sinon un fâcheux concours de circonstances ?

Mitch aurait presque pu s'enorgueillir d'avoir construit un tel récit, acceptable pour un roman, moins crédible dans la réalité, mais pas totalement impossible. Seulement, il crevait de peur, et il ne lui restait que quinze minutes tout au plus pour prendre la plus grave décision de sa vie. Plaider l'innocence et risquer d'écoper de la perpétuité, ou avouer ; le tic-tac l'empêchait de réfléchir aux failles de son raisonnement. Ses mains tremblaient, son cœur battait jusque dans ses tempes, la sueur ruisselait dans son dos ; au bord du malaise, il étouffait et le seul espoir de s'en sortir, si tant est que cela fût encore possible, exigeait de retrouver son calme – plus facile à dire qu'à faire quand le temps vous est compté.

Au centre pénitentiaire, quand la peur l'étreignait, il s'échappait dans des pensées que ni les murs ni les barreaux ne pouvaient retenir. Une fois encore, Mitch ferma les yeux et se retrouva derrière le comptoir de sa librairie. Quelques clients se promenaient de table en table, il conseillait l'un d'eux, remettait les livres en place, s'arrêtait pour glisser sous la couverture d'un ouvrage la fiche de recommandation qu'il avait rédigée.

Sa respiration redevint presque normale et il se demanda à quel genre de procureur il aurait affaire, un ami de Salinas qui voudrait le venger ou l'un de ses ennemis à qui il avait fait de l'ombre. Le réquisitoire lui apparut plus clairement.

L'accusation présentait les photos aux jurés, demandait pourquoi un homme qui prétendait avoir rendez-vous se planquait derrière un pylône, sinon parce qu'il était un assassin qui guettait sa proie. Le voisin mystérieux témoignait qu'il errait seul dans la voie privée, le majordome expliquait qu'il était impossible que le procureur rentre chez lui sans avoir croisé Mitch. Ne restait plus que la question de l'arme du crime.

Cinq minutes, trois cents secondes, avouer et se résoudre à vingt ans de réclusion, ne plus jamais revoir Anna, perdre à jamais sa librairie, vingt ans à tenter de survivre chaque jour, vingt ans ou risquer la perpétuité. *Tic tac.*

L'inspecteur entra brusquement, le souleva par un bras et l'entraîna dans un couloir vers une salle d'interrogatoire sinistre. Première étape d'une longue descente aux enfers.

— Attendez ici, ordonna-t-il, comme si son prisonnier avait le choix.

Enfermé seul dans cette pièce sans fenêtre, Mitch baissa la tête. Une tempête d'images, de souvenirs, de couvertures et de pages, de mots et de bruits, défila devant lui, puis tout s'effaça pour ne plus laisser place qu'à sa paire de chaussures dont on avait ôté les lacets. Chacun entrevoit le désespoir à sa façon.

*

La porte se rouvrit dix minutes plus tard.

— C'est bon, j'ai pris ma décision, cria Mitch, terrifié que le délai soit expiré.

L'inspecteur, les mâchoires serrées et l'œil mauvais, montrait une furieuse envie de lui mettre son poing dans la figure. Il détacha les menottes et lui ordonna de foutre le camp.

— C'est un piège ? demanda Mitch en se frottant les poignets. Je connais cette musique. Dès que je sortirai, vous prétendrez que j'ai tenté de m'évader, peut-être même que vous vous cognerez la tête contre un mur pour faire croire que je vous ai frappé.

— Vous lisez trop de bouquins, c'est mauvais pour la santé. Qu'est-ce que vous n'avez pas compris dans « foutez le camp d'ici » ?

— Vous avez trouvé le vrai coupable ?

— Le seul coupable, c'est vous, je finirai par le prouver, même si quelqu'un prétend que vous étiez en sa compagnie le soir du meurtre. Vous avez un alibi, à ce qu'il paraît, profitez de ce court répit avant que je n'aie démontré qu'il s'agit d'un mensonge de plus.

*

Un policier en uniforme le ramena dans le grand hall du commissariat principal. Le préposé aux entrées et sorties lui rendit ses effets personnels, son portefeuille, les quelques billets et pièces qu'il avait en poche au moment où on l'avait placé en garde à vue, ses lacets, sa montre et ses clés.

Mitch regarda autour de lui. Un grand tiers de la pièce, divisée par une grille qui en parcourait la longueur, formait une cage. À l'intérieur, une femme sérieusement éméchée attendait sur un banc d'avoir dégrisé. Sa tête se balançait lentement, son buste tanguait tantôt à droite, tantôt à gauche, seuls son bassin et ses jambes résistaient encore à la houle. Un voleur à la tire marmonnait des mots incompréhensibles à cause d'une belle entaille à la lèvre inférieure. Deux types qui s'étaient bagarrés, menottés à un barreau de chaque côté de la porte, se regardaient de travers, prêts à en découdre encore. Une prostituée déambulait d'un mur à l'autre, remontant sous son corsage sa poitrine fanée par le désamour des hommes. Mitch avança vers la porte et quitta cette cour des Miracles.

Le soir était tombé précocement, apportant dans son sillage l'un de ces crachins tenaces qui vous rentre dans les os. Les piétons avançaient, la tête enfoncée dans leur manteau, mais Mitch qui avait retrouvé la liberté voyait toutes les couleurs du monde se battre pour exister dans ce spectacle grisâtre. Les toiles des parapluies s'entrechoquant sur le trottoir, les voitures aux carrosseries brillantes, l'asphalte luisant sous la lumière des réverbères. Combien de temps avait-il passé derrière ces murs ?

Un coup de klaxon lui fit tourner la tête. Les phares d'une camionnette semblaient lui adresser des clins d'œil. Il avança jusqu'à la portière et aperçut Anna, au volant, qui lui faisait signe de grimper sur la banquette.

— Désolée de ne pas t'avoir attendu à l'intérieur, mais je ne me sens pas très à l'aise dans ce genre d'endroit et puis je n'allais tout même pas tenter le diable.

— Comment as-tu appris qu'on m'avait arrêté ?

— Ça, c'est plutôt original, répondit-elle en démarrant.

Elle était venue le voir en début d'après-midi. La librairie était déserte, elle avait tout de même poussé la porte.

— J'ai entendu des chuchotements dans la remise. Alors j'ai cru…

— Qu'est-ce que tu as cru ?

— Que tu t'y cachais en compagnie d'une autre femme ! Et quand je suis entrée, la situation était très différente de ce que j'avais imaginé. Un couple étrange me fixait, les yeux hagards. L'homme rassurait sa femme d'une voix douce, affirmant qu'il s'agissait certainement d'une erreur et que tu n'avais évidemment tué personne.

— Ce n'est pas sa femme.

— Si tu le dis, mais il me semble que ce n'est pas ce qu'il y a de plus grave en ce moment.

— Un peu quand même, j'ai tout gâché.

Mitch expliqua l'importance que revêtait ce rendez-vous pour Verner et Mme Ateltow, et Anna se demanda si elle trouvait bizarre ou plutôt séduisant qu'il semble plus désolé d'avoir ruiné leur rencontre secrète que d'être accusé de meurtre.

— Ou alors, dit-elle, en faisant craquer la boîte de vitesses, tu peux considérer que tu leur as offert un souvenir inoubliable.

Elle brûla un feu rouge et klaxonna l'automobiliste qui avait dû freiner brusquement.

— Pense à tout ce qu'ils vont se raconter, ajouta-t-elle en posant la main sur sa joue.

Pendant qu'elle conduisait, Mitch regardait défiler les trottoirs, avec leur fardeau d'hommes et de lumières.

— Tu n'as plus aucune raison d'être inquiet, puisque je suis ton alibi, enchaîna Anna.

— À ceci près que je n'étais pas avec toi le soir du meurtre.

— Je sais et j'en suis désolée, dit-elle ; et le plus bête dans tout ça, c'est que tu m'as terriblement manqué, même s'il paraît que ces choses ne se disent pas.

Mitch se tourna vers elle, aussi touché qu'elle l'était.

— Ça va, tu tiens le coup ? demanda-t-elle.

Il attendit un instant pour répondre. Non, il ne tenait pas le coup, il l'encaissait, sonné, en songeant à l'avenir qui l'attendait.

— J'ai connu deux périodes en prison, dit-il, d'une voix fatiguée. Celle où ma vie d'homme libre me manquait constamment. L'odeur du café le matin, la douche que je prenais dans l'intimité de ma salle de bains, mes pas jusqu'à la gare, le quai où j'attendais mon train de banlieue, en pestant quand il était en retard, l'odeur si particulière de ce train, la saleté sur la vitre qui déformait la lumière des matins, mes pas encore en marchant vers ma librairie, le bruit de la clé dans la serrure. Je revoyais chacun de ces détails, auxquels je pensais n'avoir jamais accordé d'importance, avec une précision surprenante. Et puis est venu le jour où tout a basculé sans que je m'en aperçoive…

Il s'interrompit au milieu de sa phrase. Anna oublia la route un instant pour l'observer ; il était débraillé, la mine pâle, le regard défait, perdu dans un monde dont elle ignorait tout mais dont elle commençait à entrevoir la dureté. La camionnette mordit le bas-côté ; d'un coup de volant, elle la remit dans le droit chemin.

— Et après ce jour-là ? demanda-t-elle timidement.

— Je n'ai plus pensé qu'à mon quotidien de prisonnier. L'heure des repas, de la promenade dans la cour, de la salle de gymnastique, le déclin des couleurs avec le soir, l'angoisse d'entendre pendant la nuit un orage raviner le chemin des morts, la course que je menais pour échapper à la folie quand un nouveau matin entrait dans ma cellule.

Elle leva le pied de l'accélérateur, comprenant qu'il faudrait rouler le plus longtemps possible pour que Mitch livre ce qui lui pesait sur le cœur, que ses confidences appartenaient à cette route qu'ils parcouraient ensemble.

— Je ne t'ai pas tout dit sur mon procès, reprit-il. Le procureur avait présenté à la barre d'autres livres que les deux exemplaires trouvés dans ma remise. *L'Étranger* d'Albert Camus, *La Servante écarlate* de Margaret Atwood, *L'Aveu* de Jack London, *L'Écriture ou la Vie* de Jorge Semprùn, *Fahrenheit 451* de Ray Bradbury, m'accusant de les avoir distribués à une jeunesse innocente pour la pervertir ; de vouloir attiser chez eux la peur et la haine du pouvoir, de déstabiliser la société en m'opposant à la volonté de leurs parents et de leurs enseignants. Je ne l'écoutais pas vraiment, ne pensant qu'à l'étrange paradoxe auquel j'assistais. Cet homme était un érudit et il redoutait le pouvoir des mots. Et je ne cessais de me demander ce qui avait pu se produire dans sa vie pour qu'il en soit arrivé là. Les œuvres dont il s'était servi comme pièces à conviction pour me faire condamner provenaient de sa bibliothèque. Salinas était un grand lecteur, il savait le mal qu'il faisait, il mentait aux autres et se mentait à lui-même.

La ville et la banlieue s'étaient effacées, la route formait un long ruban qui s'étirait devant eux au milieu d'une campagne. Sous la nuit étoilée, des terres couvertes d'orge et de blé s'étendaient à perte de vue. Anna ouvrit la vitre et emplit ses poumons d'air.

— Comment as-tu découvert la provenance de ces livres ? demanda-t-elle.

— Je me suis introduit chez lui le jour où il est mort.

Mitch posa sa tête sur le montant de la portière et ferma les yeux. Anna ne lui posa plus aucune question.

Quand ils arrivèrent dans une petite ville de bord de mer, elle arrêta la camionnette le long d'une digue et attendit que les lueurs du jour s'installent pour le tirer de son sommeil. Puis elle ouvrit la portière et descendit, pleine d'énergie.

— Fais comme moi, dit-elle, joyeuse : enlève tes chaussures et suis-moi.

Le temps qu'il dénoue ses lacets, elle courait déjà vers les vagues.

Les cris des mouettes couvraient les bruits du ressac. Le vent soufflait en rafales, ramenant obstinément les cheveux d'Anna devant ses yeux.

La veille, Mitch était menotté dans une salle d'interrogatoire, croyant ne plus jamais revoir le jour autrement que derrière des barreaux. Ce matin, il avançait pieds nus sur le sable, enivré par les embruns et le rire d'une femme. Depuis qu'il avait rencontré Anna, le réel et les rêves se mélangeaient furieusement.

22

La Couleur pourpre

Le soleil plantait déjà ses reflets sur l'écume. Mitch et Anna se déshabillèrent et, bien que la chaleur montât, l'eau leur parut glaciale.

Un peu plus tard, allongé sur le sable, Mitch, la tête posée sur le ventre d'Anna, sentait sa vie battre sous sa nuque. Une heure passa pendant laquelle ils se laissèrent bercer par le ressac puis ils récupérèrent leurs affaires, grimpèrent dans la camionnette et roulèrent vers le centre de la station balnéaire à la recherche d'un endroit où s'offrir un petit déjeuner.

Marchant sur le trottoir, Anna s'arrêta devant un kiosque et acheta le journal du matin. Le portrait de Salinas apparaissait en première page. Elle plia le journal et le glissa dans sa poche.

Quand ils furent attablés, elle le posa devant Mitch et lui demanda de lui lire l'article.

— Il est mort dans de terribles souffrances, annonça-t-il en s'efforçant de cacher sa joie.

— De quelle façon ? demanda Anna, en trempant sa tartine dans une tasse de café au lait.

— Empoisonné, répondit Mitch.

— Original, lâcha-t-elle avec un sincère détachement.

Elle avait plissé les yeux et souriait d'une façon bizarre. Mitch essaya de lire dans ses pensées, curieux de savoir si elle était toujours avec lui ou si son esprit s'était échappé vers la gazinière et le frigo de son restaurant à des centaines de kilomètres de là.

— Tu ne me demandes pas si je l'ai tué ?

— Tu l'as tué ?

Dans le café, on n'entendit plus que le silence. La serveuse qui dressait les couverts sur les tables s'était arrêtée net, une fourchette dans une main, un essuie-tout dans l'autre, la mâchoire en suspens.

— Dans ce cas, nous n'en reparlerons plus, reprit Anna.

Elle se leva, attrapa deux croissants dans une corbeille sur le comptoir et revint s'asseoir en face de Mitch en lui en offrant un.

— C'est incroyable ce que l'air marin ouvre l'appétit. J'aurais dû m'installer dans le coin. Les gens doivent être affamés en permanence ; en tout cas, moi je le suis. Bon, dit-elle en repoussant le journal, maintenant que nous connaissons l'arme du crime, reste à trouver un motif.

— Salinas avait de nombreux ennemis.

— Sans aucun doute, mais la police n'en a arrêté qu'un seul.

— À force de rôder autour de lui, je leur ai donné de bonnes raisons, c'est aussi simple que cela.

— Eh bien moi, je crois que c'est beaucoup plus compliqué, je crois aussi qu'ils ne t'ont pas choisi par hasard. À condition que tu ne l'aies pas tué bien sûr, mais nous avons promis de ne plus en parler. Et même si c'était le cas, il serait judicieux de trouver d'autres coupables.

— Celui qui a fait le coup par exemple ?

— C'est exactement ce que je disais. Enfin lui ou un autre, à condition qu'il ait commis un crime. Qu'est-ce qui a conduit à ta première arrestation ?

— Je te l'ai déjà dit, des livres que je n'avais pas le droit de garder dans ma librairie.

— Ce n'est pas ce que je te demandais. Comment la police a-t-elle appris que tu les avais ?

— Un contrôleur m'avait verbalisé quelques semaines plus tôt, je m'étais refusé à retirer le *Journal* d'Anne Frank, ce qui aurait été absurde et indigne. J'imagine que son rapport a suffi pour que les flics fassent une descente.

— Combien de flics sont venus le jour de cette descente ?

— Je ne sais plus. Six, peut-être huit.

Anna posa son menton sur ses mains, les coudes en appui sur la table, et regarda le plafond.

— Huit policiers pour un simple rapport, ça ne colle pas. J'ai connu des restaurants rappelés à l'ordre par les services de l'hygiène, travaillé dans d'autres qui avaient pris une amende ; au pire, ils avaient droit à une seconde visite quelques semaines plus tard, mais jamais à une descente de police en règle.

— Les tyrans ont plus peur des livres que de la nourriture avariée.

— Il ne t'est jamais venu à l'esprit qu'on t'avait peut-être dénoncé ?

— Si, mais pourquoi aurait-on fait ça ? demanda Mitch.

— Pour t'envoyer en prison. Est-ce qu'une personne de ton entourage avait intérêt à ce que tu disparaisses de la circulation ?

— Désolé, mais je ne vois vraiment pas.

Mitch avait perdu l'appétit, il reposa son croissant dans la soucoupe. Anna n'en fit que deux bouchées.

— L'air marin, reprit-elle en s'essuyant le coin des lèvres.

— L'antiquaire peut-être, reprit Mitch. Il m'a vendu le local où j'ai installé ma librairie ; après quoi, il a voulu que je lui loue mon sous-sol, j'ai refusé.

— Il était comment, cet antiquaire ?

— Pas très aimable.

— Pas très aimable, c'est un bon début, dit-elle en se léchant les doigts. Tu partagerais une brioche ? Non, oublie, elles sont trop petites.

Elle fila à nouveau vers le comptoir, revint avec la corbeille de viennoiseries et se retourna en chemin pour s'adresser à la serveuse qui essuyait le même verre depuis dix minutes en ne les quittant pas des yeux.

— Si notre conversation vous passionne, servez-vous un café et venez vous asseoir avec nous, vous aurez peut-être une bonne idée à partager.

La serveuse haussa les épaules et retourna à son torchon.

— Désolée, dit-elle en se rasseyant, j'ai hérité du gène « je déteste les gens qui se mêlent de ce qui ne les regarde pas ».

— Ça existe ? demanda Mitch.

— Oui, une mutation de « je n'aime pas les gens en général ».

— Comment as-tu convaincu cet inspecteur de me libérer ? questionna Mitch, qui préférait changer de sujet pour ne pas gâcher une journée dont il appréciait chaque instant.

— En résumé ou dans le détail ?

— Dans le détail, insista Mitch.

— Compte tenu de mon passé, les commissariats ne sont pas le genre d'endroit où je me sens le plus à l'aise, alors, avant d'entrer, j'ai d'abord pris une grande respiration. Une fois à l'intérieur, j'ai demandé à parler au flic qui t'avait arrêté. Le policier de faction a voulu savoir pourquoi, et son ton était suffisamment arrogant pour que je retrouve la détermination que j'avais perdue devant les uniformes. Je me suis penchée vers lui et lui ai soufflé que j'avais un secret très important à confier.

— Quel secret ?

— Que j'avais passé la soirée et la nuit avec l'homme qu'ils étaient en train d'interroger. J'ai aussi dit que son supérieur avait sûrement plus important à faire que de perdre son temps avec un suspect qui ne pouvait pas avoir commis le meurtre qu'il essayait de lui coller sur le dos et qu'il vaudrait mieux le mettre au courant avant de lui avoir soutiré des aveux par la force, parce que j'irais tout balancer à la presse. Il m'a regardée de travers et mon air désinvolte a eu l'effet escompté.

Anna avait raconté tout cela d'une seule traite et son débit témoignait que cette fanfaronnade lui avait coûté plus qu'elle ne voulait bien le montrer.

— Tu tiens vraiment à ce que je continue ? Oui, tu y tiens. Eh bien, ensuite, l'inspecteur m'a fait entrer dans son bureau et j'ai répété exactement la même chose. Il a voulu me coincer, affirmant qu'il ne te relâcherait pas aussi facilement, et qu'il fallait que je lui révèle à quel moment précis nous étions ensemble, où, et ce que nous faisions à l'heure du crime. Je ne te l'ai pas encore dit, mais pendant mon adolescence je jouais beaucoup au poker, un peu après aussi ; or, vois-tu, le poker est une affaire de bluff, et le bluff, c'est l'art des petits mensonges. Au début de la partie, quand tu as une mauvaise main, tu fais un geste particulier, une petite grimace, un tic nerveux, bref tu as compris l'idée. Et lorsque tu as une bonne donne, tu reproduis le même geste. Tes adversaires croient avoir lu dans ton jeu, ils enchérissent et tu rafles ta mise. Tu me suis ?

— J'essaye, même si je ne vois pas le rapport avec ce qui me concerne.

— Tu te trompes, je vais te le prouver. J'ai donc expliqué à cet inspecteur que pour répondre à sa question, il était nécessaire qu'il me dise à quelle heure justement avait eu lieu ce crime. Il était trop stupide pour connaître l'étendue de sa bêtise. J'ai ajouté que s'il s'était produit aux alentours de 17 heures ou après, tu ne pouvais pas être impliqué puisque nous étions ensemble dans mon futur restaurant où tu m'aidais à aligner des tables en diagonale, ce qui comme tout le monde le sait est impossible à faire tout seul, et que nous avions ensuite dîné dans la cuisine avant de rentrer chez moi.

— Et il t'a cru sur parole ? s'étonna Mitch.

— Tu n'as rien compris au poker, soupira Anna. La question n'était pas qu'il me croie, mais de deviner si lui bluffait et de le déstabiliser avant qu'il n'ait envie d'abattre ses cartes. J'ai ajouté que le manutentionnaire de la salle des ventes, que j'avais embauché cette après-midi-là, était présent quand tu es arrivé et qu'il se souviendrait forcément qu'il était pile 17 h 30 puisque, au moment de le payer, je lui avais généreusement réglé l'heure entière. Quand j'ai commencé à lui décrire le manutentionnaire, ton inspecteur m'a stoppée net, affichant l'air de la défaite. Il m'a dit d'aller t'attendre dans le hall. La suite, tu la connais, j'ai préféré ma camionnette, les uniformes me mettent vraiment mal à l'aise.

— Et il ne t'a pas demandé ton identité ?

— Bien sûr que si, je lui ai présenté mes papiers.

Ce qui contraria visiblement Mitch.

— Bon sang, Anna, avec tes ennuis et ton passé, tu n'aurais jamais dû courir ce risque.

— Qui de nous deux s'est proposé le premier de servir d'alibi à l'autre ? s'emporta-t-elle. Parce que toi, tu n'avais pas un passé chargé quand tu me l'as offert ?

— Si, mais ce n'est pas la même chose.

— C'est exactement la même chose, cela s'appelle être sur un pied d'égalité, ce qui est fondamental dans une relation.

Mitch oublia les ennuis qui les accablaient, le visage de l'inspecteur, l'heure passée dans une salle d'interrogatoire à compter ses derniers instants de liberté, et même qu'il s'était résolu à signer des aveux. Une sensation de chaleur montait de sa poitrine vers ses bras, se propageait vers ses épaules, gagnait sa nuque et irradiait ses joues. Anna avait qualifié leur relation de relation, ce qui pour quelqu'un qui connaissait la valeur accordée aux mots, et ce qu'ils révèlent quand on leur prête attention, ouvrait la porte d'une autre dimension.

— Pourquoi me regardes-tu comme ça ? demanda Anna.

— Pour rien, répondit Mitch.

Elle se tenait droite, les cheveux tirés en arrière, la peau encore plus lumineuse à cause de l'air marin, ses doigts pianotant sur la table au milieu des miettes de croissants, et cette chaleur qu'il éprouvait dès qu'il était avec elle devint encore plus forte. Cette fois, Mitch agit en conséquence et tendit les mains pour les poser sur le visage d'Anna. Ce baiser fut le premier d'une relation désormais déclarée.

23

De sang froid

— Tu sais où l'on pourrait retrouver cet antiquaire ? demanda Anna, en sortant du café.

— Il habite un immeuble dont la façade arrière donne sur la courette. Enfin, c'est ce qu'il a prétendu.

— Tu vois, tu as des doutes sur la sincérité de cet homme, tu devrais faire confiance à mon instinct.

Elle lui lança les clés de contact et grimpa sur la banquette du côté passager.

— Je n'ai pas fermé l'œil depuis hier.

Ils avaient voyagé de nuit pour arriver avec le jour dans cette station balnéaire, ils voyageraient de jour pour revenir en ville quand le soir tomberait. Durant le trajet, Anna dormit peu, elle raconta à Mitch son séjour dans le Grand Nord, depuis le moment où elle était arrivée jusqu'à celui où, ayant réuni suffisamment d'économies, elle avait pu racheter les murs d'un restaurant tombé en décrépitude. Elle lui parla de son excitation quand elle s'était installée dans sa petite maison des hautes plaines, des difficultés qu'elle avait connues au milieu d'hivers bien plus rudes qu'elle ne les avait imaginés, des blizzards envoûtants et de son émerveillement devant la nature sauvage.

Les premiers mois, se faire une place au sein de la brigade du restaurant gastronomique qui l'employait avait été difficile, elle avait dû apprendre à travailler avec un chef aussi autoritaire que passionné et dont elle admirait le talent. Au bout d'un an, le respect était devenu mutuel, il l'avait laissée peu à peu libre de créer, d'abord curieux, puis, s'intéressant de plus près à son travail, il lui avait appris beaucoup de choses avant de la pousser à voler de ses propres ailes.

— Au moins, tu étais entourée, dit Mitch.

— C'est plus compliqué qu'il n'y paraît, répondit Anna.

Elle se confia sur l'intime relation qu'elle entretenait avec sa solitude : les exilés se heurtent aux murs de leur mémoire et leurs souvenirs sont exigeants. Ils ont le mal des matins qui se levaient sur leur terre, des nuits qui tombaient sur leur ville. Les prisonniers ont une nostalgie similaire. Mitch se reconnut dans chacun de ses mots. Quand elle cita les soirs obscurs où la nuit vous étrangle, les jours remplis d'espoir, la tristesse qui surgit sans prévenir, l'inquiétude quand on entend l'écho si proche et si distant de sa propre voix alors que l'on se parle à soi-même, et, quand le sommeil vous boude, la sensation que cette solitude est désormais ancrée si profondément qu'elle ne vous quittera plus. Et même si l'on s'en accommode, toujours revient la nuit. Travailler dans le tumulte d'une cuisine, la cacophonie de la salle, se fondre dans la foule quand les trottoirs du soir se chargent de passants, dîner tard dans un pub au milieu des autres, tout cela n'y changeait rien.

— Tu pensais à qui quand tu étais en prison ? demanda-t-elle.

— À ma mère dans son mouroir, et souvent à mon père. Ils avaient connu la pauvreté et n'avaient jamais accepté la résignation. Papa était de toutes les luttes et ne trouvait la paix que dans ses livres. Il dormait souvent mal parce qu'il pensait toujours aux malheurs des autres. Le soir, dans ma cellule, avant de m'endormir, je me demandais comment il aurait affronté ma situation, s'il en aurait tiré plus de chagrin que de fierté, ou le contraire. J'ai haï Salinas, me suis juré de ne jamais lui pardonner et de l'empêcher de nuire. Mon père m'en aurait voulu, lui qui abhorrait la colère, mais je lui aurais tenu tête, car je crois que si l'on cède une fois, on cède pour toujours. Je me rappelais ses mots quand il me lisait des histoires, penché sur mon lit d'enfant, et il m'en a lu beaucoup. Il me disait qu'il suffisait d'un instant de lâcheté pour perdre sa dignité, que la vie demandait beaucoup d'attention, et que ceux qui avaient perdu leur humanité portaient en eux une douleur terrible, dont il fallait les guérir. Que c'était précisément cela le rôle des livres, être des remèdes contre les peurs, les préjugés et la haine. Mon père voulait simplement être un homme, et même si sa vie a été trop courte, je sais qu'il l'a réussie.

Anna, qui avait eu un tyran pour père, resta silencieuse. Ses yeux rougirent, et lorsque Mitch lui prit la main, il comprit que ce n'était pas la détresse qui l'avait saisie, mais que la solitude l'avait enfin quittée.

Elle resta le regard rivé sur la route un long moment, en silence. Mitch alluma la radio ; cent kilomètres plus loin, elle la coupa et le fixa avec des yeux pleins de malice.

— Tu ne pensais vraiment à personne d'autre en cellule ? Ne mens pas !

— Parfois à une jeune femme avec laquelle j'entretenais une relation sans avenir, mais qui avait eu le mérite d'exister.

— Sans avenir de son fait ou du tien ?

Mitch tourna brièvement la tête pour observer Anna. Adossée à la portière, les genoux repliés, ses pieds nus sur la banquette, elle était aussi à son aise qu'installée dans son salon.

— Nous n'avons jamais évoqué ce sujet, reprit-il. Nous étions bien là où nous étions sans avoir besoin de réfléchir aux lendemains.

— Je vois, et comment l'histoire s'est terminée ?

— Mathilde ne devait pas être faite pour les relations à distance, je n'ai plus eu de ses nouvelles après mon arrestation, ni d'ailleurs en cellule.

— Et après en être sorti ?

— Je n'ai pas songé à lui en donner.

— Tu étais encore amoureux d'elle ?

— Non, mais pendant un temps, du souvenir des moments que nous avions partagés.

— Si elle a disparu si soudainement, elle pourrait très bien t'avoir dénoncé.

— Elle était étudiante et farouchement hostile au gouvernement.

— C'est ce que prétendaient les taupes en Union soviétique. Des call-girls se faisant passer pour des étudiantes séduisaient leurs proies. Il paraît que l'espionnage sexuel se pratique encore beaucoup de nos jours et pas seulement dans les pays totalitaires. Tu savais qu'il n'y a pas si longtemps, les services de renseignements anglais ont découvert que l'un de leurs ministres confiait des secrets d'État sur l'oreiller pour impressionner sa belle qui travaillait pour la Russie ?

— Arrête, s'il te plaît. Je ne veux pas parler d'elle en ces termes.

— Tu sais au moins ce qu'elle est devenue, ta Mathilde ?

— Aucune idée, elle a sûrement terminé ses études et je suppose qu'elle travaille pour un laboratoire… ou dans une pharmacie.

— Ou alors, elle n'était pas du tout à la fac.

— Pourquoi t'acharner à vouloir que quelqu'un m'ait dénoncé ?

— Il s'agit du meurtre d'un procureur, l'inspecteur n'en restera pas là, il a besoin d'un coupable, et rapidement. Il a suffisamment d'atouts en mains pour maintenir ses accusations contre toi et te renvoyer dans le box des accusés. Je suis ta seule ligne de défense, mais mon témoignage le poussera à enquêter aussi sur moi.

Mitch évalua la situation et supposa que les choses ne feraient qu'empirer.

— Tu vas te rétracter dès demain, tu n'auras qu'à dire que tu t'es trompée de soir.

— Nous devons le prendre de vitesse, enchaîna Anna, comme si la suggestion de Mitch n'avait pas existé, et lui fournir ce qu'il veut avant qu'il ait tiré des conclusions définitives. Après quoi, il sera trop tard, pour nous deux.

— Quel rapport y aurait-il entre le meurtre de Salinas et cette personne qui m'aurait dénoncé ?

— Peut-être aucun, mais pour que les flics aient réuni si vite autant de preuves, c'est qu'ils savaient ce qu'ils cherchaient. Moi je pense justement qu'il y a un lien ; en tout cas, j'ai envie de le croire, lâcha Anna.

Et, comme si elle avait attendu d'en arriver à ce point de son raisonnement pour s'abandonner à la fatigue, elle ferma les yeux et s'endormit contre la portière.

Mitch rumina tout le reste du voyage, se demandant sans cesse qui aurait pu vouloir l'envoyer derrière les barreaux et pour quelle raison.

L'antiquaire s'était comporté de façon étrange après lui avoir vendu son local et son intérêt soudain pour le sous-sol aurait pu expliquer qu'il le dénonce. Verner n'avait aucune raison de s'en prendre à lui, pas plus que Mme Ateltow. Sa libraire, par jalousie ou conviction, peut-être. La vieille Mme Bergol avait passé beaucoup de temps dans la librairie, c'est elle qui l'avait supplié de participer aux réunions. Elle avait retrouvé miraculeusement la vue, ce qui était une coïncidence étrange, mais pas suffisante pour la suspecter. Quant à Mathilde…

— Ce ne peut pas être Mathilde, la police n'a jamais trouvé l'entrée ! s'exclama Mitch qui refusait de céder à la paranoïa.

— Quelle entrée ? demanda Anna dans un long bâillement.

— De la librairie secrète.

— C'est quoi cette librairie secrète ?

— Après la promulgation de la loi HB 1467, je réunissais deux fois par semaine des étudiants avec lesquels je partageais des lectures interdites. Je n'étais pas le seul dans le coup,

Mathilde et Mme Ateltow, mon ancienne professeure de lettres, animaient avec moi les débats.

— Elle était décidément partout, ta Mathilde. Vous étiez nombreux à ces réunions ?

— Une cinquantaine au début, puis les rangs se sont étoffés. À la fin, il y avait près de cent cinquante participants.

— Tu poussais les tables pour caser tout ce beau monde ?

— Non, justement. L'antiquaire qui m'a vendu le local avait évoqué une grande salle emmurée dans le sous-sol. Il prétendait que ce n'était qu'une légende, mais je le soupçonnais d'en savoir plus qu'il ne le prétendait. Un jour, j'ai creusé à travers la brique et découvert que cette pièce existait vraiment. Il est revenu me voir pour me demander si je l'avais trouvée, car il voulait me la louer. J'ai menti et lui ai répondu qu'il n'en était rien. Ça l'a rendu furieux, il a prétendu qu'il m'observait depuis sa fenêtre quand je charriais des matériaux. Nous en étions restés là.

D'un geste de la main, Anna le pria de s'interrompre. Elle se retourna pour attraper un sac en toile et sortit un petit cahier à spirale et un stylo.

— Qu'est-ce que tu fais ? demanda Mitch.

— Ce carnet est réservé à mes recettes, mais je n'ai rien d'autre sous la main et je veux prendre des notes. Donc, reprit-elle en griffonnant, pourquoi l'antiquaire tenait-il tant à te louer ce sous-sol ?

— La pièce que j'ai découverte sous ma librairie était bien plus qu'un simple lieu de stockage, plutôt une salle des ventes clandestine où l'on écoulait du recel de haut vol.

— Et l'antiquaire était le commissaire-priseur ?

— Probablement. En tout cas, elle avait été emmurée à la hâte, car le mobilier qu'elle contenait s'y trouvait encore quand je l'ai mise au jour. Des canapés, des tables, des chaises, un bar, de quoi accueillir pas mal de monde. Telle qu'elle avait été conçue à l'origine, on y pénétrait en descendant par la trappe à charbon depuis la courette. J'ai créé un autre accès dans le plancher de ma remise et aménagé un escalier qui permettait d'y accéder directement sans passer par l'extérieur. De cette façon, mes invités entraient dans la librairie et s'y engouffraient sans être vus du dehors. Ces réunions ont connu un succès auquel je ne m'attendais pas, jusqu'au jour où…

— La police a débarqué ! Et tu dis qu'ils n'ont pas investi cette pièce secrète ?

— Non et heureusement : s'ils s'étaient donné la peine de soulever un tapis, Salinas aurait obtenu dix ans.

— Et ils n'ont pas songé à ouvrir la trappe de la courette ?

— Si, mais en bas des marches, ils n'ont trouvé qu'une petite cave poussiéreuse et sans intérêt. J'avais construit une bibliothèque qui masquait l'ouverture pratiquée dans le mur. Elle était faite de vieilles planches et vieux panneaux de bois qui donnaient l'impression qu'elle avait toujours été là.

— Une chose m'échappe. L'antiquaire t'espionne depuis sa fenêtre, comprend que tu as trouvé sa planque et revient peu après t'en réclamer l'usage. S'il y tenait tant que ça, pourquoi t'avoir vendu le local ?

— Je me suis longtemps posé cette question. Je suppose qu'il s'en est séparé pour deux raisons. La première : il craignait qu'on finisse par établir un lien entre son commerce légitime en surface et ses activités illicites en sous-sol, et à ce niveau de recel il aurait écopé d'une lourde peine. La seconde : privé d'une grande partie de ses revenus, il avait besoin d'argent et s'est résigné à vendre son magasin.

— Et une fois les choses apaisées, il a eu envie de recommencer, conclut Anna.

— C'est ce que je me suis dit.

— Ce qui fait de lui un suspect avec un vrai motif ; il avait toutes les raisons de ne pas parler de l'existence de cette pièce à la police. Après ta condamnation, il avait le champ libre pour reprendre ses activités. Ce qu'il a fait ?

— Je n'en sais rien, je n'ai pas eu la force d'y remettre les pieds. C'est idiot, mais c'est ainsi.

— Non, ce n'est pas idiot, reconnaître une blessure est le contraire d'un aveu de faiblesse.

— Admettons que nos hypothèses tiennent la route, pourquoi s'en serait-il pris à Salinas ?

— Pour qu'on t'accuse encore et te renvoie en prison, et cette fois pour toujours. L'État saisit ta librairie et la met en vente, il n'a plus qu'à la récupérer à bas prix. Une belle affaire pour lui.

Mitch fronça les sourcils, la théorie d'Anna le chiffonnait, mais il ne pouvait pas nier que ce qu'elle avançait était plausible.

Le jour abandonnait ses dernières lueurs quand ils entrèrent dans la banlieue.

Durant le dîner, le silence fut écrasant. Abattu et soucieux, Mitch évita le regard d'Anna. Bien qu'il ne fût pas entièrement convaincu de la culpabilité de l'antiquaire, il envisageait maintenant sérieusement que quelqu'un ait cherché à le détruire afin de tirer profit de sa perte.

Couché près d'Anna, il attendit qu'elle soit endormie pour poser la main sur son ventre, comme s'il s'accrochait à elle pour ne pas sombrer. Les visages de Verner, de Mme Ateltow et de sa libraire, de Mme Bergol et de Mathilde défilaient devant lui dès qu'il fermait les yeux.

Il ne voyait qu'une façon d'en avoir le cœur net : affronter ses souvenirs et trouver le courage de descendre dans la librairie des livres interdits.

À minuit, le sommeil l'emporta sous un manteau de ciel et d'étoiles.

24

Le carnet bleu

Mitch se réveilla en entendant Anna fredonner dans la cuisine ; une odeur de pain chaud se répandait dans toute la maison. Il descendit la rejoindre.

Anna pouvait lire en lui comme dans un livre, elle sentait les choses qu'il voulait lui cacher et elle savait que leur conversation de la veille l'avait rattrapé au saut du lit et le préoccupait encore. Elle fit comme si de rien n'était, l'embrassa, servit du café qu'elle posa sur la table, l'embrassa à nouveau et déclara qu'elle avait des choses importantes à lui dire. Comprenant qu'elle n'obtiendrait rien de lui à jeun, elle l'invita à s'asseoir, prépara des œufs brouillés et se mit à arpenter la cuisine pendant qu'il prenait son petit déjeuner.

— Tu avais des ennemis ? questionna-t-elle d'un ton aussi détaché que si elle lui avait demandé s'il aimait les œufs.

— Non, je ne crois pas.

— Normalement, c'est le genre de chose qu'on sait. À part Mathilde, qui fréquentais-tu à l'époque ?

— Les seules personnes que je voyais régulièrement étaient des clients de la librairie.

— Quels clients ?

— Verner et Mme Ateltow, que tu as croisés dans ma remise. Mais je les imagine difficilement capables de tuer quiconque.

— Ils t'ont rendu visite quand tu étais en prison ?

Le silence de Mitch répondait à la question.

— Donc, tu ne les connais pas si bien que ça. Qui d'autre ?

— Mme Bergol, une vieille dame inoffensive.

— Les vieilles dames ne sont jamais inoffensives, elles ont été jeunes et s'en souviennent.

— Ni Mme Bergol ni les autres n'auraient de raison de tuer Salinas.

— Qui te dit que cette charmante vieille dame, ou l'un de tes autres amis – elle avait prononcé le mot comme si c'était du poison – n'ont pas eu des problèmes avec lui ? J'ai une autre théorie que celle de l'antiquaire.

Mitch fronça les sourcils, il n'aimait pas qu'on se livre à des accusations hâtives. Comme les rumeurs, elles pouvaient se diffuser très vite et vous coller à la peau. Si quelqu'un raconte que votre boucher est un assassin qui découpe ses victimes, vrai ou faux, son steak haché n'aura plus jamais le même goût, mais Anna était inarrêtable.

— Prenons ton ancienne prof, par exemple, enchaîna-t-elle, et supposons qu'elle ait eu des démêlés avec la justice. Elle propose un marché au procureur. Une dénonciation dans le cadre d'une affaire beaucoup plus intéressante que celle qui la concerne.

Décontenancé, Mitch hésita à avaler les œufs brouillés qui s'offraient à lui. Il reposa sa fourchette, par courtoisie, s'essuya les lèvres et se tourna vers Anna.

— Vraiment ? répliqua-t-il d'un ton faussement intéressé. Elle m'aurait donc balancé à Salinas pour l'empoisonner cinq ans plus tard ?

Anna haussa les épaules, comme si cela coulait de source.

— Ce n'est pas drôle.

— Je n'essayais pas d'être drôle et si tu connaissais Mme Ateltow, ça t'amuserait autant que moi.

Cette fois, les œufs brouillés y passèrent.

— Elle ou son amant, répondit sèchement Anna.

— Je ne jurerais pas qu'il en soit déjà là, mais pour quelle raison ? demanda Mitch.

Anna avança vers l'évier et commença à laver la vaisselle, cherchant ce qui pourrait tout expliquer. Résoudre des problèmes était une passion chez elle ; et pour arriver à un résultat, elle avait une méthode : formuler l'énoncé et étudier les solutions possibles sans en écarter aucune, même les moins probables. S'écraser en avion est peu probable, mais ça arrive quand même. Et quand Anna réfléchissait, elle était incapable de tenir en place. Une disposition précoce apparue dès l'enfance. Elle révisait ses cours à voix haute et récitait ses leçons en faisant les cent pas.

— Tu ne veux pas t'asseoir ? la supplia Mitch.

— Non, j'ai besoin de réfléchir.

Il baissa les yeux sur son assiette et attendit que l'orage passe.

— Donc, Mme Atelmachin s'accorde avec Salinas pour qu'il lui fiche la paix, sans imaginer que tu écoperas d'une peine aussi lourde. Elle s'arrange avec sa conscience jusqu'au moment où tu réapparais. En te revoyant, elle ne supporte plus sa trahison, se rend chez lui en prétextant avoir une autre information à lui communiquer, et l'empoisonne. Voilà le motif. D'ailleurs qu'est-ce que tu faisais chez lui le jour du meurtre ?

Mitch secoua la tête, incrédule.

— Tu as trouvé ça toute seule ?

— Où est le torchon ?

— Sur la chaise devant moi.

— Il est possible que j'aie lu un scénario de ce genre dans un roman-photo qui traînait chez le dentiste.

Il se leva, prit le torchon et le lui tendit, conscient qu'il ne s'en tirerait pas sans entrer dans son jeu.

— Cette déduction pourrait s'appliquer à Verner, ou à Mme Bergol, ou…

— À Mathilde, lâcha Anna, ravie d'avoir gardé le meilleur pour la fin.

— Ou simplement à un étudiant.

Elle rinça ses doigts savonneux, s'essuya les mains et le fixa d'un air étrange.

— Qu'est-ce que j'ai dit de mal ? s'inquiéta Mitch.

— Ce qui n'explique pas pourquoi la police n'a trouvé que deux bouquins dans ta remise et pas la pièce secrète qui en contenait des centaines. Pourquoi celui ou celle qui t'a dénoncé s'est gardé de la mentionner ?

— Si on écarte l'antiquaire… parce qu'il ignorait son existence, ou ce qu'elle contenait, répondit Mitch.

— On tourne en rond, tout cela n'a aucun sens.

Mitch se leva et la prit dans ses bras.

— Anna, cette histoire ne doit pas virer à l'obsession, tu dois penser avant tout à ouvrir ton restaurant et je ne veux pas être celui qui t'en empêche.

— À moins que, poursuivit-elle, imperturbable, l'assassin de Salinas ne se soit pas limité à un petit arrangement, et qu'il soit un indic régulier.

— Dans ce cas, quel rapport avec moi ?

— Peu après ta libération, Salinas a besoin d'une autre information pour gagner une affaire importante. Tu l'as dit, rien ne l'arrêtait pour pousser sa carrière. Il sollicite son indic, mais pour une raison que j'ignore encore, peut-être parce que sa demande n'était pas sans risque, l'indic refuse. Salinas menace de révéler qu'il t'a dénoncé. L'indic se rebelle et se débarrasse de son maître chanteur.

— Pourquoi pas, concéda Mitch, qui n'en pouvait plus.

Anna regarda sa montre et lui ordonna d'aller s'habiller sur le même ton que s'il allait être en retard à l'école.

— Désolée, dit-elle d'une voix plus conciliante, j'ai un rendez-vous que je ne peux pas manquer.

Un argument imparable contre lequel Mitch ne trouva rien à redire.

Quinze minutes plus tard, ils quittaient la maison d'Anna, lui dans les vêtements qu'il portait depuis deux jours, elle habillée d'une robe courte verte qu'elle avait achetée deux ans plus tôt dans une solderie et qui semblait pourtant avoir été taillée sur mesure.

À un feu rouge, elle se tourna vers lui.

— Tu as raison sur un point, je ne dois pas oublier mon restaurant, et toi ta librairie. Je ne serais pas surprise que ton inspecteur surveille nos agissements, nous devons mener des vies normales, du moins en apparence.

Elle lui suggéra, lorsque l'un ou l'autre des suspects se présenterait, de penser à poser les questions qui pourraient faire avancer leur enquête.

— Ce sont mes clients, pas des suspects, rectifia Mitch.

La camionnette se rangea devant la librairie.

— Un jour, dit-elle d'une voix tranquille, tu t'en voudras terriblement de m'avoir sous-estimée.

Elle l'embrassa et le pria de descendre.

— Quel genre de questions ? demanda-t-il.

— Intéresse-toi à leur vie, ça paye toujours. La plupart des gens adorent parler d'eux.

— Je déteste ça, objecta-t-il.

— Tu es différent, Mitch. File, je ne peux pas me permettre de rater ce rendez-vous. On trouvera le coupable qui nous innocentera, crois-moi.

Mitch n'avait jamais vu quelqu'un aussi farouchement résolu à ne pas capituler. Après son départ, il s'interrogea sur ce qu'elle avait voulu dire par *différent*. Il s'était souvent senti décalé, mais pour la première fois il envisageait cela avec une certaine fierté.

Il remonta le boulevard et se rendit dans un grand magasin. Ses nuits étant devenues imprévisibles, il avait un besoin urgent de vêtements de secours. Devant le miroir d'une cabine d'essayage, il se demanda ce qu'une femme comme Anna pouvait lui trouver de séduisant. Le seul compliment qu'on lui avait fait sur son physique portait sur son sourire, ce qui n'était pas si mal, finalement puisque depuis qu'il était tombé amoureux d'Anna, il souriait beaucoup.

*

À 11 heures, Verner entra dans la librairie, la démarche hésitante. Mitch le laissa s'approcher du comptoir.

— Vous avouerez que je n'ai pas de chance, dit le professeur.

— Je suis désolé, je n'avais pas prévu que la police vienne m'arrêter.

— Je suis ravi qu'on vous ait libéré, je ne doutais pas une seconde qu'il s'agisse d'une erreur, ça frise le harcèlement.

— Mme Ateltow s'est remise de ses émotions ?

— C'est bien là tout le problème, gémit Verner, et l'objet de ma visite.

— Je comprends, répondit Mitch.

— J'en doute. Figurez-vous qu'elle a trouvé cet incident romantique en diable, passionnant, à moins qu'elle n'ait dit palpitant, elle a même ajouté n'avoir pas été aussi émoustillée depuis longtemps. Émoustillée ! Vous saisissez l'ampleur du problème ?

Ce n'était pas le cas et Verner n'ajouta rien de plus.

— Eh bien au moins, je suis rassuré si mes déboires ont contribué à vous faire passer à tous deux un agréable moment.

Vous n'aviez jamais eu affaire à la justice ? demanda-t-il, certain qu'Anna serait fière de cette question posée à brûle-pourpoint.

— J'ai l'esprit trop étriqué pour enfreindre la loi, répondit Verner avec une pointe de regret dans la voix.

— Et Mme Ateltow ?

— Je ne sais pas tout de son passé, mais à juger de son excitation pendant que nous étions cloîtrés dans votre remise, j'en conclurais que non. Franchement, vous avez placé la barre très haut ; comment vais-je pouvoir autant l'émoustiller ?

Verner se frotta le menton et posa sa longue carcasse sur le tabouret. Mitch découvrit sur son visage un désarroi terrible, une sorte d'effondrement intérieur qui frisait le naufrage. Un long silence s'installa, Verner le regard abandonné sur ses dix doigts, Mitch tournant les pages de son carnet de commandes.

— Vous étiez venu chercher une lecture peut-être ? suggéra Mitch.

— Pas du tout, j'étais venu vous demander un petit service.

Quelques instants plus tard, autour d'un thé à l'eau tiède, Verner se lança. Mitch était responsable de son problème et il devait l'aider à trouver le moyen de faire revivre à Mme Ateltow un moment qui la ravirait, dans des circonstances qu'il qualifia de *plus ordinaires*.

— Sans policier ni menottes, si je comprends bien, répondit Mitch.

— De préférence, acquiesça Verner.

— Le tango ?

— Je ne la sens pas très emballée par mes pas de danse.

— Vous lui avez posé la question ? suggéra Mitch.

— Non, car même si elle acceptait, ce ne serait plus une surprise.

— Êtes-vous certain qu'elle a envie d'être surprise ?

— Il m'est arrivé de me réveiller en pleine nuit avec une terrible envie de lui faire l'amour, je suis certain que cela vous est arrivé aussi, seulement je n'allais tout de même pas lui téléphoner à 3 heures du matin pour le lui dire.

— Je parlais d'une surprise… moins surprenante, répondit Mitch d'un ton évasif. N'avez-vous pas considéré la possibilité que ce ne soit pas l'intrusion de la police qu'elle ait trouvée romantique et palpitante, mais le fait d'être recluse seule avec vous dans cette remise, de découvrir une proximité jusque-là inédite ?

Verner, la mâchoire en suspens, le regarda, ébahi.

— Ne me faites pas languir, je sens que vous avez une idée et je n'en ai aucune, alors que suggérez-vous ? dit-il avec un empressement qui montrait qu'il plaçait tous ses espoirs en Mitch.

— Un dîner en tête à tête.

— Elle n'acceptera jamais, elle aurait trop peur du qu'en-dira-t-on.

— Vous voulez dire de son fils.

— Elle vous a parlé de lui ?

Mitch ne répondit pas, le secret professionnel de libraire étant sacré.

— Verner, dit-il d'un ton grave, faites-vous confiance, enfreignez la loi, au moins la sienne, réservez une table dans un endroit discret, passez la chercher sans rien lui dire et surprenez-la.

— Un enlèvement en quelque sorte ? demanda Verner, les yeux pétillants.

— Quelque chose comme ça, en effet.

Le professeur de musique se redressa sur son tabouret et frappa dans ses mains, visiblement très satisfait.

— Vous avez tout à fait raison, ne rien faire ne mènerait nulle part, et votre idée est très originale !

— Je n'irais pas jusque-là, mais elle a le mérite…

Mitch n'eut pas le temps de terminer sa phrase, Verner se dirigeait déjà vers la porte.

— Pas de livre, donc ?

— Si, si bien sûr, c'est la moindre des choses. Choisissez-en un pour moi, deux même, et mettez-les sur ma note, je passerai les chercher un autre jour et je vous raconterai tout.

— Vous n'avez pas de note, cria Mitch.

Mais Verner s'éloignait déjà d'un pas léger sur le boulevard.

*

Mitch reçut un bref appel d'Anna, pour lui fixer rendez-vous en bas des marches du palais de justice à 13 heures, insistant pour qu'il soit ponctuel. Elle s'y trouvait déjà quand il arriva.

— Sur une échelle de 1 à 10, à combien tu évalues tes talents d'acteur ? demanda-t-elle.

Ce n'était pas qu'elle lui ait posé cette question qui le surprit, mais qu'elle l'ait embrassé sur la joue et d'une manière distante.

— Ne fais pas cette tête, nous devons être professionnels jusqu'au bout. Bon, tu comprendras à l'intérieur. Pour une fois nous allons déroger aux règles de cette société patriarcale ; tu es mon assistant et tu me laisses parler, dit-elle en lui confiant le petit appareil photo qu'elle avait rapporté de son exil.

Elle le prit par la main, un réflexe qu'elle rectifia aussitôt, il n'aurait plus manqué qu'on la soupçonne de harcèlement sexuel dans l'enceinte même du palais de justice.

— Je suis censé faire quoi avec ça ? demanda Mitch en la suivant alors qu'elle remontait une coursive à toute allure.

— À ton avis ? Prendre une photo le moment venu.

Elle s'enquit auprès d'un avocat qui lisait le journal sur un banc de l'endroit où se trouvait le bureau des greffiers.

— J'ai quelque chose à te dire, annonça Mitch alors qu'elle l'entraînait vers la cage d'escalier.

— Plus tard, j'ai laissé le technicien de la chambre froide en plan pour venir à ce rendez-vous. Il a promis d'avoir terminé sa réparation à mon retour. De toute façon, il n'a pas le choix, je l'ai enfermé à double tour.

— J'ai vu Verner, il est innocent, lâcha Mitch en arrivant sur le palier du premier étage.

— Il t'a raconté sa vie ?

— Non, mais…

— Alors tu n'en sais rien.

Elle s'arrêta devant une porte où était accroché un petit panneau d'avertissement :

Entrée interdite au public.

Réception uniquement le matin et sur rendez-vous.

Elle entra sans frapper.

— Bonjour, lança-t-elle.

Surpris d'entendre une voix, le greffier repoussa le tiroir d'une armoire à casiers qui masquait son visage, qu'il avait long, le front aussi plissé qu'une carte en relief avec un nez proéminent émergeant au centre du paysage telle une chaîne montagneuse.

La blouse passée sur son costume était irréprochable, son bureau était tout le contraire, un capharnaüm de dossiers empilés, aux équilibres hasardeux.

— Vous ne savez pas lire ? grommela-t-il.

— Enchantée, répondit Anna.

— Vous n'avez aucun droit d'être ici, insista le greffier, exaspéré.

— Pas de droit dans un palais de justice, notez ça, dit-elle en s'adressant à Mitch, ça pourrait faire un bon chapeau.

— Quel chapeau ? s'inquiéta le greffier.

— Les petites phrases en gros caractères qui apparaissent au-dessus d'un article, on appelle ça des chapeaux, dans le jargon du métier.

— Vous êtes journalistes ?

— J'aurais préféré prendre rendez-vous, mais le temps d'arriver jusqu'à vous, plus rien ne serait d'actualité, enchaîna Anna.

— Quelle actualité ?

— Le regretté procureur Salinas, une affaire tragique et suffisamment rare pour justifier l'intérêt de nos lecteurs. Le public ne sait presque rien sur lui.

— Comme vous apparemment, sinon vous n'auriez pas utilisé le terme *regretté*. Je vous prie de ne pas écrire ça dans votre article.

— Comptez sur moi et je compte sur vous pour combler mon ignorance.

— Que voulez-vous savoir au juste ?

— Juste ? On raconte qu'il était redoutable.

— Son métier consistait à obtenir des condamnations.

— Même quand l'accusé était innocent ?

— Je suis greffier, pas juge.

— Il était apprécié de ses collègues ?

— Salinas était un homme intelligent, cultivé et exigeant. Un orateur hors pair, perfectionniste, acharné au travail, et qui préparait ses affaires méticuleusement, sans rien laisser au hasard. Effectivement, il était redoutable et redouté et pas seulement par ceux qui avaient affaire à lui dans les prétoires.

— Ce qui ne répond pas à ma question.

— Il a toujours été courtois avec moi.

— Vous lui connaissiez des ennemis ?

— Vous connaissez des procureurs qui n'en ont pas ? Que cherchez-vous à savoir exactement ?

— Qui aurait pu vouloir le tuer, il semblerait que l'enquête de police n'avance pas ?

— Sa mort ne remonte qu'à quelques jours… un homme de son rang… le coupable sera très vite arrêté.

— Si c'était vous qu'on avait assassiné, le coupable aurait plus de chances de s'en tirer ?

Le greffier s'installa sur son fauteuil et indiqua à ses deux visiteurs qu'ils pouvaient prendre place sur les chaises en face de son bureau.

— Il devait bien y avoir quelque chose de louable chez cet homme, reprit Anna.

Le greffier haussa les épaules, avec l'air flottant d'un étudiant durant un oral qu'il n'a pas révisé.

— Nos sources sont toujours anonymes, lâcha Mitch, sortant de sa zone de silence.

Le greffier pinça sa chaîne de montagnes, réfléchissant à sa réponse.

— Ses collègues le fréquentaient surtout pour les faveurs qu'il pouvait leur obtenir, reprit-il. Mais rien n'était gratuit et quand il avait besoin d'eux, il n'était pas nécessaire de le dire deux fois.

— Vous pourriez être plus précis ? demanda Mitch en fronçant les sourcils.

— Plus il gagnait des affaires importantes et plus sa carrière avançait. Plus elle avançait, plus son pouvoir grandissait. Un pouvoir dont il faisait bénéficier certains avocats qui, en échange, jetaient l'éponge avant de monter sur le ring.

— Les procès étaient arrangés ? demanda Mitch, le regard fixé sur la couverture d'un dossier qui émergeait d'une pile.

— Non, seuls les jurés sont aptes à décider, en leur âme et conscience. Mais quand le réquisitoire était mené par Salinas, sans qu'une défense cherche à le contredire, l'issue était jouée d'avance.

— Les juges étaient au courant de ces petits arrangements ? demanda Anna.

— Disons qu'ils ne les ignoraient pas. Mon travail consiste à reporter chaque mot prononcé dans la salle d'audience, et j'exerce ce métier depuis longtemps. Une profession éreintante, mais qui a le mérite de développer une mémoire hors du commun, ajouta-t-il en fixant Mitch. Maintenant cessons ce petit jeu stupide, et vous, cessez de me prendre pour un idiot. Lorsque vous êtes entré dans mon bureau, votre visage ne m'a pas semblé inconnu, et quand vous avez blêmi en regardant ce dossier, dit-il en se retournant, j'ai su qui vous étiez : un libraire et non un journaliste. Je me souviens très bien de votre affaire ; étant moi-même féru de lecture, elle m'avait ulcéré à l'époque. Heureusement, ces temps sont révolus et je suis ravi de vous savoir libre. Si vous voulez mon opinion, Salinas n'avait besoin de personne pour finir ainsi, le poison était dans son sang. Si vous me promettez la discrétion la plus totale, je pourrais éventuellement vous confier quelque chose qui vous intéresse.

— Quelle chose ? demanda Anna.

Le greffier jeta un regard vers la porte afin de s'assurer que personne ne passait dans le couloir.

— Son carnet de notes, dit-il en repoussant son fauteuil. Le hasard joue parfois des tours étranges. La veille de sa mort, Salinas l'avait oublié dans mon bureau. Il venait souvent m'ennuyer, m'obligeant à lui lire à haute voix la retranscription d'une audience, pour recopier ce qui l'intéressait.

— La police n'a pas confisqué ce carnet ? s'étonna Anna.

— Elle ne me l'a pas demandé puisqu'elle ignore qu'il existe ; sinon, je ne serais pas en mesure de vous le remettre.

Le greffier ouvrit son tiroir et posa sur son bureau le carnet en cuir bleu nuit.

— Drôle d'inspecteur dit-il, qui ne s'intéresse qu'à l'assassin et pas à la victime. Ni à l'homme qu'il était ni à la vie qu'il menait. Pourtant moi, à sa place, c'est par là que j'aurais commencé mon enquête, mais je ne suis pas policier.

Durant son court procès, Mitch n'avait prêté aucune attention à cet homme qui, dans la salle, avait consigné tout ce qui s'était dit pendant l'audience. Il prit le carnet de Salinas et remercia le greffier d'une franche poignée de main.

— Comme vous vous en doutez, le procureur en possédait plus d'un. Votre affaire est trop ancienne pour qu'elle figure dans celui-ci, mais vous trouverez peut-être ce que vous cherchez. Puis-je vous demander pourquoi le dossier qui se trouve derrière moi vous a fait tiquer ?

— Une vieille connaissance, se contenta de répondre Mitch.

— Aimeriez-vous consulter le vôtre ? Ce n'est pas dans les règles, mais le tribunal vous doit bien ça. Vous n'aurez qu'à repasser demain, j'irai le chercher aux archives.

*

— Qui était cette vieille connaissance ? demanda Anna en sortant du palais.

— Mathilde.

— *Ta* Mathilde ?

— Ce n'est pas drôle.

— Je ne voulais pas être drôle.

— Qu'est-ce qu'on fait maintenant ? demanda Mitch.

— J'étudierai le carnet de Salinas dès que je le pourrai ; et toi, demain, quand tu retourneras voir ce greffier, essaye de jeter un œil sur l'affaire de ton ex. Ses démêlés avec la justice pourraient nous apprendre quelque chose. Qu'elle était l'indic de Salinas, par exemple, ce qui expliquerait que son dossier traîne encore dans un bureau du palais de justice depuis tout ce temps.

Anna ayant beaucoup de travail, elle proposa qu'ils se retrouvent pour dîner. Ni chez elle ni chez lui, mais dans un restaurant, comme un couple qui ne craint pas à chaque instant que la police débarque pour le jeter en prison.

*

— Ta chambre froide est réparée ? demanda Mitch quand l'heure de s'installer à table arriva.

Elle avait jeté son sac par terre avant de se laisser tomber sur sa chaise, visiblement éreintée par sa journée.

— Je suis touchée que cela te préoccupe, répondit-elle en s'emparant du menu.

Elle l'étudia pendant de longues minutes, en silence, rarement surprise, souvent dubitative. Mitch finit par se demander si elle hésitait à choisir ou si elle était en plein espionnage industriel. Lorsqu'elle lui suggéra de commander des ravioles et un tian de légumes, alors qu'elle avait opté pour le plat du jour, il comprit que la raison professionnelle l'emportait.

— Il a dû changer tout le mécanisme, enchaîna-t-elle, reprenant le fil de sa pensée. J'en ai pour une fortune. À ce train-là, je vais réussir l'exploit de faire faillite avant d'avoir ouvert.

Elle reprit le menu, exaspérée.

— Le chef qui travaille ici est un escroc ou il n'a rien compris à la chimie de la cuisine, pesta Anna.

Mitch n'y comprenait rien non plus, mais il sentit qu'elle ne tarderait pas à combler cette lacune.

— Un être humain ne peut distinguer plus de trois saveurs à la fois, c'est une limite de notre palais, alors vendre un « canard aux cinq épices » est soit de l'ignorance, soit de la frime, dans les deux cas cela revient à se moquer de ses clients, affirma-t-elle, exaspérée.

— J'ai des économies dont je ne me sers pas, je pourrais...

En voyant l'absence de réaction d'Anna, il regretta aussitôt ses paroles.

— Faire en sorte de ne pas te mettre mal à l'aise serait probablement plus avisé, dit-il, avant d'avaler son verre d'eau d'un trait.

*

Anna tourna passivement sa fourchette dans un plat de spaghettis à la bolognaise que le serveur venait d'apporter.

— Pourquoi me donner autant de mal si les gens se contentent de manger du foin ? Regarde autour de nous, ils ont tous l'air heureux, je n'en vois pas un qui tique et pourtant, tu as vu ce qu'il y a dans ton assiette !

Mitch se pencha sur ses ravioles qui baignaient dans un bouillon opaque, vaguement crémeux. Il sortit un billet de sa poche, le glissa sous la corbeille de pain et se leva.

— Viens, dit-il en lui montrant la sortie.

Dans la rue, il la prit par la taille et l'entraîna ; cette fois, il savait exactement où aller. Dix minutes plus tard, après avoir marché bien au-delà de la vitesse autorisée par sa jambe, il s'arrêta devant la guérite d'un crêpier et passa une commande sans demander son avis à Anna. En mordant dans sa crêpe aux marrons, elle écarquilla les yeux et s'approcha du crêpier.

— Vous faites ça avec des vrais marrons ?

— Si vous appréciez ce que je fais, soyez polie, répondit l'homme.

Deux crêpes plus tard, elle exultait, repue et ravie.

— Ça va mieux ? demanda Mitch, alors qu'ils s'éloignaient.

— Désolée pour tout à l'heure. J'ai les nerfs en pelote.

— De m'avoir sauvé d'un empoisonnement ? Peut-être que Salinas était venu dîner dans ce restaurant le soir de sa mort.

— Tout ça me dépasse. Je devrais peut-être m'arrêter avant qu'il ne soit trop tard et demander à José s'il a besoin d'un second.

— Anna, il n'y a aucun mal à croire en toi.

— Je cours après le temps, je n'arriverai jamais à cuisiner, à innover et à faire tourner ce fichu restaurant.

— Le temps est bien plus long qu'on ne le pense, j'en ai fait l'expérience. Sois patiente, tu verras.

Ils regagnèrent la camionnette ; Mitch prit le volant et la ramena chez elle. Dès qu'ils entrèrent dans la maison, ils montèrent à l'étage et gagnèrent la chambre d'Anna.

Il lui ôta ses vêtements et la retint, nue, dans ses bras. Il la souleva contre lui, la porta jusqu'au lit, insufflant tout son amour dans ses caresses et ses baisers. Anna plongea ses mains dans ses cheveux, se laissant entraîner dans ses mouvements, forts et sans rudesse, accueillant avec ivresse le plaisir qui montait en elle. Elle poussa un long cri, la peau ruisselante, le souffle si haletant qu'elle pensa ne plus savoir comment respirer. Le visage enfoui dans la nuque de Mitch, elle revint lentement vers le monde.

— Le jour où je t'ai rencontré, chuchota-t-elle, je me suis sentie en sécurité pour la première fois de ma vie. Il émanait de toi quelque chose que je ne pouvais pas m'expliquer. Ce n'était pas une sensation, mais presque une certitude que plus rien ne serait comme avant. Tu as fait beaucoup d'efforts pour me connaître et je m'en veux de ne pas en avoir fait autant. Mitch, je ne sais pas jusqu'à quand durera notre histoire, si nous resterons ensemble dix mois, dix ou cent ans, si nous aurons le temps de vivre toutes les promesses et tous les chagrins, mais promets-moi que si un jour, alors que tu es en face de moi, je ne te vois pas, tu me diras de te regarder ; si je ne t'entends pas alors que tu es à côté de moi, tu me diras de t'écouter. Je sais aujourd'hui combien c'est important, que c'est même ce qui compte le plus, mais demain je ne veux pas l'oublier.

*

Au milieu de la nuit, alors que Mitch dormait profondément, Anna se leva en silence. Elle se glissa lentement dans la chemise qu'il avait abandonnée au pied du lit et descendit, s'arrêtant chaque fois que le parquet craquait, avant de s'aventurer sur la marche suivante.

Installée à la table de la cuisine, elle ouvrit le carnet de Salinas.

La première phrase sonnait comme un aveu :

Dans cette société aux abois, chacun doit être considéré comme un ennemi en puissance. C'est le seul moyen de lutter contre la folie et les aberrations.

Elle tourna la page et poursuivit sa lecture. Une heure plus tard, un mauvais pressentiment lui fit relever la tête. Elle quitta la cuisine, traversa le salon et s'approcha de la fenêtre qui donnait sur la rue. L'obscurité sentait le danger. Elle observa les voitures rangées le long du trottoir et crut entrevoir une silhouette derrière un volant. La berline était garée trop loin pour qu'elle en soit certaine, mais Anna avait appris à se fier à son instinct, qui ne l'avait jamais trompée.

25

Fahrenheit 451

Ils avaient quitté la maison au matin. Anna avait déposé Mitch à la librairie avant de se rendre au marché et de regagner son restaurant. L'entrepreneur lui avait promis de venir vers 10 heures constater les dernières finitions à mettre en œuvre. *Finitions* était un mot qu'elle trouvait d'un optimisme exagéré.

Mitch n'avait vendu que deux livres depuis l'ouverture, il décida de retourner dès 11 heures au palais de justice. Pensant à Mme Bergol, il scotcha une feuille de papier sur la porte pour annoncer son retour vers 14 heures.

Le greffier semblait presque heureux de le voir entrer dans son bureau, rompant avec sa solitude poussiéreuse. On voyait encore l'enfant dans l'expression du vieil homme quand il lui remit son dossier en l'invitant à prendre place sur une chaise.

— Une audience m'appelle, dit-il. Je vous laisse lire tranquillement, ne touchez à rien, je connais parfaitement mon désordre.

Déjà absorbé dans sa lecture, Mitch répondit d'un geste de la main. Le greffier referma la porte.

Dès les premières pages, il repensa à cette après-midi passée sur le banc des accusés, et cela lui pinça le cœur. Candide, il croyait alors fermement que cette mascarade se terminerait sur un non-lieu, qu'il rentrerait chez lui quelques heures plus tard, avec au pire une amende en poche, jamais il ne lui était venu à l'esprit que cinq années s'écouleraient avant qu'il tourne à nouveau la clé de la porte de sa librairie.

Il n'avait presque aucun souvenir de ce qui s'était dit ce jour-là, comme s'il avait été ailleurs durant tout le temps qu'avait duré son procès. Il se rappelait vaguement l'air détaché de son avocat quand il était entré dans le prétoire. Mitch n'avait pas compris qu'il s'obstine à éviter de croiser son regard, pensant que son affaire devait probablement l'ennuyer. Mais plus il parcourait son dossier, plus il comprenait que les dés étaient pipés et la partie jouée d'avance. Son avocat n'avait pas une seule fois tenté de croiser le fer avec le procureur, il n'avait émis aucune objection quand Salinas l'avait affublé des pires vices, affirmant aux jurés qu'ils avaient affaire à une âme perverse, à un récidiviste engagé dans une entreprise pensée pour dévoyer la jeunesse.

Son regard s'arrêta sur la pièce à conviction numéro trois, *la preuve irréfutable*, selon les dires de Salinas, et Mitch s'affaissa sur sa chaise en lisant les propos du procureur.

Fahrenheit 451, *voilà donc un livre que l'accusé s'obstine à vendre à nos enfants, bien qu'il lui soit strictement interdit de le faire, et pour de bonnes raisons. Un suicide, une jeune fille de dix-sept ans qui vit entourée d'hommes, sans mère, une petite prétentieuse asociale, qui se croit différente parce qu'elle réfléchit. Voilà la belle moralité que ce libraire prend un malin plaisir à diffuser. Le propos même de ce roman témoigne des intentions de l'accusé. Le héros, je devrais plutôt dire le lamentable personnage principal de ce récit scandaleux, est un homme qui n'aime pas sa femme, un homme qui n'a pas la conscience tranquille, parce qu'il enfreint la loi, et comment ? En volant un livre que les autorités avaient banni. Si l'on voit là une simple coïncidence, c'est qu'on ne voit plus rien.*

Le greffier avait pris la peine de noter que le procureur avait crié si fort que le juge, devant les jurés mal à l'aise, lui avait demandé un peu de retenue.

Un homme qui assassine le capitaine des pompiers venus arrêter l'incendie qui a ravagé sa maison, abandonne les siens et se réfugie au sein d'une communauté de marginaux qui prétendent avoir la capacité de retenir par cœur le contenu des livres. Voici le résumé du poison que l'accusé distille et dont il fait commerce. Que mon confrère ne vienne pas mettre en doute la provenance de ce brûlot contre les valeurs morales de notre société. Une source anonyme a eu l'honnêteté de le faire parvenir à la justice : le tampon de la librairie apparaît sous la couverture.

Le greffier avait indiqué que le procureur avait fait circuler l'ouvrage au sein du jury et que trois des jurés avaient refusé de le prendre en main.

Comment Salinas s'était-il procuré le roman de Bradbury ? Qui était cette source anonyme qu'il avait évoquée ? Mitch se souvenait parfaitement de sa méfiance après la visite du contrôleur. Il ne l'aurait pas vendu à un inconnu. Salinas avait-il envoyé quelqu'un en qui il avait confiance pour le piéger ? Mme Bergol, Mme Ateltow ou Verner ? Anna avait-elle vu juste en supposant que l'un d'entre eux était son obligé ? Mitch n'était certain que d'une chose, Mathilde était bien trop rebelle pour avoir cédé à un chantage.

Il se leva, entrouvrit la porte, passa la tête dans le couloir afin de s'assurer que le greffier ne revenait pas de l'audience qui l'occupait, et la referma doucement. Puis il passa derrière son bureau, s'empara du dossier qui se trouvait en haut d'une pile et le parcourut avant de le glisser sous sa chemise. Il griffonna un petit mot de remerciement qu'il posa en évidence sur son propre dossier et quitta le palais de justice.

Dix minutes plus tard, en descendant le boulevard, il croisa une benne à ordures dans laquelle il jeta le dossier de Mathilde, et il se mit à courir vers le restaurant d'Anna.

*

— Il parle d'une source anonyme ? redemanda-t-elle pour la troisième fois.

Et pour la troisième fois, Mitch hocha la tête.

— Et tu es certain que ce bouquin t'appartenait ?

— *Fahrenheit 451* n'est pas un simple bouquin, maugréa-t-il.

— C'est fou ce don que tu as de t'écarter de l'essentiel pour te focaliser sur des détails. Bon, puisqu'il s'agit d'une œuvre majeure – elle avait suffisamment mis d'ironie dans sa voix pour que Mitch lève les yeux au ciel –, tu dois bien te souvenir à qui tu l'as cédée.

— Justement, c'est tout le problème, je suis certain de ne pas l'avoir vendue.

— Et prêtée à quelqu'un au cours d'une de tes réunions secrètes ?

— Si le tampon de ma librairie se trouvait sous la couverture, c'est qu'il provient de ma collection personnelle.

Anna retourna précipitamment à la préparation de sa recette ; une émulsion de lait débordait de la casserole et le brûleur crépitait de tous ses feux.

— On sous-estime le pouvoir de la chaleur, soupira-t-elle en attrapant une spatule.

Elle vida la préparation dans l'évier, déçue, et reprit tout à zéro, commençant par gratter une gousse de vanille avec la pointe d'un petit couteau.

— Qu'est-ce que tu disais au sujet de mon don concernant l'essentiel ? demanda Mitch.

— Passe-moi la boîte d'œufs au lieu de dire des âneries.

— Âneries ou pas, tu as souri.

— Oui, eh bien ce n'était pas volontaire ; quoi qu'il en soit, continua-t-elle, imperturbable, tu vas prendre ton courage en main, une seule suffira, et ce soir nous descendrons ensemble dans ta fichue librairie des livres interdits. C'est un ordre.

— Quelque chose te contrarie, je le vois, et ne me raconte pas que c'est cette crème brûlée.

— C'est un sabayon, lâcha-t-elle, rien à voir avec une crème brûlée. Cette nuit, pendant que je lisais les notes de feu Salinas, j'ai eu l'impression qu'on m'épiait.

— Ta maison est hantée ?

— Je suis sérieuse, Mitch ; je me suis rendue à la fenêtre et j'ai cru voir quelqu'un dans une voiture garée dans la rue.

— Tu l'as cru ou tu en es sûre ?

— Si j'en étais sûre, je te l'aurais dit.

— Quel genre de voiture ?

— Genre banalisé.

— Si la police planque devant chez toi, c'est que nous sommes tous les deux suspects. Tu as trouvé quelque chose d'intéressant dans ce carnet ?

— La confirmation de ce que nous a révélé ton greffier. Salinas négociait ses procès à l'avance, passant des petits arrangements avec ses confrères. J'en perds un, j'en gagne un autre, tu en perds un, tu en perds un autre, on échange les services, les siens comptaient double, et le match était plié. Le lendemain de sa mort, il devait plaider une affaire importante, qu'il avait évidemment truquée.

— Comment ?

— En obtenant de l'avocat de la défense qu'il oublie de présenter une pièce à conviction qui aurait jeté un sérieux doute sur la culpabilité de son client, répondit Anna.

Mitch se souvint de la conversation téléphonique qu'il avait surprise, caché dans un placard du bureau du procureur.

— Eh bien au moins, son meurtre aura épargné la vie d'un innocent, dit-il, renonçant à en parler à Anna.

— C'est une façon de voir les choses. Mais ce n'est pas tout : quelques heures avant le clap final, il a reçu un visiteur, quelqu'un qui n'avait pas rendez-vous et qui s'est présenté à son domicile. Il a écrit dans son carnet qu'il se sentait redevable envers cette personne qui lui avait rendu un précieux service dans le passé, et regrettait de ne pouvoir lui rendre la pareille, car, je le cite : *les temps ont changé.*

— Tu penses que…

— Qu'il pourrait y avoir un lien entre ce visiteur et ton affaire ? Si Salinas n'était pas mort un peu plus tard, j'aurais trouvé la coïncidence improbable, mais là, je me pose vraiment la question.

— Et il ne dit rien sur son identité ?

— Non, pas la moindre indication, mentit éhontément Anna qui avait pourtant lu noir sur blanc : *J'ai reçu la visite de mon voisin et notre entretien m'a contrarié. Bien que je lui sois redevable, je n'ai pas pu accéder à sa requête, aucune charge ne pèse sur l'homme qu'il voudrait voir retourner en prison ; ce n'est certes pas de mon fait, mais les temps ont changé.*

— Ça ne fait pas beaucoup avancer notre enquête, soupira Mitch.

— Au contraire, répondit Anna, sentencieuse. Nous avons la preuve que quelqu'un est venu voir Salinas quelques heures avant sa mort, ce que la police semble ignorer, ou tout du moins prétend ignorer. C'est pourtant un suspect de premier ordre.

— Si son facteur lui a apporté du courrier le matin même, ça ne fait pas de lui un assassin pour autant.

— Sauf si la lettre qu'il lui a remise était imbibée d'un poison mortel le contaminant par voie cutanée.

— Tu t'y connais à ce point en poison ? demanda Mitch, stupéfait.

— *Un peu*, répondit-elle en retournant à son sabayon.

Mitch attrapa sa veste sur le dossier d'une chaise. Une manche était retournée et il s'acharnait à vouloir y passer le bras, ce qui était pratiquement impossible. Il était sur les nerfs, non par la faute des élucubrations d'Anna, mais parce que depuis qu'il était sorti du bureau du greffier, il ne pensait plus qu'à une chose, et cela virait à l'obsession : trouver à qui il aurait pu confier le roman de Ray Bradbury, *Fahrenheit 451*.

— Il est possible que je t'énerve, reprit Anna, mais nous irons quand même visiter ta pièce secrète dès que j'en aurai terminé avec ma recette, disons vers 18 heures. J'imagine que tu n'as rien à me dire concernant ton ex ?

Mitch enfila son veston à l'envers et s'éloigna vers la porte.

— Rien à voir avec nous. Elle était poursuivie pour possession de marijuana sans intention de revente.

— Était ? demanda Anna d'une petite voix faussement perchée, les yeux baissés sur les ramequins qu'elle avait alignés devant elle.

En l'absence de réponse, elle releva la tête vers la vitrine. Sur le trottoir, Mitch, cherchait désespérément à mettre ses mains dans des poches qui se trouvaient à l'intérieur du vêtement.

Elle le regarda partir, souriant avec malice ; une idée venait de germer au-dessus du sabayon.

*

À l'autre bout de la ville, l'inspecteur rongeait son frein dans son bureau. Il avait la mine terne, les yeux pochés de quelqu'un qui n'avait pas assez dormi. Et pour cause. Le préfet, ce vieux fouille-merde, l'avait appelé deux fois la veille et encore ce matin pour lui rappeler que le meurtre d'un procureur ne pouvait en aucun cas rester impuni plus longtemps. La pression montait. Pas celle du grand public, qui s'en foutait éperdument, mais au ministère de la Justice, on souhaitait s'assurer et se rassurer au plus vite, qu'il s'agissait bien d'un cas isolé, spécifique à la personne de Salinas.

Des rumeurs circulaient déjà, racontant qu'un justicier avait décidé de châtier les hauts fonctionnaires corrompus. Si la rumeur était avérée, il était crucial d'interpeller le criminel avant que cela ne vire à l'hécatombe.

L'inspecteur n'avait qu'une piste, qui par la force des choses était devenue trop mince. Il devait lui redonner de la matière, l'épaissir, aurait dit Anna en parlant d'une sauce. Le libraire qu'il avait interpellé avait davantage l'air d'un hurluberlu que d'un tueur en série et son comportement durant l'interrogatoire l'avait laissé dubitatif. Pour autant, il avait fait de la prison, ce qui le faisait paraître moins innocent, même s'il l'était. Il avait rôdé comme une âme en peine autour de la victime, avec une telle maladresse que c'en était pathétique. Tout cela aurait suffi à monter un dossier crédible si n'était arrivé le témoignage inopiné de cette femme qui lui avait fourni un alibi ; alibi qu'il fallait démonter. Autrement dit, prouver qu'elle mentait.

Et l'inspecteur était presque certain que c'était le cas. D'abord parce qu'il le souhaitait de toutes ses forces, et aussi parce qu'elle était apparue à sa fenêtre à 4 heures du matin. Or, à part un policier émérite, obligé de passer la nuit dans sa voiture, pour satisfaire un fouille-merde de préfet, quelqu'un qui n'avait rien à se reprocher aurait dû dormir à cette heure-là.

Lorsqu'un subalterne lui remit le dossier qu'il avait demandé, depuis trop longtemps à son goût, il s'y plongea aussitôt.

Une heure plus tard, ses sourcils se relevèrent. L'inspecteur avait maintenant la mine ravie. Il enfila son pardessus et fila à bord de sa voiture vers la brasserie Aux Trois Cousins.

*

Elle avait marché jusqu'à la librairie, d'un pas aussi rapide que si elle mettait le cap vers une île où un génie surgi des sables les libérerait tous les deux. Dès qu'elle fut entrée, Mitch abaissa le rideau de fer sur la vitrine et tamisa les lumières.

Côte à côte, dans la remise, ils contemplaient un vieux tapis persan posé sur le plancher, comme si ce dernier recouvrait une sépulture ancienne relevant du sacré. Mitch pensait à tout ce qui s'était passé dans ce sous-sol avant qu'il n'aille en prison. Anna réfléchissait à l'achat d'un robot pétrisseur.

— Je n'en ai pas envie, dit Mitch.

— Oui, mais on ne fait pas toujours ce dont on a envie, rétorqua Anna.

Il était temps qu'elle prenne les choses en main.

— Inspire et expire profondément, c'est juste un truc poussiéreux à soulever. À moins que tu aies enterré des cadavres en dessous… et si c'est le cas ne t'inquiète pas, je t'aimerai quand même.

Le mot avait été lâché sans qu'elle s'en aperçoive. Les joues d'Anna devinrent écarlates.

Bien qu'elle n'en eût pas l'intention, sa déclaration inopinée produisit un effet inattendu. Mitch tira le tapis d'un coup sec, ouvrit la trappe et descendit l'escalier vers la librairie des livres interdits.

— Maï Maï, s'exclama-t-elle, espérant qu'elle ne croiserait pas un squelette en bas des marches.

*

La pièce était plus vaste qu'elle ne l'avait imaginé. Elle la parcourut en silence, s'arrêta devant les étagères qui recouvraient entièrement le mur du fond, et resta stupéfaite devant le poster de Freddie Mercury accroché au-dessus d'un comptoir qui ressemblait à ceux que l'on trouvait dans les vieux pubs anglais.

— Alors ? dit-elle timidement, en contemplant les deux canapés Chesterfield faisant face à l'estrade.

— Alors rien, répondit Mitch, à part la poussière, rien n'a changé.

— Personne n'est revenu depuis le dernier soir ?

— Non, personne, affirma Mitch en regardant le verre ébréché qu'il avait laissé sur le comptoir cinq années plus tôt.

Les souvenirs remontaient à la surface, par vagues successives.

Il était aux alentours de minuit, la soirée avait duré plus longtemps que d'ordinaire. Verner et Mme Ateltow étaient repartis ensemble, Mathilde avait déclaré être éreintée par son intervention avant de s'éclipser, le laissant seul à son rangement. C'était la dernière fois qu'ils s'étaient vus. Le lendemain, Mitch avait été arrêté.

En parcourant son dossier chez le greffier, il s'était étonné que Mathilde habite encore la petite chambre qu'elle occupait quand ils se fréquentaient. Il avait appris qu'elle avait un emploi de préparatrice dans une pharmacie du quartier nord de la ville. Un métier qui lui donnait accès à tout ce qu'il fallait pour préparer un poison, mais l'idée qu'elle l'ait dénoncé ne lui avait pas traversé l'esprit.

— Ce n'est pas là que se trouve la clé, dit-il d'une voix lugubre.

— Quelle clé ? demanda Anna en regardant le coffre-fort ouvert.

— Comment n'ai-je pas fait le rapprochement plus tôt ? poursuivit-il en ne s'adressant qu'à lui-même.

— Mitch ?

Elle agita la main devant son visage. Il avait le regard d'un homme projeté dans une autre dimension, luttant contre un démon surgi du passé.

— Quelle clé ? insista Anna.

— Quoi ?

— Ça y est, tu es revenu parmi nous ?

— Il faut remonter, dit-il, fiévreux, en la prenant par la main.

Elle le suivit jusqu'à la réserve, inquiète, regrettant presque de l'avoir entraîné dans cette descente aux abysses. Avant de soulever ce fichu tapis il avait l'air à peu près normal, maintenant plus du tout. Mitch pointa du doigt une pile de livres posés sur un carton, aussi hagard que s'il contemplait la pointe de la pyramide d'Imhotep qu'il aurait déterrée quelques minutes plus tôt.

— Mitch, dis quelque chose, s'il te plaît !

— J'ai cru que c'était un rongeur, grommela-t-il.

— Quelque chose de sensé, je t'en supplie.

— Ce n'était pas *La Servante écarlate* !

— Qu'est-ce que tu racontes ?

Le visage transformé, Mitch la serra dans ses bras et l'embrassa passionnément sur la bouche. Ce qui ne rassura pas Anna pour autant.

— Quelqu'un s'était introduit dans la remise. J'en étais presque certain, mais je ne voyais pas dans quel but, dit-il. Il n'y avait aucun objet de valeur. En tout cas, pas du genre que les voleurs convoitent, et rien ne semblait manquer. C'est un détail qui m'avait alerté. *Le Rouge et le Noir* n'était pas à sa place, comme si l'intrus l'avait pris en main avant de le reposer, mais pas exactement là où il l'avait trouvé. J'ai tiqué, car je pensais avoir laissé *La Servante écarlate* sur le haut de la pile. Je me suis trompé, c'était *Fahrenheit 451* !

— Le *Fahrenheit* dont parlait Salinas ?

— *Fahrenheit 451*, le livre dont parlait Salinas, répondit Mitch. La serrure de la librairie était intacte, le tapis n'avait pas bougé, l'alarme ne s'était pas déclenchée, j'ai supposé qu'un rat, dans son élan, avait déplacé le livre. Ce n'était pas le cas, quelqu'un me l'avait volé, conclut-il d'une voix tremblante.

— D'accord, calmons-nous, enfin surtout toi, et reprenons à zéro. Si on t'a volé ce livre, comment expliques-tu que la porte n'ait pas été forcée et que l'alarme ne se soit pas déclenchée ? Quelqu'un avait la clé ?

Mitch s'assit lourdement sur un carton, la tête entre les mains.

26

Le mystère de la chambre froide

Le silence de Mitch, son regard dénué de toute expression témoignaient d'un malaise insurmontable devant une trahison évidente et difficile à admettre. Anna l'avait convaincu qu'un bol d'air et un bon repas le remettraient d'aplomb. Elle avait réussi à l'entraîner jusqu'à son restaurant, lui avait préparé un plat d'orzo aux asperges – des asperges sauvages qu'elle était allée chercher le matin même au marché, destinées à une nouvelle expérience culinaire, une soupe de printemps au tofu –, mais depuis qu'ils étaient attablés dans la salle à manger, Mitch semblait encore plus abattu.

— Mitch, commença prudemment Anna, on dirait que le ciel tout entier est tombé sur toi.

— Je ne sais plus où j'en suis, j'ai l'impression que mon passé devient évanescent.

— Tu crois que tu finiras par l'oublier complètement ?

— Non, mais peut-être qu'arrivera un jour où il ne me paraîtra plus réel.

— Je sais exactement ce qu'il te faut pour te changer les idées.

Elle sortit son carnet de la poche de son tablier, l'ouvrit à une page et le tendit à Mitch.

— Tu trouveras tout ce dont j'ai besoin dans la chambre froide, tu n'as qu'à suivre ce qui est écrit là, et rapporte-moi tout ça dans la cuisine, sans rien oublier. C'est possible ?

Mitch fit oui d'un signe de la tête et partit vers l'appentis.

— Pense à refermer la porte derrière toi, la température doit rester constante, cria-t-elle.

Elle poussa un soupir de soulagement. Elle avait besoin de rester seule un instant.

Le répit ne dura pas longtemps. L'inspecteur venait d'entrer dans le restaurant et la scrutait d'une façon peu avenante.

— Vous croyez en Dieu ? dit-il avec une arrogance qui semblait chez lui naturelle.

— Non, mais parfois j'aimerais bien croire à l'enfer, pour que certains y passent leur éternité ; on me reproche d'être trop optimiste.

— Je ne vais jamais à l'église, mais aujourd'hui, j'ai révisé mon jugement sur les mystères de la foi. J'ai eu droit à mon petit miracle, dit-il en se frottant les mains.

— Moi, j'ai une carte à mettre au point, du personnel à recruter et un matériel avec lequel je dois me familiariser, alors si vous pouviez m'épargner vos citations d'almanach et me dire ce que vous voulez, nous gagnerions du temps.

— Pas mal, cet endroit, répondit l'inspecteur. Jolie décoration, ça ne manque pas de goût ; espérons que vous en aurez autant derrière vos fourneaux, ce serait prometteur. À moins que…

Il passa sa langue sur ses dents, comme s'il voulait déloger une peau de cacahouète coincée entre une canine et une incisive. Le bruit de salive était insupportable.

— Très chic, vous voulez un cure-dents ?

— Alors comme ça, vous avez fait vos classes aux Trois Cousins.

— J'y étais serveuse, pas à l'école.

— Et ensuite ?

— Je suis partie me former auprès d'un chef…

— Pourtant, vous vous entendiez bien avec celui qui travaillait avec vous, l'interrompit l'inspecteur. On m'a laissé entendre que…

— Les ragots sont trompeurs. Je ne travaillais pas en cuisine, je vous l'ai déjà dit, j'étais serveuse.

— Alors vous vous êtes forcément occupée du commissaire Jabert. C'était un client régulier à l'époque, un habitué qui avait sa table attitrée.

— Nous servions trois cents couverts par repas, la clientèle comptait beaucoup d'habitués, c'est sûrement encore le cas aujourd'hui.

— Espérons qu'ils sont moins nombreux à succomber peu après y avoir dîné. C'est étonnant que si peu de temps après le décès de ce pauvre Jabert, vous soyez partie vivre au bout du monde. Un départ précipité en quelque sorte…

Anna retint sa respiration, elle était devenue aussi verte que les asperges sauvages.

— Et voilà que le procureur Salinas meurt lui aussi empoisonné, reprit l'inspecteur. Et le principal suspect est votre amant. Bien sûr, ce n'est là qu'une coïncidence troublante, mais à la veille de l'ouverture de votre restaurant, deux personnes empoisonnées dans votre entourage, vous qui parliez de ragots, en voici un qui ne donnerait pas forcément envie de se précipiter pour venir goûter à vos plats, dit-il en posant sa main sur l'épaule d'Anna.

— Touchez-moi encore une fois et vous le regretterez longtemps.

— Vous comptez m'empoisonner, moi aussi ? demanda l'inspecteur en remettant ses mains dans ses poches.

Son arrogance inquiétait de plus en plus Anna qui commençait à deviner ses intentions.

— Les circonstances de la mort du commissaire Jabert n'ont jamais été élucidées. Cela mériterait peut-être que je m'y intéresse, après tout c'était un collègue. À moins que..., répéta-t-il.

Elle fit semblant de ne pas comprendre.

— Tout le monde peut se tromper. Supposons que vous n'ayez pas été en compagnie de votre ami libraire le jour où le procureur a été assassiné, j'oublierais tout ce que j'ai appris sur vous. La nuit porte conseil... Je vous laisse réfléchir jusqu'à demain.

Il lui décocha un sourire carnassier et s'en alla.

Mitch referma lentement la porte de la chambre froide, attendit quelques instants et la rouvrit.

— Je crois que tout y est, dit-il en posant une cagette sur le plan de travail.

Anna se retourna vers lui, faisant beaucoup d'efforts pour ne rien laisser paraître de la rage qui l'emportait. Une rage familière qui lui rappelait un certain soir, à la sortie des Trois

Cousins. Elle avança vers l'évier et se lava les mains à l'aide du grattoir d'une éponge, avec un tel acharnement qu'elle s'abîma les doigts.

— J'ai lu ta recette, c'est stupéfiant. Pourquoi avoir attendu tout ce temps pour te lancer ? dit Mitch en l'entourant de ses bras avant de lui confisquer l'éponge.

Anna se raidit, elle se retourna, le regarda droit dans les yeux et lui confia ce que personne d'autre que José ne savait.

— Parce que j'ai été violée par un commissaire de police en sortant de mon travail et que je l'ai un peu tué pour me venger, ce qui a retardé mes projets.

Mitch ne trouva pas les mots pour exprimer la douleur qui l'avait submergé en entendant cette confidence, les larmes lui montèrent aux yeux, il serra Anna dans ses bras et la tendresse qu'il lui offrit dissipa toutes les désillusions et les malheurs.

— Tu as aussi un peu tué Salinas pour me venger ?

— Mitch, il est urgent de trouver un coupable qui nous innocente.

*

Anna ferma le restaurant et emmena Mitch chez elle. Cette fois, il n'était pas question de lui faire tester l'une de ses nouvelles recettes. Elle l'invita à s'asseoir dans le salon et se posta en face de lui, adossée au grand vaisselier, les mains en appui sur la tablette. Elle le fixa longuement, le scrutant, comme si elle cherchait à décider une bonne fois pour toutes si son oreille droite était plus grande que la gauche.

— Qu'est-ce qu'il y a ? demanda Mitch.

— J'allais te poser la question.

— Je vais bien, je t'assure.

— Mitch, tu n'as aucune aptitude pour mentir, je pensais que nous étions d'accord sur ce point. Ne te méprends pas, c'est une qualité que j'apprécie beaucoup, mais il est temps que tu me dises la vérité. Quand je t'ai demandé comment on avait pu entrer dans ta librairie sans crocheter la porte et sans déclencher l'alarme, tu as failli faire un malaise. Non, tu as eu un malaise… parce que tu as pensé immédiatement à quelqu'un. C'était écrit sur ton front, encore plus gros que *1Q84* sur la couverture du Murakami, dit-elle en sortant le livre d'un tiroir du vaisselier.

— Tu l'as conservé tout ce temps ? s'étonna Mitch.

— Je suis très fidèle en amitié, je suis très fidèle tout court. Alors ?

Mitch secoua la tête, acceptant la défaite.

— J'avais remis un double à Mme Ateltow, et elle connaissait le code de l'alarme. J'ignore pourquoi, mais elle ne voulait pas préparer ses exposés chez elle ; alors elle venait parfois pendant ma pause déjeuner pour répéter au sous-sol. Mais ça ne peut pas être elle.

— Et pourquoi ?

— Parce que quand quelque chose est trop moche pour être vrai, c'est en général le cas, dit-il en essayant de ne pas paraître plus déprimé qu'il ne l'était déjà.

— Je ne voudrais pas te contrarier, mais il me semble que l'adage s'applique lorsque c'est trop beau.

— La logique voudrait que cela fonctionne dans les deux sens. C'est elle qui m'a poussé à voir plus grand. Quand la loi a été promulguée, je ne pensais qu'à louer les livres interdits au lieu de les vendre, tu parles d'un esprit de résistance. Bon sang, Anna, elle a été ma professeure de lettres, et quelle prof ! La littérature, c'est toute sa vie.

— Elle n'a pas récemment viré sa cuti pour la musique ?

— Ça ne m'amuse pas.

— Dommage, je m'étais donné du mal. Le mieux serait peut-être de lui en parler directement ? avança-t-elle prudemment pour ne pas l'accabler.

— De l'accuser directement, rectifia Mitch.

— Ce n'est pas ce que j'ai dit, mais on peut voir les choses ainsi. Bon, l'heure tourne et je dois absolument travailler une recette. Deux par jour, c'est le minimum si je veux ouvrir à temps. Et du temps, j'en ai perdu pas mal aujourd'hui… Ce n'est pas non plus ce que je voulais dire, se reprit-elle, mais plutôt que quelques heures m'ont manqué. Un coup de main sera le bienvenu.

Mitch traîna la jambe jusqu'à la cuisine, enfila un tablier et attendit les consignes. Anna resta figée dans le salon.

— Qu'est-ce que tu fais ? demanda-t-elle.

Il leva les yeux vers elle sans une once de sourire.

— J'ai peut-être évoqué l'idée de me mettre en cuisine, reprit-elle d'une voix innocente.

— Peut-être.

— C'était juste pour détendre l'atmosphère.

Ce n'était pas le cas ; elle avait vraiment voulu se remettre au travail et lorsque Mitch avait accepté de l'aider, sans penser qu'ils avaient des choses plus urgentes à régler que de préparer une pastilla, elle s'était rendue à la raison pour deux.

— Si tu rechignes à confronter ton ancienne prof, allons au moins voir son amant.

— Verner ?

— Elle en a plusieurs ?

Mitch vérifia l'heure à sa montre et ôta son tablier.

— Son cours se termine dans une demi-heure, dit-il en prenant les clés de la camionnette.

*

Mitch et Anna quittèrent la maison pour rejoindre le conservatoire de musique. Mais en arrivant sur le parking, Mitch remarqua que toutes les places étaient vides. Il passa par l'entrée des artistes : la salle était déserte. Il entendit du bruit derrière la scène et entraîna Anna vers les coulisses.

Verner était assis sur un fauteuil, il avait passé une robe de chambre et tenait un verre de whisky en main.

— Vous arrivez après la bataille, c'est dommage, la soirée fut une réussite, dit le professeur qui semblait épuisé.

— Grieg ? se risqua Mitch.

— Non, le concert des élèves de premier cycle ; j'ai menti, c'était affreux, mais les parents ont fait semblant d'apprécier. Remarquez, après le père Noël et la petite souris, ils n'en sont plus à une fable près pour réjouir leurs petits monstres. Qu'est-ce qui vous amène, à cette heure inhabituelle ? demanda-t-il, le regard posé sur Anna.

Parce qu'elle savait combien il en aurait coûté à Mitch de le faire, elle prit les devants et expliqua la raison de leur visite.

Verner l'écouta avec la plus grande attention, sans l'interrompre, ni quand elle raconta ce qu'elle avait découvert dans le carnet de Salinas et ce que Mitch avait appris en accédant aux minutes de son procès dans le bureau du greffier, ni quand elle mentionna la dénonciation, pas plus quand elle cita le vol du roman de Ray Bradbury pour le remettre à la justice comme preuve à charge ; mais lorsqu'elle évoqua la porte intacte de la librairie et l'alarme qui ne s'était pas déclenchée, le professeur vida son verre d'un trait, le laissa rouler à ses pieds et se leva, l'air coupable, pour faire face à Mitch.

— C'est moi qui vous ai balancé.

— Mais pourquoi, Verner, qu'est-ce que je vous avais fait ?

— Rien du tout. Je n'avais pas prévu de devenir un salaud, c'est arrivé par accident. D'ailleurs, avant que je ne me joigne à votre projet de lectures en sous-sol, il m'arrivait de penser que j'étais un homme à peu près convenable. Que savez-vous de la difficulté de vieillir ? Vous reconnaîtrez que de ne plus pouvoir ignorer qu'on va bientôt mourir est déjà en soi une belle chienlit. Mais il y a pire encore : savoir qu'on a vécu comme un con, croyez-moi, c'est épouvantable. Oh, je n'ai pas attendu d'être arrivé à mon âge pour m'en rendre compte. Même les vaniteux ne sont pas dupes de leur médiocrité ; d'ailleurs, je les soupçonne même d'être parfaitement lucides. Alors imaginez que la vie vous offre enfin de faire quelque chose de remarquable, ou du moins qui fasse que l'on vous remarque, un écart de moralité qui vous accorde les privilèges que vous n'avez jamais eus, de la reconnaissance, de l'importance. Trente ans à enseigner la musique et n'être, en rentrant seul le soir, qu'un imperméable gris dans une rame de métro. Trente ans pour se retrouver le dimanche à parler aux canards, assis sur un banc au bord d'un lac. Ils m'ont remis une médaille, offert un siège à l'Académie, et – il leva le doigt en l'air, les yeux brillants de fierté – un titre d'*honoris causa en música.*

— Qu'est-ce que c'est ? demanda Mitch.

— Je n'en sais foutrement rien, mais c'est sûrement très prestigieux, car après cela, j'ai été convié à des réceptions officielles, à des dîners élégants où, entre les discours et toasts qui se succèdent, il n'y a pas une minute pour faire la conversation à ses voisins, le rêve. J'ai même eu mon fauteuil attitré à l'Opéra, sans parler d'une retraite honorable.

— Honorable, vraiment ? reprit Anna.

— Ne jouons pas sur les mots. Vous voulez des excuses pour tous les torts que je vous ai causés ? Je vous les présente, et le plus sincèrement du monde.

Anna se leva et s'approcha de Verner, elle se pencha si près de son visage qu'il crut un instant qu'elle allait le gifler. Elle se contenta de plonger son regard dans le sien, l'observant avec une intensité telle qu'on aurait cru qu'elle allait entrer dans ses prunelles.

Puis elle se redressa et sourit d'un air sournois que Verner trouva étonnamment séduisant, au vu des circonstances.

— Vous mentez, Verner, vous n'avez rien fait de tout cela, dit-elle.

Le professeur poussa un long soupir, ses épaules retombèrent et sa superbe aussi.

— Vous avez raison, je n'aurais pas eu le courage d'avoir cette lâcheté.

— Alors pourquoi ce mensonge ? demanda Mitch.

— Pour imaginer un instant ce qu'aurait été ma vie avec des certitudes, dans la peau d'un homme qui ne serait pas un usurpateur. J'ignore toujours ce que j'ai bien pu faire pour mériter ces honneurs et cette ignorance me ronge les sangs ; j'ai d'abord pensé qu'il y avait eu erreur sur la personne. J'ai même mené des recherches afin de savoir si j'avais un homonyme, mais ce n'est pas le cas. Vous êtes en droit de douter que je vous dise la vérité, mais tout ce que je vous ai raconté m'est arrivé l'an dernier.

— L'idée qu'on ait récompensé votre travail ne vous a pas semblé ce qu'il y avait de plus logique ? demanda Mitch.

— Ne vous moquez pas de moi, ce n'est pas gentil, répondit Verner.

Anna interrompit leur discussion.

— Est-ce que Mme Ateltow…

Le professeur se retourna, furieux.

— Vous n'avez pas honte, après tout ce qu'elle a fait pour vous, d'imaginer qu'elle ait pu vous dénoncer ? Et je ne parle pas du fait qu'elle vous a aidé à organiser ces réunions clandestines, mais de tout ce qu'elle vous a appris quand vous étiez…

— Mon Georges, vous êtes un homme merveilleux et certainement le plus chevaleresque du monde, mais je peux me défendre toute seule, lâcha Mme Ateltow qui épiait la conversation depuis le début, cachée dans la loge du chef d'orchestre, elle aussi vêtue d'un peignoir.

Elle remit un peu d'ordre dans ses cheveux et s'avança vers Mitch.

— Non, je ne vous ai pas dénoncé, et que vous l'ayez pensé me blesse énormément. Je dois néanmoins vous avouer avoir menti sur un point. Je savais que vous aviez été arrêté. Georges, lui, l'ignorait, il faut me croire, je ne le lui ai jamais dit, ni à lui ni à personne. Je me suis tue, terrifiée à l'idée d'avoir également des ennuis avec la justice, j'étais tout de même un peu votre complice. Mon fils ne me l'aurait jamais pardonné. Il aurait craint pour sa réputation, sa respectabilité. Pour conserver les bonnes grâces de ses actionnaires dont la plupart étaient au gouvernement, il aurait prétendu que si sa mère s'était associée à une entreprise illégale, c'était parce qu'elle n'avait plus toute sa tête. Il m'aurait internée dans un mouroir. Le seul crime que j'ai commis est d'avoir prétendu ignorer ce qui vous était arrivé. Je n'avais pas le choix.

Mitch haussa les épaules, il n'avait aucune envie de porter de jugement, le chantage qui pesait sur Anna comptait plus que toute autre considération. L'inspecteur lui avait laissé la nuit pour réfléchir. C'était déjà tout réfléchi : demain, en fin de journée, il se rendrait au commissariat central et avouerait être l'auteur du meurtre de Salinas.

27

To Kill a Mockingbird

Bien plus tard dans la soirée, Mitch s'arrêta sur le pas de la porte de la salle de bains, seulement pour observer Anna qui se brossait les dents. Elle se retourna et sourit.

Tous deux étaient affamés de douceur dans un monde qui n'en comptait plus beaucoup. Dans la chaleur du lit, Mitch, qui commençait à décompter ses dernières heures, se livra à une confidence.

— Pendant les repas, à la cantine de la prison, il m'arrivait de raconter des histoires à mes compagnons d'infortune. Nous n'avions pas de livres, alors je puisais dans ma mémoire les souvenirs de ceux que j'avais lus. J'ai réécrit de tête *Les Raisins de la colère* et *Tendre jeudi*, *Le Comte de Monte-Cristo*, quelques passages des *Misérables*. Steinbeck, Dumas et Hugo ont dû se retourner dans leurs tombes. Je m'amusais de l'ironie de cette situation, car toutes ces œuvres figuraient sur la liste des livres interdits et je les récitais devant des gardiens qui ne se rendaient pas compte que je transgressais la loi sous leurs yeux. C'est du moins ce que je croyais, jusqu'au jour où l'un d'entre eux s'est approché de moi pendant la promenade et m'a glissé dans la main une édition de poche de *La Peste*, d'Albert Camus. Il m'a murmuré : « Je ne suis pas d'accord, ils sont devenus fous. » Je n'ai jamais échangé un mot de plus avec lui. Est-ce qu'il avait regretté son geste, craint que je le dénonce ? Peut-être qu'un lien d'amitié s'était noué dans un moment de bravoure, aussi court fût-il. J'ai lu *La Peste* tant de fois que je connais le roman par cœur, ligne par ligne, mot par mot.

— Pourquoi me racontes-tu cela, et pourquoi maintenant ?

— Pour rien, répondit Mitch en éteignant la lumière.

Il y a tant de façons de ruser avec la douleur, d'oublier les jours sans avenir et de ne plus vivre qu'avec des souvenirs devenus inutiles.

Anna s'endormit rapidement. Mitch aurait voulu caresser son visage, se blottir contre elle. Il se contenta de la regarder, immobile, comme un homme au bord d'un précipice redoutant le geste qui le ferait tomber.

*

À 3 heures du matin, Anna se leva sur la pointe des pieds. Elle descendit dans la cuisine, prit son carnet et coucha d'une écriture nerveuse ses réflexions sur le papier.

Fahrenheit 451.
Par où est-il entré ?
Le témoignage anonyme.
Verner…
Pourquoi le dossier de Mathilde se trouvait en haut d'une pile ?

Elle mordilla son crayon et releva la tête, songeuse.

— Attends une seconde, murmura-t-elle.

Quelques instants plus tard, elle repoussa sa chaise, se rendit dans le salon et ouvrit une armoire. Agenouillée sur le sol, elle fouilla les étagères et sortit un vieil annuaire qui datait d'avant son départ dans le Grand Nord.

Elle tourna les pages, suivant du doigt les lignes qui l'intéressaient, quand son visage s'éclaira.

À compter de cet instant, tout s'enchaîna très vite, dans sa tête comme dans ses actes, même s'il lui fallut deux bonnes heures, après qu'elle eut quitté la maison par la porte du jardin, avant de revenir par la porte principale pour se coucher auprès de Mitch, les chevilles terreuses trahissant son escapade nocturne. Mais comme, à son réveil, Mitch ne songeait qu'à sa reddition imminente, il n'y prêta aucune attention, pas plus qu'aux chaussures crottées qu'elle avait pourtant laissées au pied de l'escalier.

S'il avait su ce qu'Anna avait accompli pendant qu'il dormait, il s'en serait terriblement voulu d'avoir été distrait.

*

— Tu as une tête bien sombre, dit-elle quand il la prit dans ses bras pour la réveiller.

— Et toi, c'est tout le contraire, qu'est-ce qui te rend de si bonne humeur ?

— Te voir suffit amplement, répondit-elle en l'embrassant du bout des lèvres. Habille-toi, une grosse journée m'attend.

Il la retint par le bras alors qu'elle s'apprêtait à descendre vers la cuisine.

— Anna, arrêtons de faire semblant, je suis au courant du chantage de l'inspecteur.

— Évidemment que tu es au courant, tu écoutais derrière la porte de la chambre froide. Je t'ai dit qu'une grosse journée m'attendait ?

— Oui, à l'instant.

— Alors pourquoi tu traînes au lieu d'être déjà douché ?

Incrédule, Mitch attrapa au vol la serviette qu'elle lui avait lancée et partit vers la salle de bains.

Cinquante-trois minutes plus tard, elle s'arrêta en double file devant la librairie et se pencha pour ouvrir la portière du passager, attendant impatiemment qu'il descende.

— Ah, viens me retrouver au restaurant à 17 heures précises. Je suis sûre qu'il sera ponctuel.

— Quoi ? demanda Mitch, les deux pieds sur le trottoir et penché à la vitre.

— À 17 heures, donc, répéta Anna.

— Mais ?

— Oui, moi aussi je t'aime, mais à tout à l'heure quand même.

— Il y a une raison particulière qui explique pourquoi tu es si bizarre ?

— Tout le monde est bizarre, tu ne trouves pas ? Si tu avais vu ta tête ce matin au réveil.

— C'était un oui ? demanda Mitch.

— À 17 heures, insista Anna en faisant craquer la boîte de vitesses.

Il suivit des yeux la camionnette qui remontait le boulevard, se demandant ce qui ne tournait pas rond chez Anna ; savoir ce qu'elle pensait était la chose la plus difficile qui soit, même pour lui, surtout pour lui.

*

À 17 heures, Mitch entra dans le restaurant ; pour la première fois, les tables étaient toutes dressées et, si la cuisine n'était pas aussi calme, on aurait pu croire que le soir de l'ouverture était arrivé.

— Alors ? questionna-t-elle, guettant la réaction de Mitch, les doigts encore entortillés dans le cordon de son tablier, comme chaque fois qu'elle avait le trac.

— Alors, c'est… vraiment une réussite, dit-il l'esprit ailleurs.

— Je trouve aussi, répondit Anna. Table numéro 4, ordonna-t-elle, rayonnante, en pointant du doigt la table qu'elle lui avait attribuée.

Mitch s'y dirigea, prêt à tester un plat sans le moindre appétit. Anna s'assit en face de lui, les coudes posés sur la table, le regard rivé sur la pendule, sans rien dire, pianotant sur la nappe. Sept minutes plus tard, une berline noire se rangea devant le restaurant.

— Je me suis trompée, il est en retard, dit-elle en se levant.

*

L'inspecteur poussa la porte du restaurant et avança vers Anna. Elle se tint devant lui, droite et fière, le regard plein de bravoure.

— J'étais avec Mitch le soir de la mort du procureur, s'exclama-t-elle. Vous pouvez répandre toutes les rumeurs que vous voudrez, enquêter sur ce que vous voudrez, je ne changerai pas mon témoignage.

L'inspecteur l'ignora superbement, passa devant elle et alla se poser à la table numéro 4, à côté de Mitch.

— Je vous dois des excuses. Nous avons arrêté le coupable cette après-midi.

*

Si certaines enquêtes demandent des mois pour être résolues, celle-ci avait abouti durant la journée. Et quelle journée, ajouta l'inspecteur qui avait radicalement changé d'attitude, et hochait la tête avec la régularité d'un métronome.

— Une lettre a été déposée ce matin au commissariat. D'ordinaire, nous n'accordons pas d'attention aux dénonciations anonymes, expliqua-t-il.

— Vraiment ? le coupa Mitch.

L'inspecteur toussota et poursuivit, encore plus gêné qu'en arrivant.

— Celle-ci contenait une indication suffisamment précise pour que je me rende aussitôt dans le bureau du juge et obtienne un ordre de perquisition immédiate.

— Quelle indication ? demanda prudemment Anna, en s'asseyant entre eux.

— Elle concernait la personne qui, le lendemain de la mort de Salinas, m'avait lancé sur votre piste, répondit-il en regardant Mitch. Nous avons découvert l'arme du crime chez lui, cachée sous un buisson dans le jardinet qui borde son hôtel particulier. La terre était encore fraîche.

— Une arme ? Je croyais que Salinas avait été empoisonné, reprit Anna.

— Il s'agit d'une trousse en peau, fermée par un cordon de cuir, à l'intérieur nous avons trouvé deux fioles et une pipette. Il n'a fallu qu'une heure au labo pour identifier la nature du poison, une décoction d'un champignon particulièrement toxique. À ce qu'il paraît, six fois plus puissant que l'amanite phalloïde.

— Je m'interdis d'en cuisiner, affirma Anna, c'est trop dangereux, avec les champignons, on ne sait jamais ce qu'il y a dans la cagette qu'on rapporte du marché.

— Ce n'est pas dans un plat que Salinas l'a ingéré, mais dans un verre de porto.

— Qui est le meurtrier ? demanda Mitch d'une voix mal assurée.

— Les statistiques sont formelles, dans soixante-dix pour cent des cas, l'assassin est dans l'entourage de la victime. Cette fois, c'était simplement son voisin. Un banquier.

— Il a tué Salinas pour un problème de voisinage ? demanda Anna.

— Dans cette affaire, la question n'est pas pourquoi, mais pour qui, répondit l'inspecteur l'air défait.

Il se tourna vers Mitch, et se retint de justesse de lui tapoter la main, tant il était désolé.

— Vous avez été victime d'une cabale qui a commencé il y a longtemps. Les fils uniques peuvent se comporter de façon excessive avec leur mère, ce n'est pas une généralité, mais cela arrive. C'était le cas pour lui. Il abusait d'un pouvoir malsain sur la sienne. Les faits remontent à cinq ans en arrière. Un soir, Rony surprend sa mère alors qu'elle rentre tard chez elle. Elle lui confie revenir d'un club de lecture où elle s'est inscrite. Un autre soir, Rony la suit jusqu'à une librairie, la vôtre, en l'occurrence. Vous étiez au mauvais endroit au mauvais moment. Elle entre chez vous avec une centaine d'étudiants. Mais alors qu'il s'approche de la vitrine, les lumières s'éteignent et Rony ne voit personne derrière les croisillons du rideau de fer. Il planque. Deux heures plus tard, madame Ateltow ressort au bras d'un homme, ce qui n'est pas du tout au goût de son fils. Le lendemain, il l'interroge, elle se rebelle et lui avoue n'avoir jamais aimé son père. Elle aurait mieux fait de lui épargner cette révélation. Fou de rage, impuissant à la raisonner, Rony décide de mettre un terme à la relation de sa mère, et n'envisage qu'un moyen d'arriver à ses fins : éliminer le club de lecture. Apparemment Mme Ateltow était une de vos proches connaissances, car son fils récupère chez elle la clé de votre librairie et le code de l'alarme qu'elle a noté sur le porte-clés. Très imprudent d'ailleurs, mais le problème n'est pas là, enfin si, tout de même, puisqu'une nuit, il s'introduit dans votre librairie, vole un livre interdit par les lois en vigueur à cette époque et le remet à son voisin, un procureur puissant qui va s'emparer de l'affaire. Vous connaissez la suite. Votre arrestation et votre condamnation.

Mitch encaissa le coup du mieux qu'il le pouvait ; il échangea un regard avec Anna qui souriait, pleine de tendresse.

— Et pour quelle raison Rony a-t-il tué Salinas, si longtemps après ? demanda-t-il.

— Toujours à cause de vous.

— De moi ?

— Oui, vous pouvez appeler ça une obsession. Rony Ateltow prend connaissance de votre libération, en vous voyant espionner le procureur devant son domicile. Que vous traîniez sous ses fenêtres l'inquiète beaucoup. Et ce qui l'inquiète encore plus est de trouver dans le carnet de sa mère le jour et l'heure d'un rendez-vous galant qui doit se tenir dans votre librairie. Il rend visite au procureur et lui demande de vous renvoyer derrière les barreaux. Salinas le rembarre, il n'a rien contre vous et les temps ont changé. Rony décide alors de prendre les choses en main, il empoisonne son voisin, coupable à ses yeux de ne pas lui avoir renvoyé l'ascenseur. Enfin, c'est ce que nous supposons. Son forfait accompli, il appelle la police le lendemain et vous dénonce. Un ancien repris de justice qui rôdait dans la voie privée de la victime, sans l'alibi de madame, dit-il en se tournant vers Anna, vous n'aviez aucune chance de vous en tirer.

— Vous supposez ? intervint Anna.

— Rony a tout avoué au sujet de ses dénonciations répétées, mais pas le meurtre, qu'il s'entête à nier. Avec l'arme du crime enterrée dans son jardin, maintenant c'est lui qui n'a plus aucune chance.

L'inspecteur se leva, tira sur les manches de sa veste pour recouvrir ses beaux boutons de manchettes et se dirigea vers la porte. Juste avant de sortir, il se retourna, admira la salle et promit à Anna de venir un soir goûter sa cuisine. Puis il lui souhaita bonne chance et remonta dans sa berline.

28

L'art de cuisiner les champignons

Au cours des huit jours qui suivirent, Mitch et Anna n'échangèrent pas un mot sur la visite de l'inspecteur. Anna était occupée à roder son restaurant. Elle avait recruté un commis de cuisine et une serveuse, qu'elle entraînait chaque soir dans une salle à manger qui n'avait pour seul client que Mitch, promu cobaye officiel.

Le neuvième jour, à la fin du service, alors qu'il aidait le commis à essuyer la vaisselle, il rejoignit Anna dans la chambre froide. Elle était perchée sur la pointe des pieds, portant une cagette de tomates au-dessus de sa tête, dans un équilibre douteux.

— Comment as-tu réussi cette prouesse ? demanda-t-il en lui prenant la cagette des mains.

— Mon gaspacho ? Je l'ai raté.

— Anna, s'il te plaît.

— Rony ? demanda-t-elle d'un air ingénu. Grâce à Verner.

— Verner ?

— Tu ne t'es pas demandé pourquoi il avait fait si spontanément des aveux, pour se rétracter aussitôt ?

— J'imagine que lui non plus ne sait pas mentir.

— Tu imagines mal, c'est un menteur remarquable et tu reconnaîtras que je n'ai pas eu besoin de le pousser beaucoup. Mais ce qui m'a vraiment intriguée, c'est de voir à quel point il était soulagé de s'être contredit, beaucoup trop soulagé. Comme si son petit numéro n'avait été pensé que pour nous mettre sur une piste. Je devrais dire *leur* petit numéro, car Mme Ateltow y a pris part en nous révélant son histoire, sous prétexte de s'excuser de t'avoir menti. Elle soupçonnait ce que Rony t'avait fait à cause d'elle ; non, elle le *savait* ; et si tu veux mon avis, elle l'avait dit à Verner. Une mère ne peut pas balancer son fils, l'homme qui l'aime non plus, enfin pas directement. Mais si quelqu'un d'autre qu'eux pouvait régler leur problème, tout le monde y trouverait son compte…

— Comment Rony a-t-il réussi à préparer le poison ?

— L'art de cuisiner les champignons ? Il a dû l'apprendre dans les livres, répondit Anna dans un immense sourire. Est-ce qu'il est vraiment coupable du meurtre de Salinas ? Peut-être, peut-être pas, mais coupable de t'avoir envoyé cinq ans en prison, d'avoir voulu que tu y retournes pour le restant de ta vie et d'avoir empoisonné la vie de sa mère, ça, c'est une certitude. La justice suivra son cours. Et maintenant, si on peut parler d'autre chose, j'ai très envie de toi.

*

Quelques jours plus tard, Mitch se décida à accomplir la dernière chose qu'il lui restait à faire pour se sentir tout à fait libéré de son passé. Un soir, avant de retrouver Anna, il fit un long détour et se rendit dans une pharmacie au nord de la ville.

Mathilde avait changé, ses traits étaient plus durs, son visage émacié, l'indolence qui la caractérisait avait disparu. Quand elle le vit entrer, elle lui demanda d'une voix glaciale d'aller l'attendre sur le trottoir, et il patienta dix longues minutes avant qu'elle le rejoigne.

— Qu'est-ce que tu fais ici, Mitch ?

— Je suis venu te parler.

— De quoi ? Tu as la tête d'un homme amoureux et, pire encore, très heureux.

— C'est le cas.

— Alors, qu'est-ce que tu me veux après tout ce temps ? M'annoncer tes fiançailles ? Ça m'est égal.

— Pourquoi n'es-tu pas venue le jour du procès, ou ne serait-ce qu'une fois me rendre visite en prison ?

— Et toi, tu es venu me voir quand j'étais en prison ? J'ai fait six mois de préventive.

— À cause de moi ?

— Non, pas à cause de toi. Tu n'es pas le centre du monde. Si tu veux vraiment qu'on parle du bon vieux temps, j'ai quelque chose à te dire.

Elle alla s'asseoir sur la selle de sa moto, garée devant la pharmacie, et alluma une cigarette. Elle inspira une longue bouffée avant d'apprendre à Mitch comment les étudiants qui participaient aux réunions de la librairie des livres interdits avaient poursuivi le mouvement qu'ils avaient initié.

— Grâce à deux imprimeurs sympathisants de la cause, nous avons récupéré un stock entier de livres censurés. On les a fait circuler dans toutes les facs. Il y en avait tellement que les flics n'y pouvaient rien, sinon effectuer quelques descentes de temps en temps. Les bouquins qu'ils confisquaient étaient aussitôt remplacés par d'autres, les photocopieurs tournaient à plein régime. On reliait tout nous-mêmes. C'est à ce moment-là que j'ai été arrêtée, tu vois, tu n'y étais pour rien, ou presque rien. Mon séjour derrière les barreaux n'a rien changé, comme quoi nul n'est irremplaçable. Les rangs n'ont cessé de s'étoffer, les étudiants sont passés à la vitesse supérieure. La nuit, ils déposaient des bouquins partout en ville, jusque sur les bancs des beaux quartiers. Sur les couvertures était inscrit en grosses lettres noires : INTERDIT PAR VOTRE GOUVERNEMENT. Les gens ont commencé à s'indigner qu'autant de livres soient bannis et ont pris conscience des libertés qui leur avaient été confisquées. D'autres se sont joints au mouvement, des femmes qui refusaient que des hommes s'octroient le droit de régenter aussi leur corps en interdisant l'avortement, des communautés, des minorités harcelées par le pouvoir. Et puis un jour, le gouverneur est tombé. Tu vois, Mitch, toute cette énergie est partie de ta librairie. Il a suffi de quelques livres pour mettre le feu aux poudres. Des livres devenus des étincelles de liberté, grâce auxquels les gens se sont souvenus qu'ils étaient plus semblables qu'ennemis, qu'ils vivaient les mêmes joies et les mêmes peines, qu'ils nourrissaient les mêmes rêves. Je n'ai jamais été amoureuse de toi, jura Mathilde les doigts croisés dans le dos, mais je ne regrette pas de t'avoir connu. J'espère que tu seras longtemps heureux avec elle.

Ce fut le cas.

29

La Librairie des livres interdits

Un an plus tard

Depuis l'ouverture de son restaurant, Anna travaille plus que jamais, et sa salle à manger ne désemplit pas.

Mitch a agrandi sa librairie, qui accueille au sous-sol les réunions du club de lecture sous la direction de Mme Ateltow. Elle y invite chaque semaine des auteurs et auteures dont les livres furent censurés dans le passé. Mme Ateltow vit en concubinage avec Verner, elle s'est aussi mise au tango et rend visite à son fils en prison une fois par semaine.

Chaque mardi, à 11 heures pétantes, Mme Bergol débarque dans la librairie où elle choisit toute seule sa lecture de la semaine.

Un mardi d'automne, elle arriva avec quelques minutes de retard.

— C'est bien, ce livre en vitrine ? demanda-t-elle en guise de salutation.

— Lequel ? questionna Mitch qui n'attendait plus que sa visite.

— *La Librairie des livres interdits*, j'ai vu des gens le lire dans le bus, même ma voisine est plongée dedans. De quoi ça parle ?

— Oh, répondit Mitch, c'est l'histoire d'un homme et de la femme qu'il aime qui trouvent le moyen de le venger de quelqu'un qui l'avait fait injustement condamner.

— Comment ?

— En le faisant condamner à son tour pour un crime qu'il a *un peu* commis.

— Un peu ?

— Oui, un peu… C'est une longue histoire. Je vous la recommande vivement.

La loi HB 1467 n'est pas une invention.

Signée par le gouverneur de Floride le 25 mars 2022 elle permet désormais à tout résident de l'État de faire retirer des livres des programmes d'enseignement, des bibliothèques scolaires et publiques accessibles aux mineurs.

1 477 livres ont été interdits rien qu'au cours du premier semestre de l'année scolaire 2022-2023, soit plus de 100 titres chaque mois devenus inaccessibles aux étudiants.

Et la loi HB 1467 a été aussitôt reprise par d'autres États dirigés par les Républicains conservateurs. Au Texas, en Floride, au Missouri, en Utah, en Caroline du Sud et la liste s'allonge. Les censeurs ciblent de manière écrasante les romans et documents écrits par des écrivains et écrivaines de couleur, ou appartenant à la communauté LGBTQ+, ainsi que les ouvrages traitant du racisme ou de la question identitaire.

De nombreux titres sont maintenant retirés selon le principe de précaution à des fins d'enquêtes plus approfondies. Il s'agit d'un artifice utilisé par les censeurs pour étendre la portée de leur action.

Sont interdits de façon « préventive » les romans qui dépeignent la violence, particulièrement la violence conjugale, les abus de pouvoir, comme ceux qui traitent de sujets de santé liés au corps, du bien-être, de la mort et du deuil.

Une législation volontairement vague contraint les écoles, collèges et bibliothèques à retirer un grand nombre d'ouvrages pour ne courir aucun risque juridique.

Par leurs manœuvres, les censeurs ne cessent de gagner du terrain. Au cours de l'année scolaire 2021-2022, des groupes de parents d'élèves religieux ou marqués par leur conservatisme se sont coordonnés, exerçant des pressions afin que les établissements scolaires et bibliothèques soient obligés de retirer des livres sans même pouvoir les lire. Cette tendance s'est poursuivie durant l'année scolaire 2022-2023, favorisée par la législation de certains États.

Les institutions scolaires et les bibliothèques doivent ainsi faire face à de nouvelles lois qui dictent quels types de livres sont autorisés dans les écoles, et la marche à suivre par les établissements désireux d'ajouter de nouveaux ouvrages à leurs collections.

De plus en plus de livres sont considérés comme « pornographiques » ou « indécents ». Et des centaines ont été interdits sous prétexte qu'ils contenaient, parfois sur quelques lignes seulement, un propos qualifié de sexuel.

Cette formulation est devenue un argument redoutablement efficace pour les activistes et politiciens conservateurs, afin de justifier le retrait de livres qui pourtant ne correspondent nullement aux définitions légales et courantes de la « pornographie ».

La rhétorique portant sur la « pornographie dans les écoles » a également été utilisée pour justifier l'introduction de nouvelles lois ou propositions de loi dont certaines veulent interdire tous les livres mentionnant le corps ou la nudité, parmi lesquels quantités d'ouvrages liés à la santé. Un livre d'anatomie représentant le corps humain nu est jugé pornographique.

L'effet de ces actions dépasse ce qui est comptabilisé par les associations de défense des livres, car les conservateurs imposent maintenant des interdictions préventives dites « de masse », restreignant l'accès à un nombre incalculable d'ouvrages dans les salles de classe et les bibliothèques scolaires.

De nombreux États ont promulgué de telles interdictions de masse. Des cours ont été suspendus, des bibliothèques scolaires fermées ou vidées de leurs livres, et ce de manière permanente ou temporaire.

Des bibliothèques publiques sont contraintes de refuser l'accès aux lecteurs et lectrices de moins de dix-huit ans.

Les enseignants et les bibliothécaires de plusieurs États font maintenant l'objet de pressions et sont menacés de sanctions judiciaires.

Quelques livres cultes interdits

To Kill a Mockingbird, Harper Lee.
Ne tirez pas sur l'oiseau moqueur, Paris, Éditions de Fallois, 2005
Contesté pour le niveau de langue et le traitement de sujets raciaux.

The Hate U Give, Angie Thomas.
La haine qu'on donne, Paris, Nathan, 2018
Contesté pour le niveau de langue, les scènes de consommation de drogue, de violences policières et de racisme.

1984, George Orwell.
Première traduction en français : Paris, Gallimard, 1950
Contesté pour le traitement de sujets sociopolitiques pouvant être considérés comme discutables.

The Bluest Eye, Toni Morrison.
L'Œil le plus bleu, Paris, Robert Laffont, 1971
Contesté pour le contenu explicite en matière de racisme et d'inceste.

The Catcher in the Rye, J. D. Salinger.

L'Attrape-Cœurs, Paris, Robert Laffont, « Pavillons », 1953

Contesté pour le niveau de langue familier, voire grossier, et les scènes de révolte et de mal-être.

Journal, Anne Frank, Paris, Calmann-Lévy, 1947

Interdit pour un contenu violent.

Of Mice and Men, John Steinbeck.

Des souris et des hommes, Paris, Gallimard, 1939

Souvent interdit pour le niveau de langue, les insultes racistes et la représentation du handicap mental et de l'euthanasie.

Gender Queer: A Memoir, Maia Kobabe.

Genre queer. Une autobiographie non binaire, Paris, Casterman, 2022

Contesté et interdit pour les scènes LGBTQ+ et les illustrations explicites.

Beloved, Toni Morrison, Paris, Christian Bourgois éditeur, 1989

Interdit pour les scènes de violence et le contenu sexuel.

Me and Earl and the Dying Girl, Jesse Andrews.

Journal d'un loser, Paris, Fleuve noir, « Territoires », 2012

Interdit pour la grossièreté et le contenu sexuel.

All American Boys, Jason Reynolds, Brendan Kiely.

Contesté pour les scènes de brutalité policière et de tensions raciales.

I Know Why the Caged Bird Sings, Maya Angelou.
Je sais pourquoi chante l'oiseau en cage, Paris, Livre de poche, 2009
Interdit pour les scènes de viol et de racisme.

Speak, Laurie Halse Anderson, Paris, Rue de Sèvres, 2019
Interdit pour la façon dont on y évoque le viol.

The Perks of Being a Wallflower, Stephen Chbosky.
Pas raccord, Paris, Sarbacane, 2008
Le Monde de Charlie, Paris, Sarbacane, 2012
Interdit pour les scènes de consommation de drogue, de sexualité et de maltraitance.

Brave New World, Aldous Huxley.
Le Meilleur des mondes, Paris, Plon, 1933
Interdit pour les scènes de contrôle dystopique et d'usage de drogues en vue de contrôler la société.

A Clockwork Orange, Anthony Burgess.
L'Orange mécanique, Paris, Robert Laffont, 1972
Interdit pour le contenu violent et le niveau de langue.

The Color Purple, Alice Walker.
La Couleur pourpre, Paris, Robert Laffont, « Pavillons », 1984
Interdit pour le contenu sexuel et les scènes de violence.

Looking for Alaska, John Green.
Qui es-tu Alaska ?, Paris, Gallimard Jeunesse, 2007
Interdit pour le contenu sexuel et le langage injurieux.

Drama, Raina Telgemeier.
Interdit pour le contenu LGBTQ+.

Something Happened in Our Town, Marianne Celano, Marietta Collins, Ann Hazzard.
Interdit dans certaines régions pour les scènes de fusillades policières et d'injustice raciale.

Lord of the Flies, William Golding.
Sa Majesté des mouches, Paris, Gallimard, 1983
Souvent interdit pour les scènes de violence et la représentation de la nature humaine sous un jour négatif.

Parmi les auteurs et les livres cités, plusieurs se distinguent par leur renommée ou leur rôle important dans l'histoire des lettres :

Toni Morrison, lauréate du prix Nobel de littérature. Ses livres *Beloved* et *The Bluest Eye* sont étudiés et célébrés pour leur profondeur dans l'approche de l'expérience afro-américaine et leur grande qualité littéraire.

John Green, auteur notamment du livre *Looking for Alaska*, qui a reçu de nombreux éloges et est devenu un des classiques de la littérature jeune adulte.

Thirteen Reasons Why de **Jay Asher** (traduction en français : *Treize Raisons*, Paris, Albin Michel, 2010) qui a connu un succès considérable, en partie grâce à l'adaptation en série par Netflix. Le livre aborde des thèmes graves tels que le suicide et le harcèlement, et a suscité des discussions et des controverses importantes.

The Hate U Give d'**Angie Thomas** a frappé par son propos centré sur les questions de race et de violence policière. Il a connu un succès critique et commercial et a été adapté avec succès au cinéma.

The Kite Runner de **Khaled Hosseini** (traduction en français : *Les Cerfs-Volants de Kaboul*, Paris, Belfond, 2005) est un roman mondialement connu pour sa peinture de l'amitié dans le contexte troublé d'un Afghanistan en pleine mutation.

Ces auteurs et leurs œuvres sont reconnus non seulement pour leur capacité de narration, mais aussi pour leur aptitude à aborder des problèmes sociopolitiques et humains complexes que certains groupes jugent déplacés pour les milieux éducatifs, et particulièrement pour les plus jeunes lecteurs.

Vous pouvez retrouver ici la liste de l'ensemble des ouvrages bannis ainsi que de nombreuses autres informations sur la loi HB 1467 :

Remerciements

À

Mes parents
Pauline, Louis, Georges et Cléa
Ma sœur Lorraine
Susanna Lea, Léonard Anthony
Antoine Caro, Marie Dubois, Marie-Odile Mauchamp
Elsa de Saignes, Miguel Courtois
Sophie Charnavel, Catherine Lucet
Céline Poiteaux, Solveig de Plunkett, Caroline Babulle
Catherine Lauprêtre, Joël Renaudat, Céline Ducournau,
toutes les équipes des Éditions Robert Laffont
Marie-Ève Provost et Pauline Normand,
Sébastien Canot, Charlotte Lefèvre, Cécile Chertok
Mark Kessler, Carole Delmon, Agnès Arnaut
Neyla Downs, Lauren Wendelken
Thérèse Coen, Una McKeown
Sarah Altenloh
Alexis Bruchon
Liza Faja, Julie Montet, Axelle Gaulupeau

Table des matières

www.marclevy.com
www.laffont.fr
www.versilio.com

Et pour m'écrire, une seule adresse :
marc@marclevy.net

marclevy

Composition et mise en pages
Nord Compo à Villeneuve-d'Ascq

Pour plus d'information :

www.lisez.com

Imprimé sur du papier issu de forêts gérées durablement.

Cet ouvrage a été imprimé sur du papier Clairefontaine.
Depuis 1858, Clairefontaine fabrique et transforme du papier dans les Vosges, en France, à partir de fibres cellulosiques vierges certifiées PEFC et FSC, ou de fibres 100 % recyclées post-consommation.

N° éditeur : 68149/01

Achevé d'imprimer en Italie par
Rotolito Spa